BELEZA ASSUSTADORA

O NOIVADO MOLOTOV: LIVRO 1

ANNA ZAIRES

♠ MOZAIKA PUBLICATIONS ♠

Copyright © 2023 Anna Zaires & Dima Zales
Título original: *Terrible Beauty*
www.annazaires.com/book-series/portugues/

Tradução: Nany
Preparação de Texto: Vania Nunes

Capa: Alex McLaughlin

Fotografia: Regina Wamba
www.reginawamba.com

Zaires, Anna/Zales, Dima

Beleza Assustadora, de Anna Zaires & Dima Zales. Tradução: Nany. 1ª edição. Rio de Janeiro, BR, 2023.

Publicado por Mozaika Publications, por Mozaika LLC
www.mozaikallc.com

e-ISBN: 978-1-63142-801-2
ISBN: 978-1-63142-826-5

Capítulo 1

L ábios frios roçam minha testa latejante, trazendo consigo um leve aroma de pinho, oceano e couro. — Shh... Está tudo bem. Você está bem. Acabei de lhe dar algo para aliviar sua dor de cabeça e tornar isso mais fácil.

A voz masculina é profunda e sombria, estranhamente familiar. As palavras são ditas em russo. Minha mente confusa luta para se concentrar. Por que russo? Estou na América, não estou? Como eu conheço essa voz? Esse perfume?

Eu tento abrir minhas pálpebras pesadas, mas elas se recusam a ceder. O mesmo vale para a minha mão quando tento levantá-la. Tudo parece incrivelmente pesado, como se meus próprios ossos fossem feitos de metal, minha carne, de concreto. Minha cabeça pende para um lado, meus músculos do pescoço são incapazes de suportar seu peso. É como se eu fosse um recém-nascido. Eu tento falar, mas um ruído incoerente escapa da minha garganta, misturando-se com um rugido distante que meus ouvidos agora podem discernir.

Talvez eu seja um recém-nascido. Isso explicaria por que estou tão ridiculamente indefesa e não consigo entender nada.

— Aqui, deite-se. — Mãos fortes me guiam para alguma superfície macia e plana. Bem, a maior parte em mim. Minha cabeça acaba em algo elevado e duro, mas confortável. Não é um travesseiro, duro demais para isso, mas também não é uma pedra. Não há muito o que dizer sobre o objeto, mas uma coisa posso dizer. É estranhamente quente também.

O objeto se mexe ligeiramente, e dos recessos nebulosos da minha mente, a resposta para o mistério emerge. *Um colo*. Minha cabeça está deitada no colo de alguém. Um homem, a julgar pelas coxas duras e musculosas debaixo do meu crânio dolorido.

Meu pulso acelera. Mesmo com meus pensamentos lentos e confusos, eu sei que isso não é normal para mim. Não sou de colos ou homens. Pelo menos, não tive muito contato até agora em todos os meus vinte e cinco anos.

Vinte e cinco. Eu me agarro a essa lasca de conhecimento. Tenho vinte e cinco anos, não sou recém-nascida. Encorajada, vasculho mais os fios emaranhados, buscando uma resposta para o que está acontecendo, mas isso me escapa, as lembranças vêm lentamente, se é que chegam.

Escuridão. Incêndio. Um demônio do pesadelo vindo me reivindicar.

Isso é uma lembrança ou algo que eu vi em um filme?

Uma agulha cravando-se profundamente no meu pescoço. Prostração indesejável se espalhando pelo meu corpo.

Essa última parte parece real. Minha mente pode não estar funcionando, mas meu corpo sabe a verdade. Ele sente a ameaça. Minha frequência cardíaca se intensifica enquanto a adrenalina satura minhas veias. Sim. Sim, é isso. Eu posso fazer isso. Com a força nascida do terror crescente, abro minhas pálpebras pesadas e olho para cima, para um par de olhos mais escuros do que a noite que nos cerca. Olhos fixos em um rosto cruelmente bonito que assusta meus sonhos e pesadelos.

— Não lute contra isso, Alinyonok — Murmura Alexei Leonov. Sua voz sombria é promessa e ameaça enquanto ele gentilmente passa os dedos pelo meu cabelo, massageando a tensão latejante no meu crânio. — Você só vai tornar isso mais difícil para si mesma.

As bordas de seus calos prendem nos emaranhados do meu cabelo comprido, e ele retira os dedos, apenas para curvar a palma da mão ao redor do meu queixo. Ele tem mãos grandes, mãos perigosas. Mãos que já mataram dezenas só hoje. O conhecimento agita meu estômago mesmo quando algum nó de tensão dentro de mim se desfaz. Por dez longos anos temi este momento e, finalmente, está aqui.

Ele está aqui.

Ele veio atrás de mim.

— Não chore — Meu futuro marido diz suavemente, afastando a umidade do meu rosto com a ponta áspera do polegar. — Não vai ajudar. Você sabe disso.

Sim, eu sei. Nada nem ninguém pode me ajudar agora. Eu reconheço aquele rugido distante. É o som de um motor de avião. Estamos no ar.

Fecho os olhos e deixo a escuridão nebulosa me levar.

CAPÍTULO 2

Uma batida hesitante cai na porta do meu quarto. — Alina, você está aí? Vamos, é hora da nossa lição.

Sim, caralho. Faço uma pausa no jogo que estou jogando no Wii e aumento o volume no meu iPod até "Get Low", de Lil' Jon & The East Side Boyz, estourar em meus ouvidos, abafando a voz irritante do meu tutor.

Silenciando o som da TV, reinicio o jogo e guio *Mario* pela estrada, ignorando as batidas contínuas. Não sei por que tenho que ter aulas de Inglês durante todo o verão quando tenho estudado em um internato em New Hampshire nos últimos três anos. A essa altura, meu inglês é tão bom quanto o de qualquer um dos meus colegas americanos, meu sotaque russo, inexistente. Claro, minha ortografia e gramática poderiam ser melhores, mas estou indo para a nona série. Eu vou aprender todas as regras estúpidas eventualmente.

As batidas param e eu solto um suspiro aliviado. Com alguma sorte, Dan – Deus, eu odeio esse nome – vai passar nossa hora marcada procurando por mim em todos os cantos e recantos de nossa cobertura de dois andares em Moscou antes de terminar o dia. Ele pode reclamar com meu pai também, mas tanto faz. Prefiro papai gritando comigo do que lidar com Dan sempre me olhando *daquele jeito*.

Estremeço ao lembrar daquele olhar. Eu vejo isso em rostos masculinos o tempo todo agora que tenho seios. Eles não são grandes nem nada – algumas das garotas da minha classe já usam 46 ou acima – mas os garotos não parecem se importar. Nem homens adultos, especialmente quando mamãe me faz usar maquiagem. Falando nisso...

Outra batida na minha porta, esta muito mais insistente. Eu reconheço sua cadência mesmo através da música estridente em meus fones de ouvido. Relutantemente, pauso o jogo e baixo o volume do meu iPod. — Sim?

— Alinochka, sou eu. Você está vestida e pronta?

Ugh, eu estava esperando que ela se esquecesse de mim. Puxando meus fones, desligo a TV e pulo. — Um segundo, Mama!

Ignorando, ela abre a porta e entra no meu quarto. Instantaneamente, seus olhos se arregalam. — O que você está vestindo?

Pega no flagra. Eu olho para minha calça de

moletom e camiseta enorme com toda a indiferença que posso reunir. — Roupas.

Ela estreita os olhos. — Não banque a espertinha comigo. Você sabe o que estou perguntando.

— Certo. — Dou um suspiro exasperado. — Me dê um minuto.

—Você tem trinta segundos — Ela diz enquanto eu corro para o meu armário e coloco o primeiro vestido que posso achar que ela provavelmente considerará apropriado – um vestido de noite vermelho que é tão brilhante quanto desconfortável.

Não sei por que tenho que usar essa porcaria toda vez que Papa recebe convidados, mas Mama insiste. Algo sobre apresentar o nosso melhor. Exceto que neste vestido é mais como apresentar só o meu peito. Sério, eles cresceram desde a semana passada? Fazendo uma careta, tento enfiar as protuberâncias de carne mais fundo no corpete tipo espartilho, mas o sutiã push-up embutido faz seu trabalho muito bem.

— O que você está fazendo? Pare com isso. Deve usar desse jeito — Mama diz, entrando no armário afastando minhas mãos. — Agora, coloque os sapatos, e vamos fazer seu cabelo e maquiagem.

Alguém me mate. Coloco um par de plataformas de salto alto que combinam com o vestido e deixo que ela me conduza até o espelho, onde começa a escovar meus longos cabelos com toda a velocidade e entusiasmo de alguém determinado a arrancá-los pela raiz.

— Ai! — Estremeço quando o pente pega um nó

particularmente brutal, mas ela me ignora novamente. Acho que é isso que ganho por deixar para o último minuto.

Finalmente, meu cabelo está arrumado e liso. Eu gostaria de poder prendê-lo em um rabo de cavalo, mas Mama gosta dele pendurado nas minhas costas em uma cortina preta. Não sou fã da cor e sonho com o dia em que poderei adicionar alguns reflexos. Ano que vem, espero.

A maquiagem é a próxima. Triste, vejo como meu rosto pálido é iluminado com um blush, meus lábios se transformam em um beicinho vermelho brilhante, e a inclinação felina dos meus olhos verdes é enfatizada com uma aplicação habilidosa de delineador e máscara. A única imperfeição que resta está no meu sorriso, com o pequeno espaço entre os dentes da frente que Mama diz que me faz parecer "distinta".

— Pronto, muito melhor — diz ela com satisfação quando termina, e é tudo que posso fazer para não fazer careta.

A garota olhando para mim no espelho não é tanto uma estranha quanto alguém que eu não gosto. Toda brilhante, falsa e *adulta*. Com minha altura acima da média e meu vestido grudado em minhas curvas recém-adquiridas, eu pareço ter pelo menos dezessete anos, talvez até dezoito. Se Dan me vir assim, ele vai engasgar com a baba. Assim como alguns dos convidados de Papa, aqueles velhos com seus elogios bajuladores a quem ele gosta de me desfilar perante eles.

Eu odeio isso. Eu odeio ser esse objeto brilhante e bonito que Mama e Papa trotam como um pônei premiado. Se eu pudesse, viveria de calça de moletom e camiseta, jogando *Mario* e *Zelda* e ouvindo Kanye o dia todo. Mas essa não é a vida de um Molotov. Somos a nata da safra, ou, pelo menos, a espuma de óleo flutuando em uma panela de sopa. Alta Sociedade, como Mama gosta de chamar – ou o topo da hierarquia da máfia, como eu penso.

Vladimir Molotov, meu pai, é podre de rico. O tipo de rico que só consegue ser assim na Rússia por meios menos do que palatáveis. Mama acha que eu não sei que tipo de homem ele é – que tipo de homem ele criou meus irmãos mais velhos para serem – mas eu sei. Eu tenho ouvido suas brigas com Papa toda a minha vida. Brigas que pioraram nos últimos anos, embora eu tente não pensar nisso.

— Nós deveríamos transformá-la em modelo — Mama diz, dando um passo para trás para me examinar com aprovação, e desta vez, eu faço uma careta.

Espero que ela esteja apenas falando por falar, mas conhecendo minha mãe, ela já enviou minhas fotos para alguma agência.

— Quem vem hoje? — Pergunto, caso ela ainda não tenha enviado as fotos. Talvez se eu a distrair, ela esqueça completamente dessa ideia terrível. — Os parceiros de negócios de Papa?

— Sim e...

— Vera! — A voz profunda de Papa ressoa lá de baixo. — Onde você está? Eles estão aqui.

9

Ao som de seu nome, minha mãe alisa as palmas das mãos sobre o vestido e toca em seu penteado num coque elaborado para ter certeza de que cada fio castanho brilhante está no lugar. — Já vou! — Ela grita de volta antes de me prender com um olhar de laser. — Você descerá em meia hora para cumprimentar a todos, ouviu? Fique de olho no relógio e não se perca nesses seus jogos bobos. Isso é importante.

Eu reviro os olhos. —Tá, tá.

— Estou falando sério, Alina. Não terei tempo de subir aqui e arrastá-la para baixo.

— Já entendi. Agora vá. — Faço movimentos de enxotar com as mãos. — Papa está esperando.

Com um último olhar estreito para mim, ela sai, e eu me jogo no sofá e ligo meu jogo.

Estou tão empenhada em derrotar o próximo chefe que quando olho para o relógio já faz quase uma hora. Ixi. Vou até o espelho para ter certeza de que minha maquiagem não borrou, e então corro para fora do quarto o mais rápido que os saltos estúpidos permitem.

Enquanto ando pelo corredor, escuto um murmúrio de vozes e risos bêbados vindos do andar de baixo. Posso imaginar os velhos e suas esposas, todos enfeitados e perfumados, fazendo seus brindes bregas enquanto bebem vodka e conhaque e devoram a rica variedade de aperitivos que nosso chef, Pavel, preparou. Não há *salat oliv'ye* básico aqui; é tudo caviar chique e queijo francês gourmet, cada prato cuidadosamente selecionado para mostrar nosso poder e riqueza.

Estou passando pelo escritório de Papa quando a porta se abre e um homem aparece na minha frente.

Assustada, eu pulo para trás, e meu calcanhar esquerdo vira no tapete do lado errado. Eu grito, os braços se debatendo enquanto meu tornozelo se dobra dolorosamente. Antes que eu possa cair de bunda, mãos fortes agarram meus cotovelos, me estabilizando, e me vejo olhando para o par de olhos mais escuros que já vi.

O homem que me segura é musculoso e alto. Tão alto que mesmo em meus saltos eu tenho que esticar meu pescoço para manter seu olhar. E ele é jovem. Jovem o suficiente para ser chamado de rapaz. Sua altura e a largura de seus ombros me enganaram inicialmente, mas ele não pode ser muito mais velho que meu irmão Nikolai, que acabou de completar vinte anos.

Eu engulo em seco quando aqueles olhos escuros e nebulosos passam pelo meu rosto, demorando por um momento em meus lábios vermelhos brilhantes. Meu coração está batendo forte e minha pele está estranhamente quente, especialmente onde seus dedos seguram meus braços nus. Eu nunca estive tão perto fisicamente de um homem que não é relacionado a mim, e enquanto esse homem-menino não é nem de longe tão ridiculamente bonito quanto meus irmãos, eu não consigo parar de olhar para seu rosto, com suas características robustas e potencialmente masculinas. Há algo selvagem nele, algo indomável nas mechas negras despenteadas caindo sobre sua testa e nas linhas afiadas, quase cruéis de sua mandíbula. Até mesmo sua colônia, com suas notas sutis de pinho e couro, me lembra florestas escuras de inverno e os perigos que espreitam lá dentro.

— Você está bem? — Ele pergunta baixinho. O timbre profundo de sua voz é o de um homem, não de um menino. — Você se machucou?

Eu consigo assentir, e ele me solta. Eu imediatamente recuo. Meus braços formigam onde ele me segurou, o ar frio flutuando sobre minha pele formando um forte contraste com o calor de seu toque.

Ele corre seu olhar sobre mim, o olhar nele distintamente masculino e adulto. Estranhamente, eu não me importo. Pela primeira vez, estou feliz por parecer ter dezessete, talvez até dezoito. Eu gostaria de parecer ter vinte. Puxando meus ombros para trás, fico mais ereta, mesmo quando um fio de suor nervoso escorre pela minha espinha por baixo do corpete apertado do vestido.

Ele gosta do que vê? Porque eu quero que ele goste. Eu quero muito.

Seus lábios se curvam maliciosamente enquanto seus olhos voltam para o meu rosto. — Qual é o problema, linda? O gato comeu sua língua?

Linda? Ele gosta do que vê! O significado de suas palavras se infiltra em meu cérebro, e percebo que estava olhando para ele em total silêncio, como uma fâzoca impressionada. Uma onda de calor queima meu rosto. — Claro que não!

Seus olhos se estreitam, o sorriso malicioso saindo de seus lábios, e eu quero rastejar para debaixo do tapete. Que resposta estúpida e imatura. Pior ainda, as palavras saíram em um guincho, fazendo-me soar como uma criança burra em vez de uma jovem adulta próximo de sua idade. Que é o que serei em breve. Tipo, daqui a quatro ou cinco anos.

Limpando minha garganta, uso minha voz mais profunda. — Que diabos você está fazendo aqui?

Pronto. Isso soou como uma garota de dezoito anos. Uma com atitude. Acho que garotos mais velhos gostam disso.

Um brilho especulativo aparece em seus olhos, misturado com uma pitada de diversão. — O que *você* está fazendo aqui?

Eu zombo. — Boa tentativa. Meu quarto é lá atrás. — Aponto meu polegar em direção ao meu quarto e canalizo Papa em seu jeito mandão. — Agora, responda minha pergunta. O que você está fazendo no escritório do meu pai?

Sua voz fica gelada. — Do seu pai? — Uma máscara dura cai sobre seu rosto, todos os indícios de infantilidade desaparecendo de suas feições. O homem que está olhando para mim agora é tão sombrio e perigoso quanto qualquer um dos executores do meu pai. — *Você é* Aline? A filha de treze anos de Molotov?

— Tenho quase quatorze anos! — Droga, isso soou como se eu tivesse dez anos. Tanto para convencê-lo de que estou perto da idade dele, seja lá qual for. Invocando gerações de arrogância Molotov, pergunto com a maior altivez que consigo: — Quantos anos *você* tem?

Na verdade, não tenho mais certeza se quero saber. Ou estar em qualquer lugar perto dele. Enquanto o menino me intrigava, o homem me assusta. Há escárnio em seus olhos escuros, quase pretos, enquanto ele me encara agora. Escárnio e algo mais... mais assustador.

Sua voz se torna letalmente suave. — Isso não é da sua conta, garotinha. Corra para seu pai e diga a ele que o plano dele não funcionou. Não estou mordendo a isca, não importa o quão lindamente embalada possa estar.

Isca? O que ele...?

Então me dou conta. Ele está se referindo a *mim*.

Eu sou a isca lindamente embalada.

Meu rosto fica quente novamente, mas desta vez com raiva pura e não diluída. — Foda-se. Eu não sou isca.

— Não é? — Ele passa seu olhar sobre mim, uma curva cruel aparecendo em seus lábios. — Por que mais eles balançariam você na minha frente vestida assim?

— Ninguém está me balançando! — Eu quero dar um tapa nele. Quero arrancar os olhos dele. Mama gosta que eu fique bonita, é verdade, mas é uma questão de status para ela e Papa. Como o caviar e o queijo chique. Meus irmãos também têm que se vestir bem quando temos visita; foi assim que fomos criados.

14

Furiosa, eu propositadamente arrasto meu olhar sobre ele, do topo de seu cabelo preto até as pontas brilhantes de seus sapatos. — Eles estão balançando *você*?

Porque ele está vestido com trajes de noite também. Estou tão acostumada a ver homens de smoking e terno que não registrei suas roupas a princípio. Mas elas são boas, tão chiques quanto qualquer coisa que meu pai e meus irmãos usam. Seu paletó preto do smoking abraça seus ombros largos antes de afunilar em sua cintura estreita, e sua calça se encaixa perfeitamente em suas pernas longas e atléticas. Sua camisa é branca e brilhante, destacando o tom verde-oliva de sua pele e o preto de sua gravata borboleta. E acima dela – espere, isso é uma tatuagem saindo do colarinho engomado de sua camisa?

Ele dá uma risada curta e aguda, mas não há diversão no som, nada além daquele escárnio cruel. — Criança esperta você é, não? Uma Molotov no verdadeiro sentido da palavra.

Eu cerro os dentes. — Eu não sou uma criança. — Então, eu processo a segunda parte de sua observação, e uma suspeita peculiar brota dentro de mim. Eu estreito meus olhos.

— Quem é você mesmo?

Ele me dá uma reverência zombeteira. — Alexei Leonov, ao seu serviço.

E com essa bomba, ele se vira e se dirige para as escadas como se tivesse todo o direito de estar aqui.

————

Ainda estou em choque quando Papa me apresenta aos convidados sentados ao redor da longa mesa de jantar enquanto Mama me lança olhares que prometem retaliação pelo meu atraso. Nenhum dos meus irmãos está aqui hoje. Nikolai está servindo no exército, Konstantin se recusa a ir a esses eventos e Valery está frequentando a escola de verão em Amsterdã. Bom para eles. Eu gostaria de estar em qualquer lugar, menos aqui, com *ele*.

Alexei Leonov.

Ele também não está aqui sozinho. O pai dele, Boris, também é convidado dos meus pais esta noite, o que é tão insano quanto os Montecchios hospedando os Capuletos. Ok, talvez isso seja muito dramático – não estamos ativamente em guerra com os Leonovs, e eu certamente não sou Julieta – mas nossas famílias estão longe de ser amigáveis. A animosidade remonta à época em que o avô de Alexei incriminou o meu por deslealdade ao regime comunista e o mandou para um campo de trabalhos forçados na Sibéria. Meu avô de alguma forma conseguiu escapar depois de dois anos e prontamente virou a mesa contra seu inimigo, mandando *ele* para o campo de trabalho sob uma acusação similarmente forjada.

Sim, a boa e velha diversão soviética.

De qualquer forma, os Leonovs são más notícias. Isso foi perfurado em mim desde que eu tinha idade suficiente para andar. Eles podem ser quase tão ricos e poderosos quanto nós, mas carecem de nossa sofisticação e polimento. Eles são basicamente bandidos extremamente ricos, sua riqueza adquirida por meios ainda mais repugnantes do que os nossos. No passado, uma boa quantidade de sangue foi derramada entre os subalternos de nossas famílias e, nos últimos anos, Papa muitas vezes voltava para casa de mau humor por causa de algo que os Leonovs haviam feito, como prejudicá-lo em um negócio ou sabotar alguma fábrica.

Tudo isso é para dizer que não tenho ideia de por que os Leonovs estão aqui e por que Papa está me apresentando ao seu inimigo jurado como se fossem melhores amigos.

— ... é minha caçula — Ele está dizendo orgulhosamente para Boris quando eu sintonizo novamente. — Linda, não?

— Ela vai ser modelo — Mama entra na conversa. — Todas as agências estão interessadas nela.

Cacete. Ela mandou as fotos. Bem, tanto faz. Não tenho nenhuma intenção de ser modelo. Quando eu crescer, vou ser uma desenvolvedora de videogames. Konstantin já está me ensinando algumas habilidades básicas de codificação.

— Sim, linda — Boris concorda com uma voz grave, me estudando desapaixonadamente com olhos tão escuros quanto os de seu filho.

Um estremecimento involuntário desce pela minha espinha. Se Alexei me assustou um pouco no final, esse homem me aterroriza. Agora sei o que vi nos olhos de Alexei além de escárnio. Sei disso porque seu pai irradia o mesmo.

Crueldade. Escuridão. Sinto-o tão visceralmente como a carícia fria de uma lâmina.

Agora que estou conhecendo o homem, acredito em todos os rumores assustadores sobre ele – e sobre seus filhos. Especialmente Alexei, o mais velho.

Eu tenho tentado evitar olhar para ele, mas algo continua atraindo meu olhar para seu rosto – um rosto tão duro e impassível quanto o de seu pai. Não há nenhum traço de reconhecimento em seus olhos frios e escuros, nenhum indício de que já nos conhecemos e que ele me impediu de cair de bunda e me chamou de "linda".

Só de pensar nisso meus braços formigam onde ele me agarrou.

Por todos os direitos, eu deveria contar a Papa sobre ver Alexei no andar de cima em seu escritório, mas, por algum motivo, não consigo fazer isso. Tudo sobre aquele encontro me perturbou, a ponto de tudo que eu quero é sobreviver a essas apresentações e me esconder no meu quarto.

Infelizmente, não é para ser. Assim que as apresentações terminam, Mama me faz sentar ao lado dela na mesa enquanto Papa faz um longo brinde sobre parcerias, amizades e todo tipo de besteira. Pior ainda, o tempo todo eu tenho que lutar contra a vontade de olhar para Alexei, que está agindo como se eu não existisse. Ignorando-me completamente, ele conversa com um homem de meia-idade sentado à sua direita. Ivan alguma coisa – um político, eu acho. Eu me distraí durante a maioria das apresentações.

Mama serve um pouco de comida para mim e uma taça de vinho, para que eu possa brindar ao lado dos adultos. Eu obedientemente tomo um gole quando Papa finalmente termina o brinde, e então, enrolo com minha comida pela próxima meia hora, meu apetite inexistente.

— Alinochka, por que você não está comendo? — Mama pergunta com uma carranca quando ela percebe.

Eu dou de ombros. —Você quer que eu seja modelo, não? Modelos não comem.

Ela me dá um olhar sombrio, e eu sei que se não fosse por todas as pessoas sentadas ao nosso redor, ela arrancaria o meu couro. Do jeito que está, ela sorri com força, como se eu tivesse acabado de fazer uma piada, e muda de assunto para nossas próximas férias em Chipre.

Pego um pouco mais da minha comida, principalmente por Pavel, que trabalhou duro para preparar esses pratos, e peço licença para usar o banheiro. Espero que ninguém perceba quando eu não voltar. A essa altura, a maioria das pessoas aqui está para lá de Bagdá com todos os brindes sem parar.

A maioria, mas não todos. Quando estou saindo, vejo os olhos de Alexei em mim – friamente sombrio e nem um pouco embriagado.

Acho que ele sabe que eu existo.

Meu peito está apertado enquanto corro escada acima, para o meu quarto. Não é até que eu feche a porta atrás de mim que sou capaz de respirar fundo.

Caindo no meu sofá, coloco meus fones de ouvido e ligo meu jogo, mas não ajuda.

Quando adormeço duas horas depois, ainda estou pensando em nosso encontro, ainda me sentindo deslocada e estranhamente insegura.

Capítulo 3

Dia atual, local desconhecido

Acordo com o sol ofuscante e o som das ondas do mar.

Espere, ondas do mar? Que porra é essa?

Abro os olhos, um movimento que se mostra surpreendentemente fácil. Minhas pálpebras não parecem mais soldadas, nem meu corpo parece muito pesado, embora minha boca esteja dolorosamente seca. Qualquer droga que me deram passou o efeito.

Piscando contra a luz brilhante, eu observo meus arredores.

Estou em um grande cômodo iluminado pelo sol com várias janelas circulares. As paredes são todas de madeira clara e brilhante, assim como o teto. A mobília do quarto, feita da mesma madeira, é mínima: uma cômoda, uma mesa de cabeceira, uma espreguiçadeira no canto e a cama espaçosa em que estou deitada, coberta com lençóis brancos. Escandinavo sofisticado, essa é a vibe que estou percebendo – junto com um toque de náusea gerado pelo balanço suave sob mim.

Um barco. Devo estar em um barco.

Sento-me lentamente, segurando o lençol de cima contra o peito. Estou vestida com algo leve e sedoso – uma camisola. Como a última coisa que me lembro de usar é um vestido de noite vermelho, alguém deve ter trocado minha roupa, e eu sei exatamente quem é esse alguém. Minha frequência cardíaca acelera, minhas entranhas se contraem em um nó, mesmo enquanto meus pensamentos permanecem estranhamente calmos e ordenados.

Meu primeiro passo é determinar se estou realmente em um barco. Olho ao redor e fico aliviada ao encontrar um roupão de seda cor de pêssego pendurado em um gancho na parte de trás de uma porta à minha esquerda. Parece algo que eu mesma poderia comprar, assim como a camisola pêssego-claro que estou usando.

Não estou surpresa. Alexei conhece meus gostos.

Balançando meus pés no chão, eu engulo contra a secura na minha garganta, e meu olhar cai na garrafa d'água na mesa de cabeceira. Eu a pego e avidamente engulo.

Pronto. Muito melhor.

Eu coloco a garrafa vazia no chão, coloco meus pés em um par de chinelos elegantes – novamente semelhantes aos que eu prefiro – e vou até a porta para pegar o roupão. Ainda estou estranhamente calma. Talvez a droga não tenha passado completamente?

Vestindo o roupão, amarro-o na cintura e vou até uma das janelas.

É como eu pensei. Nada além de água azul à vista.

Meu coração dá um baque irregular, e a tensão se acumula em minhas têmporas.

Não. Não a dor de cabeça. Não posso lidar com isso agora.

Respiro fundo e forço meus músculos faciais a relaxarem. Estou calma. Tudo calmo e zen. Claro, estou em algum lugar no meio do oceano com o homem que me aterrorizou na última década, mas isso não significa que eu tenha que entrar em pânico, certo? O pânico não vai ajudar em nada. Eu preciso pensar. Eu preciso me concentrar.

Apenas meu corpo não está ouvindo. Meu coração está a todo vapor, e minhas mãos estão começando a tremer.

Alexei Leonov me tem em suas mãos, e nada nem ninguém pode me salvar.

Eu puxo outra respiração profunda em meus pulmões e ando até uma janela diferente, apenas no caso de eu conseguir avistar terra de lá.

Não. Oceano azul até o horizonte. Um oceano um tanto instável, também. Posso ver as cristas brancas nas ondas e sentir o barco balançando embaixo de mim. Minha náusea se intensifica abruptamente, e me afasto da janela antes de ficar enjoada.

Eu também não preciso disso. De forma alguma.

O que eu preciso é de um banheiro, e essa

necessidade está se tornando mais urgente a cada segundo.

Corro até a porta onde o roupão estava pendurado e giro a maçaneta. Bingo. Um banheiro. Um bom e luxuoso, novamente com aquela vibe escandinava sofisticada. Além de um grande chuveiro, há uma banheira com pés de garra perto de outra janela circular que permite a entrada de uma tonelada de luz.

Depois de cuidar das minhas necessidades mais urgentes, localizo uma escova de dentes elétrica novinha em folha – do mesmo tipo que usava em Moscou – e escovo os dentes. Então, entro no chuveiro, mesmo que eu não me sinta nem um pouco suja. O que é estranho, pensando bem. Já se passaram várias horas de vários dias desde que Alexei me tirou do complexo do meu irmão, então, eu deveria estar pelo menos um pouco suja.

Ele deve ter me lavado quando trocou minha roupa. Essa é a única explicação.

Minha respiração acelera, e é tudo o que posso fazer para me agarrar a qualquer resquício de calma que resta. Tenho tentado não pensar nas mãos de Alexei em mim, me despindo e ajustando a camisola no meu corpo nu, mas não consigo manter as imagens dele me banhando fora da minha mente.

As imagens e a forma perturbadora que me faz sentir.

Com o pensamento dele em mente, eu corro para o chuveiro, sem me preocupar em lavar meu cabelo, mesmo que a prateleira do canto esteja abastecida com minha marca favorita de xampu e condicionador. Em vez disso, rapidamente ensaboo meu corpo e lavo meu rosto, saio e me seco com uma toalha fofa que também se parece com as que eu tinha em casa.

Não quero colocar a camisola usada de volta, então, enrolo outra toalha em volta do meu torso e aliso meu cabelo levemente úmido com uma escova de cerdas de javali – idêntica à que eu gosto, é claro. Uma busca nas gavetas da penteadeira revela minhas marcas favoritas de ferramentas para cuidados com a pele, maquiagem e penteados. Depois de um momento de hesitação, aproveito tudo porque me sinto melhor, mais no controle, quando estou com minha máscara de beleza.

Quando termino, pareço exatamente como sempre: pele impecável, batom vermelho, delineador gatinho. Meu cabelo preto de vampiro está longo e liso, alisado num brilho suave. Tudo o que preciso agora são minhas roupas de grife, e me sentirei completamente como eu mesma. Ou, pelo menos, o eu que cultivei cuidadosamente nos últimos anos.

Agarrando a toalha firmemente em volta do meu peito, saio para o quarto e congelo no lugar.

Como um demônio invocado por meus pensamentos anteriores sobre ele, Alexei Leonov está na minha frente, um sorriso cruel dançando em seus lábios.

CAPÍTULO 4

O deio feriados de inverno — digo a Konstantin enquanto ele monta meu novo computador para jogos. — Eu realmente odeio.

Seu olhar não sai da tela enquanto seus dedos voam sobre o teclado. — Você odeia me ver?

— Não, bobo, não você. — Meu irmão mais velho é o meu favorito, na verdade. — Estou falando sobre *isso*. — Eu circulo meu dedo no ar para indicar as vozes levantadas filtradas em meu quarto através da ventilação.

Meus pais acham que porque as paredes da nossa cobertura são grossas, ninguém pode ouvi-los brigando, mas eu posso. Eu sempre os ouço.

Konstantin finalmente olha para mim, seus olhos castanhos distraídos por trás dos óculos. — Ah, sim, isso.

Ele volta a instalar o software, e eu me jogo na cama

com um suspiro. Por mais que eu ame Kostya, seu QI emocional está muito abaixo de sua inteligência geral de nível genial. Às vezes me pergunto se ele tem o espectro, como aquele garoto da minha classe que é brilhante, mas socialmente difícil. Por outro lado, pode ser assim que meu irmão lide com a pressão de ser o filho Molotov mais velho – optando por não participar de tudo. Felizmente para os meus pais, eles têm Nikolai, que dá conta de todas as tretas, negociações e outras besteiras de negócios, e Valery, que, embora estranho à sua maneira, exibe os traços maquiavélicos que Papa adora.

Eu, eu sou apenas a filha. Tudo o que se espera de mim é ser bonita e, eventualmente, me casar bem, para que os Molotovs se tornem ainda mais ricos e conectados. Viva o feminismo. Talvez em mais um século chegue ao nosso círculo social em Moscou. Claro, sou uma filha de merda, então, não pretendo fazer o que se espera de mim. Já recusei a oferta da agência estúpida de ser modelo para eles – algo que Mama teve um ataque, mas que seja – e certamente não vou me casar com um político chato só para que Papa possa garantir outro contrato com o governo.

Vou fazer faculdade nos Estados Unidos, estudar Ciência da Computação e conseguir um emprego em uma empresa de videogames como a Nintendo. De preferência no Japão ou em algum outro lugar legal. A Rússia não é para mim.

Um alarme dispara no meu telefone, me assustando.

Oh, droga. Eu quase esqueci. *Dan.*

— O que é isso? — Konstantin pergunta distraidamente, e eu suspiro, silenciando o alarme.

— Minha aula de Inglês, o que mais?

Um mísero C em um trabalho, e este é o resultado: uma sessão de uma hora com Dan todos os dias durante as férias. Eu tiro notas A em Matemática e Ciências, mas não em Inglês – provavelmente porque prefiro ler em Russo. Acho os padrões gramaticais e ortográficos do Inglês tão incompreensíveis quanto o funcionamento da mente de Valery.

De má vontade, visto meu moletom e vou para a biblioteca no andar de baixo, onde Dan está esperando por mim. Mama me disse que se eu pular essas aulas, não voltarei ao meu internato em New Hampshire no próximo semestre. Em vez disso, ela vai me matricular em uma escola em Moscou, já que, e cito "você está claramente desperdiçando seu tempo na América". Não importa que meus colegas americanos nem saibam que sou da Rússia quando falam comigo, ou que muitos deles tiram C ou pior em suas redações e exames. Ah, não, meu Inglês escrito deve ser perfeito, senão estou "perdendo" tempo.

Sim, tanto faz.

Dan pula assim que entro na biblioteca, um sorriso largo em seu rosto sardento.

— Aí está você. Eu estava preocupado que você não estivesse se sentindo bem novamente.

— Não, a dor de cabeça se foi — digo, lutando contra a vontade de revirar os olhos enquanto ele puxa uma cadeira para mim, todo cavalheiro. Já que aquela cadeira está bem ao lado dele, eu intencionalmente puxo uma diferente para mim do outro lado da mesa. Dessa forma, ele pode ficar boquiaberto comigo, mas não fazer aqueles esbarrões acidentais de cotovelo e mão que me assustam tanto.

Sério, por que os homens são tão esquisitos?

Suponho que, objetivamente falando, Dan Sutter não seja feio. Ele está em algum lugar em seus vinte e poucos anos e parece a versão adulta de Ron de *Harry Potter*. Ele trabalha como assessor na Embaixada dos EUA e dá aulas paralelas para crianças russas ricas. Mama o conheceu em uma daquelas funções políticas que ela e Papa costumam frequentar.

Eu pensei em contar a ela sobre a paixão de Dan por mim, ou, pelo menos mencionar isso para Konstantin, mas eu não quero que a notícia chegue em Papa e Nikolai. Não consigo esquecer o que aconteceu quando eu tinha 12 anos, depois que um de nossos guarda-costas me encontrou trocando de roupa e ficou alguns segundos a mais.

O homem não deixou o hospital por vários meses depois.

Não quero que isso aconteça com Dan. Nem mesmo se ele for um pouco chato. Em vez disso, faço o que posso para evitar essas lições, como fingir dores de cabeça e fingir esquecer a hora – uma estratégia que, infelizmente, Mama descobriu. Daí a ameaça de me tirar do internato e me fazer morar aqui em tempo integral.

Sim, não, obrigada. Prefiro aguentar uma hora de

Dan todos os dias nos feriados do que ouvir Mama e Papa brigando o ano todo.

— Hoje, vamos lidar com modificadores pendentes — diz Dan, e eu reprimo um gemido.

Por quê? Por que alguém se importa com isso? Quem se importa se o modificador oscila – o que quer que isso signifique?

No entanto, eu sigo obedientemente enquanto Dan explica o que constitui um "modificador" e por que é uma coisa ruim quando ele "pende". Acho que estou começando a entender. Pode ser. É um assunto tão chato que, embora Dan fale com o entusiasmo de um leiloeiro que apresenta uma pintura de valor inestimável, tenho que lutar contra a vontade de bocejar. Para me ajudar a me concentrar, olho para as mãos sardentas de Dan enquanto ele as gesticula, especificamente para o anel grande e espalhafatoso em seu dedo médio direito. É um daqueles anéis de classe ou clube. Dan é de uma fraternidade de Yale, e ele deve estar muito orgulhoso de ser um ex-aluno porque ele usa aquela coisa estúpida o tempo todo.

Os sons de vozes no corredor chegam aos meus ouvidos, me distraindo por um momento. Papa tem convidados de novo?

— Aqui — diz Dan, trazendo minha atenção de volta para ele. — Veja se você consegue encontrar os modificadores pendentes e corrigi-los. — Ele desliza uma folha de papel sobre a mesa em minha direção.

Suspiro e começo a ler as frases impressas nele. *Sendo uma princesa, as mãos, bonitas e claras.* Isso parece bom para mim. A menos que isso signifique que são as mãos dela que são uma princesa? Sim, talvez seja um modificador pendente. Eu circulo a parte ofensiva da frase e escrevo no espaço em branco abaixo: *Sendo uma princesa, ela tem mãos bonitas e claras.*

Sim. Isso soa melhor. Em cheio.

Examino mais alguns exemplos e, quando olho para cima, Dan está me encarando com 'baba escorrendo pelo queixo'. Ok, não literalmente, mas é basicamente o que a expressão dele está dizendo. O que é ridículo porque não estou usando maquiagem, meu cabelo está em um coque bagunçado e minhas roupas são completamente largas. Mama teria um ataque se me visse assim, mas estou fazendo um favor a Dan.

Eu realmente não quero que ele acabe em um hospital ou pior.

— O quê? — Pergunto quando ele continua olhando, e ele pisca como um sapo assustado.

— Oh, nada. Apenas... você tem algo em sua bochecha.

Tenho? Esfrego minha bochecha esquerda. — Melhor agora?

— Não, é a outra... aqui. — Antes que eu possa reagir, ele estende a mão sobre a mesa e toca minha outra bochecha. — Apenas este pequeno fiapo que...

Com um leve ranger de dobradiças, a porta da biblioteca atrás de mim se abre, e Dan recua como se tivesse sido picado por uma água-viva. Graças a Deus. Não sou uma pessoa violenta, mas estava prestes a dar um tapa na mão dele.

Eu me viro na minha cadeira, esperando ver Mama nos verificando, mas em vez disso, encontro um par de olhos quase negros que estiveram em minha mente mais vezes desde o verão passado do que eu gostaria de admitir.

— Desculpe — diz Alexei Leonov tranquilamente. — Eu não sabia que o cômodo estava ocupado.

Ao contrário da última vez que o vi, ele está vestido casualmente, com um jeans escuro e uma camiseta preta, a gola redonda revela uma parte de uma tatuagem serpenteando na lateral de seu pescoço. Uma camisa, no auge do inverno. Ele tirou o suéter junto com o casaco ou acha que é imune ao frio lá fora? Meu olhar cai em seus braços bronzeados e musculosos, decorados com tatuagens intrincadas também, e minha respiração acelera, meu coração assume um ritmo pesado e rápido. Tardiamente, registro que debaixo de um desses braços, ele está segurando um laptop – provavelmente o motivo para procurar esta sala com sua mesa e cadeiras confortáveis.

Exceto... por que ele trabalharia em seu laptop em *nossa* biblioteca? Ou está em *nossa* cobertura, por falar nisso?

Quão profunda é a amizade recém-descoberta de Papa com os Leonovs?

Voltando meu olhar para o rosto de Alexei, levanto o queixo e digo com toda a frieza que consigo: — *Está* ocupado, como você pode ver.

Espero que ele esteja olhando para mim, mas ele não está. É Dan quem comanda sua atenção.

Dan, que ficou tão vermelho que suas sardas mal são visíveis.

— E-estamos no meio de uma aula de Inglês — Ele gagueja em russo com sotaque desajeitado. — Então, se você n-não se importa...

Alexei não se move. Suas feições duras são inexpressivas, mas o que quer que Dan veja em seus olhos faz o rosto do meu tutor mudar da cor de lagosta cozida para a de um cadáver afogado.

Normalmente, eu me deleitaria com o desconforto de Dan, mas agora, os pelos da minha nuca se arrepiam. Porque eu sinto. *Ameaça*. Ela rola de Alexei em ondas. Essa sensação de perigo, de violência mal controlada, é tão palpável que já sinto cheiro de sangue no ar.

Não tenho ideia do que está acontecendo ou por quê, mas sei que tenho que parar com isso. Agora. Antes que a violência seja desencadeada. Meu coração bate audivelmente contra minha caixa torácica quando digo: — Você pode sair agora.

Meu tom é imperioso, mas minha voz sai um tom muito alto. Alexei não ousaria me machucar – provavelmente – mas não posso garantir o que ele pode fazer com meu tutor.

Ele viu Dan me tocar? É disso que se trata?

Aqueles olhos escuros balançam em minha direção, e suor frio se acumula sob minhas axilas. Apenas seis meses se passaram desde a última vez que o vi, mas não há mais nada de menino em Alexei Leonov. Sua mandíbula está ainda mais dura, mais cruelmente definida, suas bochechas mais magras e suas maçãs do rosto mais proeminentes. Não há nenhum traço de suavidade em seu olhar gélido, nenhum indício do flerte que marcou o início de nosso primeiro encontro. O homem na minha frente é frio e letal, tão perigoso quanto os Leonovs são conhecidos. Eu sinto isso no fundo dos meus ossos.

Invocando toda a minha coragem, digo novamente: — Vá embora. Agora mesmo. Estamos ocupados.

Algo escuro esvoaça sobre o rosto de Alexei, mas ele inclina a cabeça. — Como quiser.

Ele sai, fechando a porta atrás dele, e pela primeira vez desde que ele entrou, sou capaz de respirar fundo.

Também não sou a única. Quando me viro para encarar Dan, ele está recuperando um pouco de sua cor. Ele está até tentando sorrir, como se não tivesse quase cagado nas calças um minuto atrás. E de repente, cheguei no meu limite.

Antes que eu possa pensar em todas as consequências potenciais, coloco um sorriso doce e me inclino para frente. — É melhor você rezar para que ele não fale com meu pai ou irmãos. Não sei o quanto você já ouviu falar da minha família, mas eles *não* são como seus outros empregadores.

O rosto de Dan fica branco, vermelho e volta ao branco, tudo em cinco segundos.

— E-eu não sei do que você está falando.

Meu sorriso se alarga. — Não?

Porra, isso é divertido. Por que não fiz isso antes? Por que decidi que minhas únicas opções eram contar à minha família e arriscar a vida de Dan, ou tolerar seus olhares lascivos e pequenos toques grosseiros? Sempre houve uma terceira opção, e agora que percebi isso, me sinto muito mais leve. Acho que devo agradecer a Alexei por me mostrar o poder do medo.

Se eu não tivesse visto Dan gaguejando e morrendo de medo com o mero pensamento de que ele poderia ter sido visto me tocando, eu teria levado muito mais tempo para perceber que eu posso ameaçá-lo a fazer – ou não fazer – o que eu quiser.

Com certeza, meu tutor engole, seu pomo de Adão balança. — E-eu sinto muito. Não vai acontecer de novo.

Não, não vai. tenho certeza disso.

———

No DIA SEGUINTE, ESTOU QUASE ANSIOSA POR MINHA aula de Inglês. Depois de nossa pequena conversa, Dan manteve as mãos e os olhos para si mesmo, a ponto de eu ter que chamar seu nome para fazê-lo olhar na minha direção – e, mesmo assim, ele estava todo pálido e propenso a gaguejar.

Eu gosto disso. Gosto muito. Deve ser assim que se sente ter poder, saber que você é quem está no controle. É uma experiência nova para mim. Toda a minha vida me disseram o que fazer, o que vestir, onde ir para a escola e como agir. Meus pais, meus professores, meus irmãos – todos eles têm poder e autoridade sobre mim. Dan também, até ontem. Talvez por isso não tenha me ocorrido que eu pudesse fazer algo para mudar nossa dinâmica por conta própria, sem depender de meu pai ou irmãos.

Eu praticamente danço para a biblioteca quando é hora da aula. Na agenda de hoje está a vírgula Oxford – e testar os limites do meu recém-descoberto poder sobre Dan. Para esse fim, troquei meu moletom folgado habitual e calça de moletom em favor de um jeans skinny e uma camisa apertada com decote em V. Não é exatamente um vestido de grife chique do tipo que Mama gosta que eu use, mas estou bem. Estou até usando uma leve camada de maquiagem, que ela aprovaria.

Quero que Dan fique tentado a olhar, mas tenha muito medo de fazê-lo. É minha pequena vingança sobre ele por todas aquelas vezes em que senti que precisava tomar banho depois de nossas aulas.

Devo ter chegado cedo pelo menos uma vez porque Dan não está na biblioteca quando entro. Espero alguns minutos, olhando para o relógio de vez em quando, mas ele não aparece.

Huh. Talvez eu o assustei de vez?

Dou mais dez minutos e vou procurar minha mãe.

Eu a encontro na cozinha, brigando com Papa por alguma coisa. Ao ouvir suas vozes, paro antes de entrar e escuto, caso esteja interferindo em algo importante. Mas não. Eles estão discutindo sobre o menu desta noite, ao que parece. Isso não é tão ruim. Ou talvez seja. Eles brigam por tudo hoje em dia. Cada vez que chego em casa depois de estar na escola, encontro-os ainda mais na garganta um do outro. A parte triste é que tenho certeza de que eles se amam, ou, pelo menos, Papa ama Mama. Muitas vezes o vejo olhando para ela como se quisesse acorrentá-la ao seu lado. Então, novamente, talvez isso não seja amor. Pelo menos não do tipo que eles escrevem em livros e retratam em filmes. É mais como se ele não pudesse viver sem ela, e há uma parte dele que odeia esse fato – e ela. Quanto a Mama, não consigo decidir se ela realmente o odeia, ou se tudo faz parte de algum jogo cruel que eles estão jogando. Às vezes, eu *a* pego olhando para ele como se ele fosse seu mundo inteiro, mas outras vezes, tenho quase certeza de que ela o deseja morto.

Sim, minha família é adorável. Tudo bom e normal e doce.

A discussão na cozinha parece estar diminuindo, então, decido arriscar. Dobrando a esquina atrás da qual eu estava me escondendo, eu chamo: — Mama? Dan disse alguma coisa sobre cancelar nossa aula hoje? — Parando na ilha da cozinha, pisco exageradamente. —Ah, oi, Papa. Não sabia que você estava aqui.

Alguém me dê um Oscar.

Pavel, nosso chef que também cuida da casa, é guarda-costas e ainda mais executor ocasional, me lança um olhar de soslaio do balcão onde está cortando legumes para o jantar. Ele não se engana. Ele provavelmente me ouviu chegando antes mesmo de eu sair da biblioteca.

Eu lhe dou um sorriso brilhante. Pavel é minha pessoa favorita aqui – pelo menos se eu excluir

Konstantin. Na verdade, meu irmão mais velho não mora mais conosco, então, não preciso qualificar essa afirmação. Pavel é ex-militar – serviu com Papa muito antes de eu nascer, na verdade – e ainda tem todos os hábitos e maneirismos que adquiriu no exército. Ele administra nossa casa como um sargento, com horários de refeições fixos, e assim por diante. Ele também é do tamanho de um caminhão pequeno, tem um rosto que lembra um tijolo batido e parece possuir todas as emoções de uma máquina. Mas essa última parte é uma fachada. Eu nunca vou esquecer todas as vezes que ele enfaixou meus joelhos arranhados quando eu era criança, nem todas as guloseimas que ele esgueirou para o meu quarto quando eu estava chateada com alguma coisa.

Eu penso nele como meu ursinho de pelúcia gigante, não tão fofinho... que pode matar sob comando.

— Alinochka, você está tão bonita — Mama exclama, dando uma olhada de aprovação na minha roupa. — Essa camisa é nova?

Papa a encara. — Todas as roupas dela são novas, assim como as suas. Nenhuma de vocês usa uma merda perfeitamente boa duas vezes.

Bem, ele está de bom humor. Eu posso ouvir o "cadelas ingratas" não dito depois desse "vocês". Eu costumava me perguntar por que Mama não o abandona, mas agora que estou mais velha, entendo que ela não pode. Mesmo que eles não tenham essa conexão confusa de amor e ódio, não depende dela.

Ele não a deixaria ir.

— Não se atreva a usar esse tipo de linguagem perto de nossa filha — Mama sussurra para ele. — Se ela quer a porra da roupa nova todos os dias, ela pode!

Aff. Aqui vamos nós novamente. Minha camisa na verdade não é nova – eu a usei várias vezes na escola – mas qualquer coisa que eu disser a esse respeito só vai adicionar combustível a essa tempestade de merda.

Papa abre a boca, sem dúvida para falar sobre o linguajar *dela*, então, eu digo rapidamente: — Mama, eu estava perguntando sobre Dan. Ele não apareceu para a nossa aula.

Ela passa de olhar furioso para Papa para franzir a testa para mim. — Não?

— Não. Ele disse que não poderia vir hoje? — Estou tentada a perguntar se ele desistiu, mas isso pode resultar em todos os tipos de perguntas desconfortáveis.

— Ele não disse — Mama diz, sua carranca se aprofundando. Ela se vira para Papa. —Você não ouviu nada, certo?

— Não — Ele diz, seu lábio superior se curvando. — Por que eu deveria?

— Ah, eu não sei. Talvez porque seja a educação de sua filha em jogo, não que você dê a mínima, seu bastardo egoísta.

E essa é a minha deixa para sair. Fazendo uma careta para Pavel, que está me olhando com simpatia, saio da cozinha e subo as escadas para o meu quarto. Mal posso esperar para que essas férias de inverno estúpidas terminem. Estar com meus pais é o pior. Às vezes, eu me pergunto como eles ficaram juntos, em primeiro lugar. Claro, Papa é ridiculamente bonito do jeito que todos os homens Molotov são – mesmo na idade dele, as mulheres o encaram como se ele fosse seu sabor favorito de sorvete – mas Mama também é linda, e tenho certeza de que ela tinha opções.

Eu costumava pensar que era de alguma forma minha culpa, suas brigas constantes, mas nos últimos anos, cheguei à conclusão de que eles são apenas tóxicos juntos. Que o amor deles, se é que é isso, é veneno em sua essência.

Às vezes me pergunto se esse veneno me infectou... se estou destinada a um relacionamento igualmente tóxico.

————

NÃO É ATÉ UMA HORA DEPOIS, QUANDO ESTOU terminando outro nível de *Zelda*, que meus pensamentos voltam para Dan. Por que ele não apareceu? Mesmo se eu o assustasse, ele não deveria ter ligado com algum tipo de desculpa? Você não apronta com os Molotovs por capricho, pelo menos não se tiver cérebro.

Volto a procurar minha mãe, e desta vez, tenho sorte e a encontro na sala de mídia, assistindo a uma novela sozinha.

— Alguma notícia sobre Dan? — Pergunto.

Ela pausa a TV e balança a cabeça. —Tentei ligar

para ele, mas ele não atende. Vai direto para o correio de voz. Entrei em contato com nossos contatos na Embaixada dos EUA, mas eles disseram que também não tiveram notícias dele. Ele não foi trabalhar hoje.

Huh. Contra a minha vontade, minha mente volta para a ameaça que emanava de Alexei ontem, e um calafrio cobre a pele dos meus braços. Alexei poderia ter dito algo ao meu pai ontem? Ou, ainda menos provável, ele poderia ter feito algo com o próprio Dan? Eu não vejo por que ele faria isso – eu não sou ninguém para ele – mas talvez o mal não precise de uma razão.

Talvez Dan esteja no fundo do rio Moscou enquanto falamos.

— Obrigada, Mama — digo tão firmemente quanto posso. — Deixe-me saber se você ouvir alguma coisa.

— É claro. — Ela retoma seu programa. — Seu pai já está investigando.

Isso é bom. Devemos ouvir algo em breve, então.

Volto para o meu quarto e jogo mais um pouco antes de conversar com minhas amigas do internato. Isso me ocupa até a hora de dormir. É um sono agitado, cheio de sonhos inquietantes sobre olhos negros e demoníacos, e na manhã seguinte, acordo cansada e letárgica.

— Nada? — Pergunto à Mama no café da manhã, e ela balança a cabeça, parecendo confusa.

— É como se ele tivesse desaparecido no ar.

Meu estômago aperta, e a torrada de manteiga de amendoim que acabei de comer tem gosto de serragem.

Conheço o tipo de recursos que Papa tem, e se ele ainda não descobriu nada sobre o desaparecimento de Dan, só pode haver duas razões para isso.

Ou ele não está procurando, porque foi ele que o fez desaparecer, ou está enfrentando alguém com recursos comparáveis.

Como os Leonovs.

— Vou dar um pulo na casa de Natasha — digo, afastando meu prato. — Estou com dor de cabeça, e o ar fresco pode ajudar.

Não é mentira desta vez. Sinto uma faixa de pressão em volta das minhas têmporas, uma faixa que aperta mais a cada segundo que passa. É uma sensação desconhecida, e uma que eu definitivamente não gosto.

— Claro — Mama diz. — Pavel está ocupado, mas alguns guardas irão com você.

Eu assinto e corro para me vestir. Eu preciso sair daqui antes que minha cabeça exploda. Mando uma mensagem de texto para Natasha enquanto coloco meu casaco. Ela responde imediatamente, como esperado. Minha amiga está sempre pronta para nossos encontros, mas mesmo que não estivesse, eu usaria a desculpa de visitá-la para sair de casa.

Está congelando lá fora quando saio do nosso arranha-céu, os guardas me seguindo a uma distância discreta, como sempre. O ar frio belisca as partes expostas do meu rosto, mas não me importo. Também faz frio em New Hampshire no inverno, então, estou acostumada.

O prédio de Natasha fica a apenas alguns

quarteirões de distância, mas estou me sentindo melhor no final da caminhada. Como eu esperava, respirar o ar fresco e frio afugentou o pior da pressão ao redor do meu crânio. Talvez eu esteja me preocupando à toa. Dan poderia ter tido alguma emergência familiar e pego um avião de volta para os Estados Unidos sem contar a ninguém, incluindo seu trabalho e seus empregadores.

Ok, certo. E os alienígenas desembarcaram na Praça Vermelha ontem. Sem falar que meu pai, sem dúvida, já verificou todos os registros de voo e saberia se Dan simplesmente voltasse para casa.

Se meu pai estiver procurando, na verdade.

Afastando esse pensamento desagradável da minha mente, entro no prédio de Natasha e passo as próximas duas horas no apartamento dela, fofocando sobre todos que conhecemos. A casa dela é quase tão boa quanto a nossa cobertura, embora seus pais não sejam tão ricos. Eles são multimilionários, mas isso não é nada em nosso círculo. Algumas das outras garotas desprezam Natasha por isso, mas eu sempre gostei dela, desde que frequentamos o mesmo jardim de infância exclusivo aqui em Moscou.

— Você está bem? Parece distraída — Ela diz, e eu percebo que não respondi sua pergunta sobre meus planos de férias de primavera. Ela quer que eu vá para Ibiza com ela, eu acho. Ou é Belize?

— Sim, desculpe. Dormi mal. — Passo meus dedos pelo meu cabelo. — Acho que estou para baixo. Mama me disse no ano passado que eu poderia ir quando estivesse no Ensino Médio, mas vou falar com ela e aviso a você.

Natasha mastiga uma mecha de seu cabelo loiro. — Eu realmente espero que você possa ir. Kristina estará lá. E Vitalik.

É claro. Vitalik, a paixão de Natasha desde a terceira série – que atualmente está namorando Kristina, a garota mais puta que conhecemos. Sem mim como uma intermediária, Kristina come Natasha viva.

— Vou fazer o meu melhor — digo e me levanto do sofá, preparando-me para sair.

— Com licença — diz uma loira curvilínea, entrando na sala de estar. Ela é a governanta, Lyudmila, eu acho. — Há uma entrega para Alina Molotova.

— Para mim? — Eu pisco para ela. — Mas eu nem moro aqui.

Ela dá de ombros e me entrega uma caixa de veludo preto, do tipo que geralmente contém joias. — O bilhete dizia para dar a você, então, aqui está.

— Abra — Natasha pede. Seus olhos azuis brilham de excitação. —Talvez seja de um admirador secreto.

— Aqui em Moscou? Até parece. — Espero Lyudmila sair e abro a caixa com cuidado.

Dentro há um anel.

Um grande e vistoso anel masculino com o brasão de uma fraternidade de Yale.

A caixa cai dos meus dedos inertes. O anel cai e rola pelo chão.

— O que é isso? — Natasha pergunta, alarmada,

mas já estou correndo para fora da sala, perseguindo Lyudmila.

— Um bilhete — digo com urgência, alcançando-a na cozinha. — Onde está o bilhete?

— Ah, humm, espere. — Ela o pega de uma pilha de papéis em um dos balcões. —Aqui está.

Eu o pego e o leio freneticamente.

São apenas duas linhas:

Para Alina Molotova.

-AL

Capítulo 5

—O que você está fazendo aqui? — Eu pergunto, levantando meu queixo.

Eu odeio que minha voz esteja tremendo e minhas mãos estejam freneticamente agarrando as bordas da minha toalha como se eu fosse uma donzela virginal.

O que eu realmente sou. Ele garantiu isso.

A curva cruel dos lábios de Alexei se aprofunda, diversão sombria dançando nas profundezas de seus olhos. — É o meu barco.

— Eu quis dizer aqui na minha cabine. — Pronto, mais firme agora. Talvez eu ainda possa salvar esta situação, ganhar um pouco mais de tempo.

Ele arqueia as sobrancelhas. — É minha cabine também.

Minhas entranhas se contorcem com medo e algo muito mais inquietante. Simultaneamente, minha respiração acelera, minha pele formigando com aquele calor perigoso que eu só sinto perto dele. Estou ciente de seu tamanho e força, da forma como seus músculos grossos flexionam sob o algodão macio de sua camiseta preta e como seu jeans escuro e gasto abraça suas pernas poderosamente construídas. Das tatuagens que cobrem seus antebraços, simultaneamente ocultando e enfatizando sua força musculosa.

Ele era intimidante aos dezenove anos. Agora, aos trinta, ele é uma força a ser reconhecida.

— Onde estamos? — Pergunto o mais uniformemente que posso. Não quero me aprofundar na parte "minha cabine", não quero pensar no que ele quer dizer com isso. Tenho a sensação de que vou descobrir em breve, mas, enquanto isso, preciso me orientar.

— Estamos em um barco — Ele responde, seus olhos brilhando com sarcasmo. — Meu barco.

Eu aperto minha mandíbula. — E onde está a porra do barco?

Ele estala a língua em desaprovação. — Que boca suja.

— Foda-se.

— Ah, com certeza. — Ele sorri, mostrando dentes alinhados que parecem extra brancos contra o bronzeado profundo de sua pele cor de azeitona. Os Leonovs têm um pouco de sangue siciliano neles, e isso se mostra. Seus olhos passam por mim, demorando-se no local onde minhas mãos estão segurando a toalha em um aperto de morte. — Muito em breve.

Meu corpo fica simultaneamente quente e frio, e dou um passo involuntário para trás.

É um erro. Como um predador reagindo a uma presa em fuga, ele vem atrás de mim, avançando com passos letalmente suaves até estar bem na minha frente, tão perto que posso sentir o cheiro de sua colônia masculina rica, com suas notas de pinho e couro. E surf oceânico. O cheiro fresco e salgado que emana de sua pele é novo, e me lembra de onde estamos e como minha nova prisão é inescapável.

Engolindo em seco, olho para seu rosto de feições duras enquanto ele levanta a mão e escova meu cabelo para trás, colocando-o atrás da minha orelha. Seu toque queima como fogo, aumentando a turbulência dentro de mim.

— Minha doce beleza — diz ele suavemente. — Ainda acha que pode adiar isso, não?

Eu umedeço meus lábios secos. Estou tremendo por dentro, e não sei se é de trepidação ou do calor infernal que me consome. — Eu preciso de mais tempo. Por favor.

Seus olhos são quase pretos puros. — Eu te dei uma década.

Sim, ele deu. Mas não é suficiente. Cem anos não seriam suficientes, e ele sabe disso. O que ele quer é tudo o que me apavora.

— Por favor — Tento de novo, e seja a palavra em si ou o tremor na minha voz, seu aceno de cabeça em resposta é quase lamentável. Quase solidário, mesmo quando suas palavras me matam com toda a impiedade com que ele assassinou os guardas do meu irmão.

— Chega de esperar, Alinyonok. — Cobrindo minhas mãos fechadas com suas grandes palmas, ele gentilmente abre meus dedos, um por um, até que a toalha que cobre meu corpo está segura apenas pela ponta que eu enfiei no material sobre meus seios. Posso senti-lo deslizando lentamente para fora, desenrolando-se por conta própria, mas ele não espera. Capturando minhas duas mãos em uma das suas, ele puxa a toalha, ajudando-a a cair no chão, deixando-me nua na frente dele.

O ar frio flui sobre minha pele recém-lavada, aumentando a sensação de agulhas geladas perfurando minha carne e, perversamente, o calor líquido se acumulando entre minhas coxas. Meus mamilos se contraem em pontos duros e doloridos, e eu tenho que lutar para não balançar impotente em direção a ele enquanto ele inclina a cabeça e imprime as palavras no meu ouvido com seu hálito quente. — É hora de você cumprir sua parte do nosso acordo.

Capítulo 6

10 ANOS E 1 MÊS ANTES, MOSCOU

Duas semanas em casa. Isso é tudo que eu tenho que tolerar neste verão, obrigada, caralho. Agora que completei quinze anos, Mama me deixa viajar com meus amigos – e nossos guarda-costas, é claro – e passei junho, julho e metade de agosto explorando Itália, Grécia, Espanha e França. Eu teria continuado de bom grado para a Islândia com Natasha, mas por algum motivo, meus pais insistiram que eu voltasse para Moscou – provavelmente para que eu pudesse testemunhar mais de suas brigas épicas.

Tento não insistir nisso, na animosidade entre eles que parece crescer a cada dia, mas é impossível ignorar. Estou em casa há menos de uma semana e já peguei Mama chorando duas vezes. Papa não está muito melhor. Ele anda bebendo. E não o tipo de bebida que ele sempre bebeu, onde é um copo ou dois de conhaque depois do jantar ou algumas doses de vodka em uma festa. Não, todos os dias deste verão, Papa está bêbado desde o meio-dia – e não posso deixar de me perguntar se a culpa é minha.

Ontem, pelas frestas do meu quarto, ouvi Mama gritando com ele e peguei meu nome sendo mencionado. Ora, eu não sei, mas suspeito que tenha algo a ver com o que aconteceu com Dan durante as férias de inverno. Não contei a ninguém da minha família sobre o recebimento do anel de Dan, mas, de alguma forma, meu pai e meus irmãos descobriram. Muito provavelmente, Lyudmila, a governanta de Natasha, disse algo aos meus guardas. Ou para Pavel.

Aparentemente, ele a tem visto desde o ano passado. Mama me disse isso ontem.

Não quero pensar em Pavel com Lyudmila, ou em qualquer coisa que tenha a ver com as férias de inverno. Faz menos de um mês desde que parei de acordar suando frio de um pesadelo em que o cadáver de Dan emerge do rio Moscou e vem bamboleando em minha direção, as mãos acenando – menos o dedo com o anel. Não que eu tenha algum motivo para pensar que ele está no rio. Seu corpo não foi encontrado, embora eu não saiba se alguém realmente procurou.

Depois que meu pai me confrontou sobre o anel e o bilhete, não tive escolha a não ser contar a história completa, incluindo a parte sobre os avanços de Dan. Papa estava além de furioso. Um vaso pode ter voado em algum momento. Infelizmente, a maior parte de sua fúria foi dirigida não a mim, mas à minha mãe, por contratar Dan e me fazer ter aulas com ele. Não importava o quanto eu protestasse que *eu* era a culpada por não falar, Papa não ouviu.

A briga deles naquele dia foi tão horrível que eu bloqueei isso da minha mente. Infelizmente, não posso bloquear o conhecimento esmagador de que um homem que conheci está morto por minha causa.

Alexei Leonov o matou.

Ainda não entendi a motivação dele. Não para aquele bilhete, não para nada disso. Nem entendo a reação de Papa ao envolvimento de Alexei. Todos os meus três irmãos ficaram furiosos ao saber que Alexei assumiu isso em vez de deixar nossa família lidar com isso, mas Papa estava estranhamente calmo sobre o assunto. "Vou falar com ele", foi tudo o que ele disse, e foi a última vez que ouvi falar.

Eu gostaria de ser tão fria, mas não sou. Saber que foi Alexei quem fez meu tutor desaparecer me atormenta quase tanto quanto minha culpa pela morte de Dan. Sim, Dan era um idiota, mas ele não merecia o que aconteceu com ele pelas mãos de Alexei. E *foram* as mãos de Alexei – aquele bilhete deixou isso claro como cristal.

Por que ele enviou junto com o anel? Mesmo que ele achasse que Dan merecia ser morto por me tocar, por que ele fez isso sozinho em vez de simplesmente dizer algo para minha família?

A única explicação que me vem à mente é tão insana que a desligo assim que ela invade meus pensamentos. Recuso-me a sequer cogitar essa possibilidade. É verdade que em nosso mundo, os homens fazem esse tipo de coisa quando outros homens roubam em seu território, sejam negócios ou mulheres. Mas isso é ridículo.

De jeito nenhum Alexei pensa em mim como seu território.

Ainda assim, meu subconsciente deve ter se agarrado à ideia porque meus outros pesadelos – aqueles dos quais eu acordo me sentindo estranhamente quente e desconfortável – envolvem um demônio de olhos negros vindo para me reivindicar, suas mãos manchadas de sangue me abraçando e sua boca perversa sorrindo enquanto ele me arrasta para seu submundo aterrorizante.

———

TENHO APENAS TRÊS DIAS DAS MINHAS FÉRIAS DE VERÃO quando Mama entra no meu quarto. Seu lindo rosto está excepcionalmente pálido, seus olhos vermelhos e inchados por baixo da maquiagem. Ela deve ter tido outra briga das grandes com Papa.

— Alinochka, há algo que seu pai e eu precisamos falar com você — diz ela, sua voz mais áspera do que o habitual. —Vista-se e nos encontre na biblioteca em meia hora, ok?

Sento-me ereta no sofá, meu coração batendo em uma batida mais rápida.

— Por quê? O que está acontecendo?

Ela tenta um sorriso. — Nada. Falaremos com você

quando você descer, ok? E use um dos seus vestidos mais bonitos, por favor. Temos companhia.

Ela sai, fechando a porta atrás dela, e eu olho sem expressão antes de ficar de pé. Eu não tenho ideia do que está acontecendo, mas meu estômago está apertado, meu peito, frio. Isso não é usual. Meus pais não têm conversas conjuntas comigo. Se há algo que eles querem, Mama sempre fala comigo sozinha. Deve ser algo grande. Mas, o quê? Se ela não tivesse mencionado companhia, eu pensaria que meus pais estavam finalmente se divorciando, mas eles não iriam querer testemunhas dessa conversa. A menos que sejam advogados? Mas por que eles querem que eu fique bonita para isso?

Movendo-me no piloto automático, coloquei um vestido. Não é um dos meus vestidos de noite chiques – são apenas onze da manhã – mas é fofo, algo que eu poderia usar em uma festa na piscina com meus amigos. Também aplico um pouco de maquiagem, só para não ficar tão pálida e assustada. Eu costumava odiar maquiagem, mas estou começando a entender sua utilidade, a apreciar sua capacidade de esconder sinais de estresse e noites sem dormir.

Pronto. Eu pareço decente. Agora, se minhas mãos não estivessem tão geladas... Felizmente, ainda tenho alguns minutos antes de precisar estar lá embaixo, então, entro no banheiro e as aqueço sob uma corrente de água quente.

Finalmente é hora de ir para a biblioteca. Coloco um par de saltos plataforma que combinam com o vestido e desço as escadas. Meu coração está martelando em meus ouvidos e minha mente está girando com todos os tipos de possibilidades desagradáveis.

E se eles me tirarem do meu internato para me obrigar a frequentar um colégio local?

Ou – oh, Deus – e se algo aconteceu com alguém da nossa família?

De jeito nenhum. Mama apenas me contaria. Ela não faria uma grande produção com isso. Quando minha avó – a mãe de Papa – faleceu de ataque cardíaco há cinco anos, Mama me contou imediatamente. Não, isso é outra coisa, algo a ver especificamente comigo.

Estou doente de nervos quando me aproximo da biblioteca e bato na porta.

— Entre — Papa responde.

Eu entro. Imediatamente, meus olhos caem sobre os dois convidados, e meu pulso salta para a estratosfera.

Alexei Leonov e seu pai.

Eles estão sentados do outro lado da mesa dos meus pais, olhando para mim com pares quase idênticos de olhos escuros e frios.

— Alinochka, por favor, junte-se a nós — Mama diz, um pouco instável. — Temos boas notícias para discutir.

Eu forço meus membros a se moverem. Eles parecem estranhos, como se não me pertencessem. É como se eu estivesse vestindo uma roupa de carne e osso em vez de habitar meu corpo.

O traje obedece às minhas instruções, no entanto, e eu me sento ao lado de Mama, meus olhos colados em Alexei, que está sentado bem na minha frente. Ele me encara com uma expressão ilegível, suas grandes mãos entrelaçadas na mesa à sua frente.

Eu engulo em seco, lutando contra a vontade de desviar o olhar como uma covarde. Mais uma vez sua presença me faz sentir alternadamente quente e frio. Seu rosto sempre foi tão duro e esculpido, ou ele amadureceu ainda mais nos seis meses desde a última vez que o vi? Eu tenho perseguido ele online, então, sei que ele acabou de completar vinte anos. Por uma coincidência bizarra, nós compartilhamos o aniversário – 24 de julho – o que o torna exatamente cinco anos mais velho do que eu. Se minha avó estivesse viva, ela diria que isso significa que nossos destinos estão entrelaçados, os fios de nossas vidas cruzados desde o nascimento, mas isso é bobagem. Não acredito em nenhuma dessas superstições de vilarejos.

Papa limpa a garganta e redireciono minha atenção para ele, grata por uma desculpa para desviar os olhos do olhar sombrio e magnético de Alexei.

— Alina — Papa diz gravemente. — Você conheceu Boris Sergeyevich Leonov e seu filho, Alexei.

Anos de treinamento de polidez impulsionam minha resposta. — Sim, claro. Olá de novo. É bom ver vocês dois.

O Leonov mais velho inclina a cabeça com um sorriso de lábios finos que faz minha pele arrepiar, mas a expressão de Alexei não muda de forma alguma. Nem ele diz nada de volta. Ele apenas me observa com aquele olhar indecifrável em seus olhos ônix.

— Como você sabe, nossas famílias têm uma história que remonta há muito tempo — diz Papa. — E um relacionamento que, às vezes, tem sido... contencioso. — O que ele realmente quer dizer é que é um milagre estarmos todos sentados aqui juntos sem derramamento de sangue.

Algum tipo de resposta parece necessário, então eu assinto, pressionando minhas mãos sob a mesa. Ainda não tenho ideia do que se trata, mas meus dedos estão gelados novamente.

— O mundo de hoje é muito diferente do de nossos pais — Continua Papa. — Tanto pequeno quanto grande. Apresenta novos desafios e novas oportunidades. Seria tolice que rixas de décadas passadas impedissem a todos nós aproveitarmos as oportunidades, você não acha?

Ele está *me* perguntando? Lanço um olhar para Mama, mas ela está olhando para frente, com os lábios apertados. Sem saber mais o que fazer, aceno com a cabeça cautelosamente novamente.

— Bom — Papa diz. — Você entende então. Nossas famílias precisam de um novo começo, uma maneira de consertar velhas rixas e construir bases sólidas para o futuro. Um futuro onde, em vez de serem rivais, os Leonovs e os Molotovs são parceiros, unidos contra este mundo em rápida mudança.

Dou outra olhada para Mama. Não entendo por que estou aqui, por que parece que Papa está fazendo esse discurso para *mim*. Nikolai não deveria estar aqui, já que é ele quem Papa está preparando para assumir os negócios? Ou Konstantin, como o mais velho? Ou mesmo Valery, que pode ter apenas dezessete anos, mas já é assustadoramente bom em todos os tipos de coisas desagradáveis?

Mama ainda não está olhando para mim, então, volto minha atenção para Papa, que está tagarelando sobre as vantagens de uma parceria Leonov-Molotov, tanto do ponto de vista financeiro quanto político. Tudo se resume a todos nós nos tornarmos ainda mais ricos e influentes, como se os bilhões que temos atualmente não fossem suficientes.

— Então — diz Papa em conclusão —, Boris Sergeyevich e eu conversamos sobre isso e encontramos uma solução que beneficia a todos. A melhor maneira de superar as velhas fendas é construir uma ponte sobre elas, uma que nos una nas próximas décadas.

Ele olha para Alexei e seu pai, o que me obriga a fazer o mesmo. O rosto de Alexei permanece ilegível, enquanto Boris ainda está sorrindo daquele jeito perturbador.

Uma suspeita bizarra se agita em minha mente, fazendo meu estômago apertar. Mas não. Não tem jeito. Nem mesmo nossas famílias são atrasadas o suficiente para...

— As crianças são o nosso futuro — diz Papa, e é como se uma fissura escancarada se abrisse embaixo de mim, a terra se partindo com um rugido que quase abafa as próximas palavras que ele diz. Quase, mas não totalmente. Elas ainda chegam aos meus ouvidos, cada uma tão impossível de processar quanto a outra. — Você, seus irmãos, Alexei e os irmãos dele – todos vocês estarão aqui muito depois de Boris e eu partirmos. E seus filhos estarão aqui depois de você. É por isso que é importante que você e Alexei se casem, que o vínculo que nossas famílias formem não seja apenas um contrato comercial, mas de sangue.

— Casar? — Minha pergunta emerge através dos lábios entorpecidos quando encontro o olhar impassível de Alexei. Ele não parece chocado com isso. Ele sabia que isso ia acontecer. Eu desvio meu olhar dele e me viro para Papa, minha voz aumentando de tom. — O que você quer dizer com 'casar'? Eu tenho quinze anos!

— Agora não, obviamente — diz Boris, sua voz grave arranhando minhas terminações nervosas. — Vocês dois são muito jovens. Será em alguns anos. Enquanto isso, vocês vão se conhecendo.

— Não. De jeito nenhum. — Meu olhar voa entre Boris e meus pais enquanto procuro um sinal de que eles estão brincando, que essa é uma brincadeira horrível que eles decidiram pregar em mim por algum motivo insondável. Boris e Papa encontram meus olhos sem piscar, enquanto Mama mantém o olhar fixo na mesa. Eu agarro sua mão, forçando-a a finalmente olhar para mim. — Mama? Diga-me que isso não é...

— Alina. — O tom de Papa endurece. — Isso não está em discussão.

— Mas...

— É para o seu próprio bem, Alinochka. — A voz de Mama treme, desmentindo suas palavras. Seus olhos nadam com lágrimas enquanto ela olha para mim. — De verdade.

O rugido em meus ouvidos se intensifica. Eles falam sério. Isso não é uma piada. Eles pretendem me casar com Alexei. Meus olhos pousam em seu rosto, que ainda está usando aquela porra de máscara ilegível, e é tudo que posso fazer para não estender a mão por cima da mesa e sacudi-lo, dizer a ele para falar, dizer que isso é loucura, que não tem como isso estar acontecendo. Mas ele não diz nada. O que significa que depende de mim. Eu salto ficando de pé. — Não! Porra nenhuma. Eu não vou fazer isso.

Papa se levanta, sua expressão escurecendo. — Isso não está em debate, eu disse.

Zombo. — Oh, mesmo? Foda-se essa merda. — Eu me viro, mas antes que eu possa sair da sala, Papa agarra meu pulso.

— Sente-se. — Seu rosto está sombrio, seu aperto, dolorosamente firme. — E cuidado com a porra da sua língua.

— Me solta! — Tento me livrar dele, mas ele é muito forte. Enfurecida, eu torço meu braço com mais força, a adrenalina entorpecendo a dor. — Me deixa ir, porra!

— Solte-a. Agora. — A voz de Alexei está perigosamente controlada. É a primeira vez que ele fala hoje, e suas palavras têm o mesmo efeito que o martelo de um juiz batendo em um tribunal indisciplinado.

Eu congelo instintivamente, e Papa solta meu pulso como se fosse uma cobra.

— Deixe-nos — diz Alexei, levantando-se, varrendo um olhar imperioso ao redor da sala. — Alina e eu precisamos conversar.

Por meia batida, há apenas silêncio. Não espero que nenhum dos adultos obedeça, mas, para minha surpresa, Boris Leonov se levanta e minha mãe segue o exemplo.

— Vamos nos reunir em dez minutos — diz Papa, seus olhos estreitados no meu rosto. — Comporte-se, você está me ouvindo?

Com isso, ele sai da sala e Mama corre atrás dele. Boris é o último. Seu olhar sombrio permanece em seu filho por um longo momento, e então ele parte também, deixando-nos sozinhos na biblioteca.

Meus joelhos de repente parecem trêmulos, e eu afundo na cadeira, esfregando meu pulso latejante. Estou tremendo pela adrenalina, meu pulso martelando em meus ouvidos. Eu nunca encontrei esse lado violento do meu pai. Eu sei que existe, mas ele nunca me machucou antes. Então, novamente, eu nunca o desafiei abertamente antes de hoje.

Alexei também se senta e estende uma mão para mim, com a palma para cima.

— Deixe-me ver isso — Ele ordena.

Assustada, eu obedeço, mostrando a ele meu pulso, onde a pele está vermelha e marcada. Para minha surpresa, ele gentilmente pega minha mão, uma carranca se formando entre suas sobrancelhas enquanto ele a vira para um lado e para o outro. Seu toque me afeta com seu calor. Sua mão é escura contra minha pele pálida, seus dedos longos e poderosamente masculinos. Minha palma estreita e dedos finos parecem infantis em seu aperto. Um formigamento eletrizante percorre meu braço enquanto ele esfrega levemente o polegar sobre a pele ardendo, acalmando a dor, e minha respiração acelera quando a sensação de calor se espalha pelo meu corpo, culminando em uma dor pulsante e estranhamente agradável entre minhas coxas.

Ah, caralho. É esta a sensação de estar excitado? A excitação é o que eu tenho experimentado perto dele?

Eu não sou ignorante sobre sexo – tivemos Educação Sexual na escola e vi pornografia online – mas nunca namorei ou tive namorado. Nunca quis, não importa o quanto minhas amigas zombem de mim por terminar a nona série sem beijar um menino. Natasha já foi para a 'terceira base' com o namorado de seis meses, e algumas amigas minhas na escola fizeram sexo completo. Mas eu não estou pronta. Eu não quero garotos do Ensino Médio com seus beijos melados e carícias gananciosas. Talvez seja porque eu tenho sido admirada por homens de todas as idades desde que fiz doze anos, mas nunca estive particularmente ansiosa para deixar alguém com um cromossomo Y perto de mim. Ainda não estou, mas, pela primeira vez, entendo por que outras garotas estão.

Se beijar é algo parecido com as sensações que o toque de Alexei está evocando em meu corpo, talvez eu queira tentar mais cedo ou mais tarde.

Mas não com ele. Nunca com ele. Mesmo que ele não tivesse matado meu tutor, a reputação dos Leonovs por si só faria disso uma impossibilidade.

Eu puxo meu braço de volta. — Estou bem.

O olhar de Alexei salta para o meu rosto. — Está com hematoma.

— Vou colocar gelo nele.

Sua expressão suaviza. — Como quiser. Agora, vamos falar sobre...

— Essa insanidade? Sim, vamos. — Fico de pé enquanto a adrenalina fresca inunda meu sistema. Eu não me importo com o tipo de reação que tenho ao seu toque ou sua proximidade. Não vou me casar com ele, nem com qualquer outra pessoa que meu pai escolher para mim.

Meu marido, se eu tiver um, será minha escolha e de mais ninguém.

Começo a andar na frente da mesa. — Isso é uma besteira total, e você precisa dizer isso a eles. Eles parecem ouvir você, então, você tem que falar e dizer que isso não está acontecendo, que é uma coisa ridícula e bárbara que eles inventaram, e que nenhum de nós quer isso. — Olho para Alexei e encontro seu olhar me seguindo com aquela expressão indecifrável. — Certo?

Ele não responde.

Eu paro, de repente muito menos certa. — Certo?

— Sente-se — diz ele, apontando para a minha cadeira. — Há algo que você precisa saber.

— O quê?

Ele levanta as sobrancelhas e gesticula novamente. Bufando, eu me jogo na maldita cadeira. — O quê?

— O acordo de noivado já foi assinado.

— *O quê?* Não. Não, isso não é verdade. Eles não podem fazer isso sem que concordemos. Eles... — Paro diante de seu sorriso sardônico. — Eles podem?

— Nossas famílias podem fazer qualquer coisa — diz ele suavemente. — Você sabe disso.

Um calafrio se espalha pela minha pele. Ele tem razão. Eu sei que ele está certo. Na Rússia, os Molotovs e os Leonovs são quase onipotentes. Talvez se estivéssemos nos Estados Unidos ou em algum lugar, como a Alemanha, eu pudesse esperar encontrar um juiz ou um chefe de polícia que não tenha sido comprado por uma ou ambas as nossas famílias, mas não aqui em Moscou. Não em qualquer lugar da Europa Oriental, provavelmente.

— Não entre em pânico — diz Alexei, lendo corretamente a expressão no meu rosto. — Isso não vai acontecer hoje ou tão cedo. Não tenho interesse em uma garota de quinze anos, para casamento ou namoro. No futuro próximo, continuaremos como sempre fizemos, levando nossas vidas separadas.

— Exceto que temos esse noivado. — A própria palavra é estranha na minha língua, tão medieval quanto todo esse arranjo.

— Isso mesmo. — Ele me observa por baixo das pálpebras semicerradas.

— Não, não está certo! Diga a eles para irem se foder. — Eu posso ouvir minha voz aumentando, como a de uma criança petulante, então, eu fecho meus lábios. Por mais que eu não queira isso, o conhecimento de que ele pense em mim como uma criança burra que nem vale a pena namorar dói de alguma forma perversa.

Uma curva sardônica toca seus lábios novamente.
— Você ainda não entendeu. Está feito. Estamos noivos. Quebrar o acordo agora só criaria uma nova discórdia entre nossas famílias. Você não quer isso, quer?

Eu pisco. — Não, mas...

— Então nós vamos juntos com isso — diz ele com determinação. — A gente leva um dia de cada vez. Quem sabe onde estaremos daqui a alguns anos? A vida não é uma imagem estática em uma tela. Muda o tempo todo, de maneiras que nem podemos começar a prever. Você pode gastar toda a sua energia lutando contra o futuro hoje, ou pode esperar e ver se uma luta vale a pena. — Ele se inclina, os olhos brilhando. — Na verdade, quando chegar a hora, você pode descobrir que mudou completamente de ideia sobre esse futuro.

CAPÍTULO 7

DIA ATUAL, LOCAL DESCONHECIDO

É *hora de você cumprir sua parte do nosso acordo.*

As palavras de Alexei reverberam através de mim, causando arrepios por toda a minha pele nua. Ou talvez seja o calor de sua respiração contra meu pescoço e o conhecimento de que não tenho para onde correr, que depois de todos esses anos, finalmente vou perder esse jogo de alto risco que estamos jogando. Então, novamente, talvez seja o melhor. Estou cansada de correr, cansada de lutar.

Agora entendo que esse homem sempre esteve destinado a me destruir.

Estava escrito nas estrelas no dia em que nós dois nascemos, precisamente com cinco anos de diferença.

— É isso. Pare de lutar contra isso — Ele murmura em meu ouvido, afrouxando seu aperto em meus pulsos, e perversamente, são suas palavras que me dão a força para resistir ao desejo insidioso pulsando dentro de mim, a excitação traiçoeira enfraquecendo meus joelhos. Posso não ser mais aquela garota de quinze anos ingênua e tolamente corajosa, mas uma parte dela ainda está dentro de mim.

Com um movimento brusco, eu me solto de seu aperto e dou a volta nele, recuando em direção ao meio do quarto espaçoso. Meu coração bate freneticamente, e é preciso tudo o que tenho para não envolver meus braços em volta do meu corpo nu, mantendo-me de pé enquanto seus olhos queimam um caminho sobre meus seios nus e barriga antes de retornar ao meu rosto.

Seu próprio rosto está contraído com uma necessidade selvagem, manchas de cor queimando em suas maçãs do rosto salientes. Sua voz é baixa e áspera. — É assim que você deseja jogar?

Eu umedeço meus lábios. — Eu estou com fome. — É mentira – na verdade, estou um pouco enjoada –, mas é a única coisa em que consigo pensar para ganhar mais tempo.

Suas narinas se dilatam, e posso sentir os instintos conflitantes guerreando dentro dele. À sua maneira fodida, ele se preocupa comigo, com meu conforto e bem-estar. Ele também me quer. Ele me quer desde que nos conhecemos, embora eu não soubesse disso até anos depois. Minhas unhas cravam nas palmas das mãos enquanto espero para ver qual lado dele vence.

Ele vem em minha direção, seus passos lentos e deliberados. — Você está com fome.

Eu não recuo desta vez. Qual seria o ponto? Estou inteiramente à sua mercê neste quarto, neste barco. Meus irmãos estão me procurando, tenho certeza, mas mesmo com todos os recursos à disposição, eles não vão me encontrar tão cedo. Um barco nada mais é do que uma partícula em movimento em um vasto oceano.

Ainda assim, é tudo o que posso fazer para não me encolher quando ele para na minha frente e inclina meu queixo para cima com dedos curvados. Estou ciente da minha nudez, da minha vulnerabilidade, especialmente porque ele ainda está vestido com as roupas escuras que ele prefere – não que ele fosse menos intimidador sem elas. Estou acima da média em altura, mas ele é pelo menos uma cabeça mais alto, seus ombros são duas vezes mais largos que os meus, seus músculos moldados como aço.

Ele pode fazer o que quiser comigo, e nós dois sabemos disso.

Fatalisticamente, encontro seu olhar escuro como carvão e espero que ele decida meu destino.

Capítulo 8

____

8 ANOS E 5 MESES ANTES, NEW HAMPSHIRE

BAILE DOS VETERANOS, proclama a faixa brilhante quando entro no ginásio do Ensino Médio, que foi transformado em um salão de baile digno de um palácio. As últimas músicas pop tocam nos alto-falantes, e a atmosfera está repleta de hormônios adolescentes e drama. Ocasionalmente, apesar dos esforços dos acompanhantes, você também pode sentir um cheiro de maconha.

Eu não deveria estar aqui, já que ainda sou uma caloura, mas dois dos meus melhores amigos são veteranos e me imploraram para ir com eles, então, aqui estou.

— Você é nossa isca para caras bonitos — Risha me disse. — Nós precisamos de você.

É uma bobagem total, claro. Uma estrela de Bollywood em ascensão, Risha é tão linda quanto possível. Ela se preocupa comigo, no entanto. Assim como nosso amigo Giles. Ele acha que não é natural

69

que eu tenha quase dezessete anos e não tenha tido um único namoro.

— Você acha que pode ser assexual? — Ele me perguntou alguns meses atrás, seu sotaque britânico dando às palavras uma certa elegância. — É totalmente legal se você for.

— Quem dera — Eu disse a ele com uma careta. — Infelizmente, eu gosto de pau, assim como você.

— Então, por que você não pega um?

— Eu vou. Um dia. — Quando eu não estiver mais noiva, mas eu não poderia dizer isso a ele. Nenhum dos meus amigos da escola sabe sobre o contrato medieval pairando sobre minha cabeça, lançando uma sombra sobre todos os aspectos da minha vida.

Mesmo que eu não tenha visto Alexei desde aquele dia na biblioteca dos meus pais, não consigo esquecê-lo e a ameaça que ele representa para o meu futuro. Tenho pavor de cada aniversário porque, embora nenhuma data real tenha sido definida, sei que aos dezoito anos é mais provável quando serei considerada "velha o suficiente". Pelo menos para namoro, se não para casamento – e só posso imaginar o que significa namorar um homem como Alexei Leonov.

Lutei contra o noivado, é claro. Não importa o que Alexei dissesse, eu não poderia aceitar humildemente a situação e esperar para ver como ela se desenrolaria no futuro. Por três dias seguidos, chorei e implorei; por meses depois, dei a meus pais o tratamento do silêncio. Uma e outra vez, eu disse a eles que não faria isso e que eles não podiam me obrigar. Nada disso importava. O contrato continua e, embora Alexei ainda não esteja na minha vida, sei que ele estará em breve.

— Aí está você — Risha grita, me vendo da pista de dança. Ela acena loucamente. —Junte-se a nós!

Eu aceno de volta. — Vou pegar uma bebida primeiro!

Atravessando a multidão, sigo para a estação de refrescos. Há ponche, naturalmente, mas também há água com gás, suco de uva com gás, kombucha e todos os coquetéis sem álcool que você possa imaginar, preparados por um barman de verdade.

Quando crianças ricas festejam, você não pode se contentar com algo tão básico quanto água colorida com açúcar.

Eu pego um copo de kombucha, porque microbioma, e então eu discretamente consigo um baseado de um cara que eu conheço. No ano passado, descobri que gosto de maconha. Isso acalma a ansiedade que sempre me atormenta o estômago hoje em dia.

Estou a caminho do banheiro para fumar um cigarro rápido quando uma figura alta aparece na minha frente.

— Ei.

Ui, isso de novo. — Ei, Josh — digo com um revirar de olhos.

Eu sabia que ele estaria aqui – todo mundo espera que ele seja eleito o Rei do Baile – mas eu esperava que ele estivesse muito ocupado com sua namorada para dar em cima de mim. Mas não. Ele encontrou o tempo.

— Você está aqui com alguém ou sozinha? — Ele fala lentamente, passando a mão pelo cabelo loiro comprido – sem dúvida para chamar minha atenção para o quão macio e brilhante é. Seu olhar percorre meu corpo desde as pontas dos meus saltos prateados até as alças espaguete segurando meu vestido Givenchy, e o olhar em seus olhos azuis me faz querer puxar meu corpete mais alto.

Casualmente, eu resisto ao desejo. — Estou com meus amigos.

— Mesmo? — Ele se inclina, sorrindo. — Que tal eu te mostrar o lugar?

— Não, obrigada. Eu tenho que mijar. — Pronto. Se isso não esfriar seu ardor, não sei o que irá.

Antes que ele possa dar uma resposta, passo em volta dele e vou direto para o banheiro. Ainda é início da noite, então, ainda não está cheio de todas as garotas adicionando álcool aos seus coquetéis virgens. Encontro uma cabine vazia e acendo, apreciando a queimadura acre e terrosa em minha garganta enquanto a fumaça viaja profundamente em meus pulmões. Quase imediatamente, o zumbido ansioso dos meus pensamentos se acalma, a tensão nas minhas têmporas diminui. Outra tragada, e minha mente esvazia ainda mais. Por alguns momentos abençoados, esqueço que o ano letivo terminará em breve e terei que voltar para casa em Moscou, para as brigas cada vez maiores de meus pais... que neste verão, farei dezessete anos, um ano mais perto da idade que temo e o homem que me assombra.

O pior é que tenho certeza de que Alexei não pensou em mim ou no estúpido contrato desde aquele dia. Eu não o vi nem ouvi falar dele em quase dois anos, e ele certamente não fez nenhuma tentativa de me conhecer. O que é bom. Felizmente, ele já se esqueceu de mim e, quando chegar a hora, ele *dirá* aos nossos pais para irem se foder.

Eu deveria achar esse pensamento reconfortante – e eu acho – mas às vezes minha imaginação me prega peças. Às vezes, eu poderia jurar que sinto sua presença por perto, como se ele fosse um fantasma pairando sobre mim, me observando. Pior ainda, cada vez que fico tentada a dizer "sim" quando um garoto me convida para sair, lembro do anel de Dan e um "não" sai dos meus lábios.

Alexei saberia se eu namorasse alguém da minha escola? E se o fizesse, ele se importaria?

Eu gostaria de pensar que ele não faria isso, mas não posso arriscar.

Não posso ser responsável por outra pessoa desaparecer por minha causa.

Mais algumas tragadas e eu termino com o baseado. Minha cabeça parece pesada e leve, meus pensamentos, desconexos da maneira que apenas maconha ou muito álcool podem alcançar. Não sou fã deste último por causa do meu pai, mas gosto de ficar chapada. Gosto dessa sensação de não estar tudo lá.

Às vezes, quando as brigas dos meus pais ficam especialmente brutais, me pergunto como seria não estar lá.

Empurrando a porta da cabine, saio, lavo as mãos e me certifico de que minha maquiagem está no lugar. Então, vou para a pista de dança, onde encontro Risha e Giles lidando com suas respectivas paqueras.

É claro. Eu deveria saber que todo esse negócio de "venha conosco, precisamos de companhia porque não temos acompanhantes" era apenas uma manobra para me trazer aqui. Eles provavelmente estão esperando que eu fique um pouco bêbada, um pouco chapada, e a próxima coisa que você sabe, eu estarei com algum jogador de futebol na parte de trás da limusine de seu pai.

Sim, boa tentativa, pessoal.

Estou um pouco chapada, no entanto – tudo bem, mais do que um pouco – então, me deixo ser arrastada para a multidão de corpos girando. Com minha mente toda nebulosa, a batida da música parece sedutora, o ritmo pulsante me lembrando das sensações que sinto quando acordo de um daqueles pesadelos sobre Alexei e pressiono minha mão na dor vazia entre minhas pernas. Se eu pressionar com força suficiente e esfregar por um tempo, as sensações crescem e aumentam até ficarem muito doces, muito afiadas. É quando eu recuo.

Eu recuo porque quando me aproximo daquele pico, vejo seu rosto e esqueço por que pertencer a ele seria uma ideia terrível.

A música muda, uma nova música está chegando. É uma das minhas favoritas. Eu fecho meus olhos, deixando as palavras autossintonizadas me inundarem

74

enquanto a batida familiar guia os movimentos do meu corpo. Alguém começa a se esfregar em mim por trás, suas mãos deslizando sobre meus braços nus antes de apertar meus quadris para puxar minha bunda contra uma protuberância masculina crescente. Um cara então. Eu posso sentir seu calor. Ele está respirando com dificuldade, suando, mas pela primeira vez, não sinto repulsa. Estou flutuando na névoa que cobre minha mente, deixando a batida hipnótica me levar.

— Aê, Alina! — A voz animada de Risha me alcança sobre a música, e eu rio, de repente tonta. Por que não fiz isso antes? Por que me tranquei para viver como uma freira, tudo por causa de um pedaço de papel ridículo e inexequível?

Não estou noiva.

Eu me recuso a estar.

— Balança aí, garota — Giles grita, e eu o faço. É como se algo se soltasse dentro de mim. Eu não tenho ideia de quem está se esfregando em mim, mas eu não me importo. Não é sobre algum garoto. É sobre mim. Balançando meus quadris com a música, eu abro meus olhos, e as luzes estroboscópicas multicoloridas no teto se misturam com a névoa das máquinas, aumentando a sensação surreal que me envolve. Não sou mais eu mesma. Eu sou outra pessoa, alguém que não reconheço. Alguém selvagem e livre.

O cara atrás de mim gruda em mim com mais força. Ele fica mais ousado, movendo as mãos dos meus quadris para as minhas costelas e depois mais alto, mais alto... — Caralho! — ele exclama, endurecendo de repente, e para minha consternação, reconheço a voz de Josh. Antes que eu possa reagir, sou girada e arrastada para fora da pista de dança por uma mão forte em volta do meu braço.

Estou tão atordoada e desorientada que não luto no início. E quando o faço, já estou em um canto escuro do ginásio, longe da multidão, protegida da vista por uma pilha de arquibancadas cobertas por faixas decorativas. Uma figura alta e larga em um smoking paira sobre mim.

— O que... — Eu começo, piscando, apenas para congelar em choque quando reconheço os olhos escuros e as feições duras do homem à minha frente.

Alexei Leonov.

Meu pretendente.

E ele está furioso.

Sua voz é um rosnado baixo e sinistro. — Que porra você pensa que está fazendo?

— O quê? — Eu me esforço para organizar meus pensamentos desconexos em alguma aparência de coerência. Isso é real, ou eu fumei demais? Não tem como Alexei estar aqui, no meu baile do Ensino Médio. *Em New Hampshire.*

Ele solta meu braço e segura meu queixo com uma mão grande para virar meu rosto para um lado, depois para o outro, olhando nos meus olhos atentamente o tempo todo. — Você está fodidamente chapada. — Ele soa ao mesmo tempo enojado e incrédulo.

— Hum... sim. — Espere, eu deveria ter negado? Porra. Isso é real. Mas como? Por quê? O que ele está fazendo aqui? Ocorre-me que eu provavelmente deveria perguntar essa última parte em voz alta. — O que você está fazendo aqui?

Pronto. Eu pareço quase normal. Exceto que eu não estou. Estou chapada pra caralho, e nada nessa situação é normal. Eu estava dançando com Josh – ui – e então... Oh, merda. A adrenalina dissipa um pouco da névoa em meu cérebro, e o horror inunda quando Alexei aperta meu queixo, forçando minhas bochechas em um beicinho, e inclina a cabeça sobre mim, seus olhos queimando como brasas.

— Você não dança com outros homens. — Cada palavra cai em meus ouvidos como o machado de um carrasco. — Você não olha para eles – e você não, sob nenhuma circunstância, deixa que eles toquem em você. Contratualmente, e de todas as outras formas, você é minha. Entendeu?

Estou tão atordoada que só posso piscar em resposta. Não deve ser suficiente, porque ele aproxima o rosto, até que nossos narizes estejam a apenas três centímetros de distância. Suas narinas se dilatam perigosamente. — Diga que você entende, porra.

Com o jeito que ele está segurando minha mandíbula, eu não posso dizer nada, então, apenas faço um barulho de "uh-huh" no fundo da minha garganta. Posso sentir a violência reprimida dentro dele, a fúria que está à beira de ferver, e meu batimento cardíaco dispara, limpando mais a névoa em meu cérebro.

Isso não é um pesadelo ou minha imaginação

pregando peças. Está acontecendo. Ele está aqui, em carne e osso.

Ao contrário das minhas esperanças, ele não se esqueceu de mim.

Minha última tentativa de uma resposta deve acalmá-lo porque seu aperto no meu rosto suaviza um pouco. No entanto, ele não me solta, nem afasta o rosto. Em vez disso, seu olhar cai em meus lábios, ainda fazendo beicinho por seus dedos apertando minhas bochechas, e um tipo diferente de tensão invade seu corpo poderoso. Eu posso sentir, o calor subindo de sua pele, a forma como sua respiração fica mais pesada, mais irregular. Minha própria respiração fica superficial em resposta, uma lassidão quente varrendo sobre mim, enfraquecendo meus joelhos e liquefazendo meu núcleo. Cada sonho, cada pesadelo que já tive com ele, de repente está vívido em minha mente, assim como aquelas sensações doces e agudas que me recuso a levar à sua conclusão natural. Porque ele é responsável por eles. Ele é o único que já me fez sentir assim.

— Você ia deixar ele te beijar? — Sua voz é rouca quando ele abaixa a cabeça até que sua boca paira logo acima da minha, seu hálito quente e com sabor de canela contra meus lábios. — Você ia deixá-lo te foder?

— N-não. — Eu realmente não sei o que estou dizendo. Eu diria qualquer coisa para sentir seus lábios nos meus. Estou tremendo com a força da minha necessidade, meu coração troveja tão alto que é tudo que posso ouvir. O meu primeiro beijo. Eu nunca soube que era possível querer algo tanto assim. E ele também quer. Ele deve. Certamente, a qualquer segundo agora ele vai...

Ele abaixa a mão e dá um passo para trás com uma rapidez que me sacode.

— Bom. Não deixe. — Seu tom é chocantemente frio e duro. — Você é minha noiva, e eu não compartilho. Nunca.

Com isso, ele se vira e vai embora, deixando-me abalada. Não vejo ele ou Josh novamente pelo resto da noite.

Na verdade, nunca mais vejo Josh, e ninguém mais.

Como meu tutor, ele simplesmente desaparece.

CAPÍTULO 9

DIA ATUAL, LOCAL DESCONHECIDO

Os olhos de Alexei estão pretos como meia-noite enquanto ele olha para mim, sua mandíbula flexionando, e enquanto o silêncio entre nós se estende, tenho certeza de que seus desejos básicos vencerão. Mas me enganei. Ele me solta e dá um passo para trás, deixando cair a mão.

— Vamos alimentá-la então — diz ele, seu tom seco me dizendo que ele sabe que é apenas mais uma tática de enrolação da minha parte.

Eu não me importo, no entanto. Ganhei mais tempo. — Eu preciso de roupas — digo, orgulhosa de quão calma eu pareço. — Onde eu posso...

Ele gesticula para uma porta de correr. — Aquele armário tem tudo que você precisa.

Ok, então ele não planeja me manter nua. Viva! Às vezes você tem que comemorar as pequenas coisas.

Corro para o armário antes que ele mude de ideia. Meu rosto queima quando sinto seus olhos no meu traseiro nu. Minha bunda está bem tonificada – fiz muitas caminhadas e treinos de ginástica nos últimos meses – mas não posso deixar de me perguntar se ele já viu melhores. Tocou melhores. Não tenho motivos para pensar que ele tem sido tão fiel a mim quanto fui forçada a ser a ele.

É um pensamento que, como sempre, enche minhas veias de ácido.

Suprimindo-o, empurro a porta deslizante para o lado e entro em um closet que é quase tão grande quanto o que eu tinha no complexo de Nikolai, embora nenhum deles seja comparável ao quarto espaçoso que abriga minhas roupas e acessórios em Moscou. No entanto, a seleção aqui é bastante sólida. Encontro vestidos e saltos de muitos dos meus estilistas favoritos, junto com cerca de um milhão de trajes de banho, vestidos de verão casuais, shorts, camisetas e uma ampla seleção de sandálias rasteiras e chinelos.

É tentador vestir algo casual e confortável, mas em vez disso pego um vestido de coquetel. Feito de seda verde pesada com um corpete justo e saia na altura do joelho, vai me fazer parecer e me sentir bem. Mais no controle.

É algo que eu preciso muito agora.

Encontro uma calcinha apropriada – um sutiã verde sem alças e uma tanga combinando – em uma gaveta embutida no canto, e me visto rapidamente. Um par de saltos nude completa o look.

Quando saio, Alexei está olhando pela janela, com as mãos entrelaçadas nas costas. Ouvindo meus passos, ele se vira e me dá uma olhada lenta, seus olhos arrastando um caminho ardente sobre meu corpo. — Linda como sempre.

Já ouvi uma versão desse elogio mil vezes, mas as palavras ditas com voz rouca soam diferentes vindo dele. Mais sombria. Mais assustadora. Há uma possessividade em seu tom que me arrepia. Ele não está olhando para mim com apreço, mas com satisfação, do tipo que o dono de uma pintura cara pode expressar ao vê-la pendurada na parede.

E isso é basicamente o que eu sou para ele. Uma possessão. Um troféu que ele está finalmente pronto para pendurar na parede.

Um troféu que ele ganhou matando dezenas apenas esta semana.

— Obrigada — Respondo friamente, suprimindo um estremecimento. — Agora, onde vamos comer?

Um sorriso zombeteiro curva seus lábios enquanto ele estende a mão em um convite inconfundível. — Venha, eu vou te mostrar.

É um teste, um desafio. Ele está me desafiando a resistir, a lutar com ele nesta pequena coisa para que ele tenha uma desculpa para fazer o seu pior. Bem, ele está sem sorte. Eu mantenho minha cabeça erguida enquanto me aproximo e coloco minha palma na dele. Meu coração pula na minha garganta enquanto seus dedos fortes se fecham em torno dos meus, seu aperto quente e eletrizante, mas eu mantenho meu rosto cuidadosamente em branco, não deixando que ele veja como seu toque me afeta enquanto ele me leva para fora do quarto.

Do lado de fora há um corredor de cerca de um metro e meio de largura com várias outras portas de cada lado. Em frente há uma escada em espiral. Enquanto nos dirigimos para ela, ando com cuidado, o balanço do barco embaixo me faz sentir como se estivesse usando salto alto pela primeira vez.

Provavelmente é por isso que há uma seleção tão grande de sapatos baixos no meu armário. Se o mar ficar mais agitado, vou precisar deles.

Segurando-me pelo cotovelo, Alexei me conduz escada acima. Emergimos em um convés longo e largo. O sol me cega por um momento – eu deveria ter pego um óculos de sol no armário – mas ele me guia sob uma saliência que oferece sombra, e meus olhos se ajustam o suficiente para absorver o ambiente.

Como eu suspeitava, estamos em mar aberto. A água azul-escura nos cerca, estendendo-se até onde os olhos podem ver. Acima de nós, perto da proa do barco, há outro convés, menor. Estamos em um iate, ao que parece, grande e luxuoso, mas não tão escandaloso. Isso é inteligente da parte dele. Se meus irmãos pensarem em procurar um barco, é menos provável que este apareça em seu radar do que um superiate de setecentos milhões de dólares.

Mais profundo sob a saliência há uma mesa redonda coberta de toalha de mesa com dois talheres e duas cadeiras. Alexei me leva até ela e puxa uma cadeira para mim – um gesto de cavalheirismo que desmente a verdade de nossa situação. A inclinação sardônica de seus lábios me diz que ele sabe disso.

— Obrigada — digo. Porque, por que não? Se ele quer bancar o anfitrião gracioso depois de me sequestrar e me drogar violentamente, quem sou eu para impedi-lo? Sentando-me graciosamente, pego um guardanapo de pano branco cuidadosamente dobrado da mesa e o abro no colo, como se estivéssemos em um encontro em um bom restaurante. Enquanto isso, ele dá a volta e toma o outro lugar.

Passos soam à minha esquerda, e viro a cabeça para ver um homem se aproximando. Alto, magro e de cabelos brancos, ele está vestido com um uniforme branco e azul e ostenta a pele bronzeada e coriácea de alguém que passa a maior parte de sua vida ao ar livre. Chegando à mesa, o recém-chegado tira o boné e executa uma reverência. — Senhorita Molotova, é um prazer conhecê-la.

Eu escondo minha surpresa por ser abordada em inglês americano. Achei que os capangas de Alexei seriam russos.

— Sou Jack Larson, capitão desta embarcação — continua o homem. — Se precisar de alguma coisa, por favor, não hesite em pedir.

— Obrigado, Larson — diz Alexei antes que eu possa responder. Embora ele não tenha estudado nos Estados Unidos, seu inglês é tão sem sotaque quanto o meu. — Por favor, diga a Vika que estamos prontos para o almoço.

Almoço? Eu olho para o sol brilhante. Isso significa

que é por volta do meio-dia? Exatamente onde estamos? Quanto tempo faz desde que ele me roubou do complexo de Nikolai em Idaho?

Larson se curva novamente. — Sim, senhor. — Ele se afasta, me deixando sozinha com Alexei.

— Você nunca me disse onde estamos — digo assim que os passos de Larson desaparecem. — Onde é este corpo de água?

O sorriso de Alexei é afiado e branco. — O que isso importa? Não é como se você pudesse entrar em contato com alguém para contar a eles.

— Exatamente. Então, por que não me diz?

Ele dá de ombros irritantemente. — Por que dizer a você?

Eu cerro os dentes. — Talvez porque seja uma cortesia comum quando você sequestra alguém?

— Eu não sequestrei você. — Seus olhos endurecem. — Você veio comigo de bom grado, lembra? Ainda ontem, você disse, e cito: 'Eu irei com você. Vou honrar o contrato de noivado'. A menos que essa promessa também fosse uma mentira?

Solto uma respiração instável, minhas mãos amassando a toalha de mesa em ambos os lados do meu lugar. Como ele se atreve a tentar distorcer isso, para me tornar a vilã da nossa história fodida? — Eu não menti para você. Você sabe que eu nunca quis isso.

Ele se inclina, prendendo minhas mãos debaixo das dele. — Mentirosa — diz ele suavemente. Seus olhos brilham em um preto feroz. — Mesmo agora, você está mentindo para mim e para si mesma. Você me queria antes mesmo de completar quatorze anos, e você com certeza me queria quando tinha dezoito anos. E você ainda me quer, não importa o quanto você tente fugir disso. Mas adivinha? — Suas mãos apertam as minhas, sua voz, áspera, enquanto seus olhos queimam em mim. — Você não tem para onde correr agora, nenhum lugar para se esconder. Antes que este dia acabe, Alinyonok, você *enfrentará* a verdade. Você saberá que você é, e sempre foi, minha.

CAPÍTULO 10

Meu aniversário de dezoito anos.

Eu me sinto mal do estômago só de pensar nisso. Meus pais vão dar uma grande festa hoje à noite, uma que terá a presença de todos que são alguém em Moscou. Minha mãe está planejando há meses, querendo que seja *o* evento do verão. A comemoração acontecerá em um enorme salão de baile no mais novo hotel de luxo, e a pior parte é que ouvi meus pais discutindo sobre anunciar meu noivado com Alexei lá.

— ...nem namoraram ainda — Mama estava dizendo em um tom estridente quando eu passei pela biblioteca alguns dias atrás. — E se eles não gostarem um do outro? E se ele recusar no último momento? Ele não fala com ela há anos!

— Porque ela era a porra de uma criança — Papa retrucou bruscamente. — Ele disse que não chegaria perto dela até que ela fosse mais velha, e ele não chegou. Mas ela tem dezoito anos agora. Que porra há para esperar? Boris concorda.

— E nossa filha, seu monstro egoísta? Você não acha que *ela* deveria concordar também?

— O que diabos ela sabe sobre o que quer? Ela entrou na Columbia, e o que ela quer estudar lá? Merda de computador. Como se precisássemos de outro retardado social na família.

— Não fale sobre Kostya desse jeito!

— Ele é a porra do meu filho, e eu vou falar dele do jeito que eu quiser!

Um estrondo acompanhou as palavras – uma cadeira voando, provavelmente – e eu não aguentei mais ouvir. Fugi para o meu quarto, onde me refugiei em um videogame por horas. Mas não foi o suficiente para evitar que meu estômago revirasse e minha cabeça parecesse que pequenos martelos estavam batendo no meu cérebro. As dores de cabeça que eu costumava fingir se tornaram muito reais no ano passado, me atacando em momentos aleatórios. Ou talvez não tão aleatórios – elas vêm sempre que penso em meus pais e no futuro que me espera com Alexei.

Um futuro que reserva um casamento que estou cada vez mais convencida de que será um desastre tão grande quanto o dos meus pais.

Na semana passada, vi um hematoma no braço de Mama. Um grande e feio. Ela disse que esbarrou em um armário da cozinha, mas tenho minhas dúvidas. Papa tem bebido muito nesse verão, e eu sinto que ele não está no controle de si mesmo na metade do tempo.

Contei a Konstantin, e ele disse que está tentando convencer Mama a ir embora, a finalmente se divorciar de Papa. Ela assegurou a Konstantin que está pensando nisso, mas também tenho minhas dúvidas nesse aspecto.

Mesmo agora, enquanto seu ódio mútuo envenena o próprio ar ao redor deles, meus pais parecem atraídos um pelo outro, acorrentados por alguma força profana que substitui rótulos simples como amor ou ódio. Eles são tóxicos juntos, mas parecem incapazes de se separar.

Uma dor latejante ataca minhas têmporas novamente, aumentando o mal-estar no meu estômago. Isso me faz querer rastejar para minha cama e puxar as cobertas sobre minha cabeça, para fechar completamente o mundo. Mas eu não posso. Tenho que me preparar para a festa.

Engolindo contra a náusea, abro um frasco de Excedrin e tomo dois comprimidos com um copo d'água. As pílulas raramente ajudam, mas são melhores que nada. Eu tenho uma consulta com o médico dos meus pais na próxima semana. Espero que ele me prescreva algo mais forte. Enquanto isso, talvez eu consiga um pouco de maconha na festa. Não é uma panacéia, mas ajuda mais do que Excedrin.

Uma batida na minha porta chama minha atenção. É seguido por uma tentativa: —Alina? Pavel gostaria de saber se você está com fome.

Uau, ótimo. É Lyudmila, a ex-governanta de Natasha. Ela trabalha para nós desde que ela e Pavel se casaram, e ela não é minha pessoa favorita. Nikolai e Valery acham que é porque eu tenho algum tipo de crush paternalista estranho por Pavel, mas eles estão errados.

É porque eu não a perdoei por seu papel em meus pais descobrirem sobre o anel de Dan e o bilhete de Alexei.

Talvez seja injusto culpá-la pelo noivado, mas não posso deixar de pensar que, se meu pai não tivesse sabido do envolvimento de Alexei no desaparecimento de meu tutor, ele não teria tido a ideia de unir nossas famílias desta forma bárbara. Sem Lyudmila me delatando, ele não saberia que Alexei tinha algum interesse em mim, e a coisa toda poderia não ter acontecido.

— Eu não estou com fome — Respondo, incapaz de esconder a irritação na minha voz. A dor de cabeça furiosa não está ajudando meu humor. — Estou me preparando para a festa.

— Claro — Lyudmila responde rapidamente. — Vou avisá-lo.

Seus passos desaparecem, e eu sinto uma pontada de culpa. Delatora ou não, Lyudmila não merece minha atitude. Eu deveria tentar ser mais legal, mesmo que apenas pelo bem de Pavel. Eu sei que ele a ama, e ela parece amá-lo. E, ao contrário do casamento tóxico dos meus pais, o deles parece ser uma união simples e direta, embora Pavel compartilhe da crueldade e propensão à violência de meu pai.

Quase me faz acreditar que é possível encontrar a

felicidade com um homem perigoso – "quase" sendo a palavra-chave.

Perdida nessas ruminações, eu me visto, arrumo meu cabelo em um penteado elegante e aplico maquiagem no piloto automático. Quando termino, a dor de cabeça diminuiu um pouco e é hora de dirigir até o hotel. Mama já está lá, cuidando do buffet e tudo mais, e Papa está indo direto de uma reunião de negócios, então, vou com meus irmãos.

Konstantin e Valery estão esperando na sala quando desço, e Nikolai deve chegar a qualquer momento. Não sei por que Mama decidiu que preciso dos três para me escoltar – ou qualquer um que não nossos guarda-costas, na verdade –, mas não me importo. Eu raramente vejo meus irmãos, especialmente todos juntos assim. Cada um de nós frequentou – ou atualmente frequenta – diferentes internatos e universidades no exterior, e todos os meus três irmãos serviram no exército em vários pontos nos últimos anos. Valery ainda não terminou seu serviço, na verdade; ele está aqui apenas para a minha festa de aniversário.

Eu sorrio quando ele se levanta do sofá para me cumprimentar.

— Como a vida do exército está tratando você?

Ele se abaixa para beijar minha bochecha como convém a um bom irmão, mas quando ele recua, seu sorriso de resposta não alcança seus frios olhos verde-âmbar. — Assim como se pode esperar. — Ele corre seu olhar sobre mim. — Você está bonita. Os pais ficarão satisfeitos.

Sim, eles ficarão. Eu me pergunto por que ele disse isso, no entanto. Se ele fosse qualquer outra pessoa, eu descartaria isso como um elogio inocente, mas você não pode fazer isso com Valery. Ele não diz ou faz nada sem uma agenda oculta. É assim desde que me lembro.

Embora ele seja o mais próximo de mim em idade, tendo apenas vinte anos, Valery é o irmão que eu conheço e entendo menos. Mesmo Nikolai, que compartilha muitas das características de nosso pai, é mais compreensível para mim. Com Valery, é tudo sobre nuances e camadas, significados ocultos e agendas secretas.

É exaustivo, francamente.

— Devemos ir — diz Konstantin enquanto olha para cima da tela do telefone e se levanta do sofá. Como sempre, ele está alheio à necessidade de qualquer tipo de saudação. —O trânsito vai nos atrasar em quinze minutos e meio.

Eu sorrio para ele. Quinze e meio, claro. Isso é Kostya para você. Se pudesse, quantificaria e digitalizaria todos os aspectos de nossas vidas, transformaria tudo em zeros e uns. Papa odeia isso nele, sempre odiou, mas acho que é isso que torna meu irmão mais velho tão brilhante. Nikolai e Valery também apreciam suas habilidades. Ao contrário de nosso pai, que ainda está preso à mentalidade dos anos 90 de que pode dar certo, eles entendem a importância da tecnologia para o nosso futuro. Serão os empreendimentos na dark web de Konstantin e similares que aumentarão o poder e a influência de nossa família nos próximos anos, não nossos ativos imobiliários ou campos de petróleo e gás.

Então, novamente, o que eu sei? De acordo com meus pais, a única maneira de contribuir para a fortuna de nossa família é ficando bonita e me casando com Alexei.

Meu humor escurece com o pensamento, e é tudo que posso fazer para manter meu sorriso enquanto Nikolai entra na sala e também me cumprimenta com um beijo na bochecha. Quando ele se afasta, seus lábios estão curvados em um de seus sorrisos de explodir ovários. Todos os meus três irmãos são incrivelmente bonitos e se parecem o suficiente para serem trigêmeos, mas Nikolai – ou Kolya, como eu o chamo desde a infância – possui aquele algo extra. Magnetismo animal, talvez? Pessoalmente, não sinto isso, mas as mulheres são atraídas por ele como formigas de açúcar para isca. Infelizmente para elas, ele apenas brinca com elas por uma noite ou duas e depois as descarta com o coração partido. Pensando bem, talvez eu devesse dizer "felizmente".

Por baixo desse belo exterior, ele é tão sombrio e intensamente obsessivo quanto nosso pai, e eu teria pena de qualquer mulher em quem ele realmente se fixasse.

— Minha limusine está esperando lá fora — diz ele, me oferecendo seu braço. — Vamos levar nossa Cinderela para seu baile.

— Se ao menos eu tivesse a opção de encontrar o Príncipe Encantado lá — Murmuro enquanto deslizo meu braço pela dobra de seu cotovelo.

Nikolai me ouve, de qualquer maneira. Ele me lança um olhar afiado enquanto me leva para a porta que se abre para o hall do elevador. — Você sabe que nossos pais esperam anunciar o noivado hoje à noite, certo?

Algumas das minhas náuseas retornam. — Eu ouvi algo nesse sentido, sim.

Valery caminha ao nosso lado. — Eu posso falar com eles se não é isso que você quer. Fazer com que eles acionem os freios por enquanto. — Seu tom é frio, sem emoção, mas o olhar que ele lança para mim é irritantemente penetrante.

Meu coração pula de esperança. — Você pode?

Ele acena com a cabeça, como se não fosse grande coisa, e Nikolai diz: —Vou apoiá-lo. Você é muito jovem para casar. Especialmente com um Leonov. — Ele imbui a última palavra com escárnio.

— Na verdade, eu já falei com nosso pai — diz Konstantin atrás de nós. Todos paramos e nos viramos para olhar para ele, surpresos. Ele calmamente ajusta o óculos, imperturbável pela atenção. — Ele concordou que o momento do anúncio e tudo o mais que se segue deve depender de Alina e Alexei a partir de agora. Enquanto o acordo de noivado permanecer em vigor, eles podem decidir como proceder a partir daqui.

Minha boca cai aberta, e eu não sou a única com essa reação. Eu tenho alguma ideia de como Valery teria alcançado seu objetivo – ele pode enganar e manipular qualquer um, nosso pai inclusive – e eu não ficaria surpresa se Nikolai, como o herdeiro favorito, tivesse exercido uma boa quantidade de influência também. Mas Konstantin? Como diabos ele fez isso? Papa o despreza desde criança, quando ficou claro que ele era diferente das outras crianças e não tinha interesse em aprender o que Papa tinha para lhe ensinar.

— Kostya... — Minha voz sai irregular, as pontas dos meus dedos geladas enquanto eu os enrolo contra as palmas das minhas mãos. — Tem certeza? Você poderia ter entendido errado, talvez?

Ele inclina a cabeça, considerando isso. — Não — Ele diz depois de um longo momento, durante o qual minhas emoções oscilam descontroladamente, saltando entre esperança e pavor. — Papai foi bem claro. Ele entendeu a alternativa.

Minha respiração sai de alívio quando Valery pergunta: — Que alternativa?

De nós três, ele parece o menos surpreso com esse desenvolvimento. Isso me faz pensar se isso era parte de seu plano de backup. Porque Valery sempre tem um plano B. E um backup para o plano de backup.

Konstantin pega seu telefone e olha para a tela novamente. — Temos setenta e três segundos de margem de manobra com o estado atual do tráfego. Se não nos mexermos, chegaremos atrasados.

Estou morrendo de vontade de interrogá-lo ainda mais, e tenho certeza de que Nikolai e Valery também, mas ele está certo. Temos que ir, ou não chegaremos à festa a tempo – uma festa que de repente estou temendo muito menos.

Se Konstantin está dizendo a verdade, e não tenho motivos para pensar que não, esta noite não precisa significar minha condenação.

Meus pensamentos giram loucamente quando entramos no elevador e descemos para a garagem subterrânea onde a limusine de Nikolai espera. Eu tenho um milhão de perguntas para o meu irmão mais velho, mas sei que é melhor não perguntar fora da privacidade da nossa cobertura, onde nossa equipe de segurança realiza varreduras diárias para dispositivos de escuta e coisas do tipo. Este é um elevador privado, que sobe apenas para a nossa cobertura, mas, ainda assim, é menos seguro. Quaisquer que sejam os argumentos que Konstantin usou para convencer Papa a recuar são, muito provavelmente, coisas que nossos inimigos podem usar contra nós. Agora que o choque inicial está desaparecendo, posso pensar em várias maneiras pelas quais Konstantin pode ter forçado nosso pai a fazer o que ele quer, e todas elas têm a ver com o que Papa considera a fraqueza de Konstantin: sua paixão total por computadores e tecnologia.

Com as habilidades de hacker de Konstantin e o conhecimento íntimo dos negócios de nossa família, é muito fácil imaginá-lo colocando uma fábrica importante offline com alguns toques em seu teclado ou congelando nossos ativos líquidos nas Ilhas Cayman. Ou fazê-los desaparecer completamente.

À sua maneira tranquila, Konstantin pode ser o mais perigoso dos meus três irmãos.

Finalmente, estamos na limusine, e assim que a divisória entre nós e o motorista de Nikolai sobe, não consigo mais me segurar. Voltando-me para Konstantin, começo: — Então, Kostya, como você...

— Você ainda precisa falar com Alexei — diz ele, e eu esqueço tudo sobre sua metodologia de manipulação contra Papa enquanto ele continua. — Papa não vai forçar a questão, mas os Leonovs podem insistir que o anúncio prossiga como planejado.

Meu peito parece um balão que acabou de ser perfurado. A esperança que me animava um segundo atrás sangra, levando consigo a maior parte do ar em meus pulmões. De alguma forma, eu perdi essa parte da primeira vez, onde ele disse que Papa concordou em deixar isso para mim e Alexei.

Não só eu.

Eu tenho que *fazê-lo* concordar também.

Toda a ansiedade contra a qual tenho lutado volta, multiplicada por dez, e minhas têmporas latejam novamente. *Falar com Alexei*. Esta, mais do que tudo, é a razão pela qual estou perdendo o sono com esta festa.

Porque *ele estará lá*.

Não o vejo desde o meu baile de formatura, mas sei que ele está por perto, me observando. Essa sensação de uma presença fantasmagórica pairando sobre mim, a sensação que eu descartei antes daquela dança fatídica, está comigo o tempo todo. De alguma forma, ele está de olho em mim, sempre pronto para atacar se eu sair da linha. Eu não sei se ele realmente me quer ou se ele está agindo em algum instinto territorial bizarro, mas eu não sorri para um membro do sexo oposto desde aquela noite. Não me atrevo.

Duas mortes na minha consciência é o bastante.

Todos os meus amigos estão convencidos de que eu sou assexual ou lésbica, mas eles não poderiam estar mais errados. Quero intimidade sexual com um homem. Eu desejo. Metade das vezes, quando acordo de manhã, é com os lençóis enrolados nas pernas e as mãos pressionando entre as coxas em um esforço inútil para saciar a dor pulsando lá no fundo.

Tenho dezoito anos e nunca fui beijada, nunca fui tocada fora daquela breve dança com o pobre Josh – que seus restos mortais descansem em paz onde quer que estejam.

— *Eu* posso falar com Alexei — Nikolai diz, sua mandíbula apertada perigosamente. — Não há razão para ela lidar com aquele idiota. Ele vai recuar. Eu vou fazê-lo.

— Não é uma boa ideia — Valery diz, tão calmo como sempre. — Ele odeia nós três e vai continuar com o anúncio só para nos irritar. Precisaremos de fortes argumentos antes de falar com ele. — Ele olha para o nosso irmão mais velho. — Konstantin, talvez você possa...

— Está tudo bem — digo e respiro. — Eu mesma vou falar com Alexei.

Por mais que eu queira deixar meus irmãos lutarem minha batalha, eu sei que Valery está certo. Há contendas entre nossas famílias, sempre houve, e não seria preciso mais do que uma faísca para destruir o frágil relacionamento que Papa estabeleceu com Boris Leonov. Não que eu me importe com a agenda de Papa ou qualquer coisa nesse sentido. Só estou preocupada que, se Nikolai ou Valery tentar forçar Alexei com a ajuda de Konstantin, isso possa sair pela culatra e, em vez de o anúncio do noivado ser adiado, eu possa me ver sequestrada, me casando amanhã.

Os Leonovs são capazes de tudo e mais.

— Tem certeza? — Konstantin pergunta, franzindo a testa para mim. — Ele é...

— Está tudo bem. — Não – nada sobre isso está bem – mas não quero que meus irmãos sejam arrastados para minha bagunça. Pelo menos não se eu posso lidar com isso, bancando a forte, para variar.

E daí se Alexei é o homem que assombra meus sonhos e pesadelos? Aquele em que não posso deixar de pensar cada vez que me coloco à beira do êxtase, apenas para recuar? Ainda posso falar com ele, fazê-lo ver a razão. Não importa como ele tenha agido na noite daquele baile, ele provavelmente também não quer ficar noivo de mim e gostaria de adiar o anúncio indefinidamente – se eu o abordar da maneira certa.

— Tudo bem — diz Nikolai. — Mas deixe-nos saber se ele está sendo difícil.

— Não se preocupe. — Eu aliso minhas mãos úmidas sobre meu vestido e levanto meu queixo, ignorando as batidas pesadas do meu coração. — Posso lidar com isso.

Afinal, eu também sou um Molotov.

————

A FESTA É TUDO O QUE MEUS PAIS ESPERAVAM QUE FOSSE – um espetáculo tão exagerado que será falado em Moscou nos próximos anos. As celebridades apareceram com força total. Além de altos funcionários do governo e magnatas dos negócios locais, os participantes incluem estrelas de cinema internacionais e supermodelos, bilionários americanos da tecnologia, designers de moda italianos e artistas famosos de todos os tipos. O pescoço e os lóbulos das orelhas de todas as mulheres valem mais do que as casas da maioria das pessoas, e os vestidos e smokings glamourosos que enchem o salão de baile gigante superam facilmente o que é visto e babado no Oscar. O entretenimento é igualmente impressionante. Uma famosa banda russa está se apresentando ao vivo durante toda a noite e, à meia-noite, Beyoncé aparecerá para cantar um de seus sucessos, seguida por várias outras estrelas pop internacionais. Haverá também uma dança realizada pelo Bolshoi Ballet e um show de acrobacias aéreas de uma hora pelo Cirque du Soleil.

Em outras circunstâncias, eu apreciaria tudo isso, mas com a conversa com Alexei pairando sobre minha cabeça, tudo o que posso fazer é sorrir, apertar as mãos e trocar beijos aéreos com os convidados. Parece que todo mundo quer falar comigo, comentar sobre meu vestido, minhas joias, minha aparência. Recebo perguntas brincalhonas e não tão brincalhonas sobre minha vida amorosa de amigos e estranhos – aparentemente todo mundo acha que eu deveria estar comprometida agora – e respondo a todos os tipos de perguntas sobre meus planos para depois da graduação.

Ora, sim, estou começando na Columbia neste outono. Não, não considerei uma universidade em Paris. Obrigada, mas não tenho interesse em Design de Moda como curso. Economia e Ciências Políticas, como Nikolai? Não, essas também não são do meu interesse. Estou mais interessada em Ciência da Computação, como Konstantin.

Mesmo enquanto digo tudo isso, não posso deixar de me perguntar se alguma coisa é verdade. Começarei na Columbia em algumas semanas? Poderei estudar o que quero? Morar em Nova York como eu quero? Porque há uma chance muito real de todos os meus planos estarem prestes a falhar e serem cancelados. Eu tenho tomado decisões sobre meu futuro como se o contrato de noivado não existisse e minha vida fosse minha, mas esse não é o caso. No papel, pertenço a Alexei, e ele poderia insistir que eu frequentasse uma universidade em Moscou para ficar mais perto dele, ou até mesmo não ir para a faculdade. Claro, não tenho intenção de deixá-lo ditar minha vida, mas se meus pais não ficarem do meu lado – e eles não deram nenhuma indicação de que o fariam – seria difícil, se não impossível, fazer Columbia acontecer.

É mais uma razão pela qual preciso falar com Alexei esta noite. Eu preciso saber onde ele está nesse noivado amaldiçoado, se ele se opõe a isso como eu espero que sim. Afinal, ele também é jovem, apenas vinte e três contra os meus dezoito. Que cara dessa idade quer casamento? Ou mesmo a promessa disso? É verdade que Alexei não é um cara qualquer de vinte e poucos anos – há rumores de que ele está administrando a organização Leonov nos bastidores nos últimos dois anos –, mas aposto que ele ainda gosta de festas e não gostaria de uma noiva (ou pior, uma esposa) limitando seu estilo.

Na verdade, ele pode ter alguma beleza aquecendo sua cama neste momento, ajudando-o a comemorar *seu* aniversário hoje à noite.

Meu estômago se contorce peculiarmente com o pensamento, e eu escapo da multidão com uma desculpa sobre a necessidade de usar o banheiro. Por mais que eu tema o confronto com Alexei, me incomoda que eu ainda não o tenha visto na festa. Ainda é início da noite, mas ele é meu noivo, porra. Ele não deveria ter sido um dos primeiros a me desejar feliz aniversário? Não que eu queira, mas seria a coisa educada e civilizada a se fazer. Então, novamente, o que os Leonovs sabem sobre educação e comportamento civilizado?

Eles são selvagens, sempre foram.

Uso o banheiro e lavo as mãos antes de secá-las em uma toalha macia oferecida por uma atendente uniformizada. Para meu alívio, o espelho do chão ao teto atrás da pia flutuante de arte moderna reflete uma jovem que é toda lustrosa e brilhante, seu sorriso frio escondendo a turbulência interna. Ninguém olhando para mim adivinharia que estou uma pilha de nervos com uma dor de cabeça que se intensifica rapidamente, ou que tudo que eu quero é voltar para casa para o meu quarto e adormecer depois de dar algumas baforadas desesperadamente necessárias.

Falando nisso... saio do banheiro feminino e atravesso o corredor até o masculino. Como eu esperava, Vova está se escondendo na entrada lá, parecendo todo chique em seu smoking feito sob medida e nada parecido com o traficante de maconha de alta qualidade que ele é.

— O de sempre? — Ele pergunta quando eu me aproximo, e eu assinto, passando para ele algumas notas da minha pequena bolsa em troca de um baseado enrolado e totalmente preparado. — Tem certeza de que não quer algo mais forte? — Ele pergunta quando estou prestes a me afastar. — Eu tenho alguns mimos especiais esta noite.

Eu não deveria. Eu sei que não deveria, mas minha têmpora direita parece que está sendo perfurada por um dentista sem licença. — Como o quê?

O sorriso de Vova o faz parecer o gato Cheshire. — Molly, coca, alguns outros acessórios de festa.

Eu enrugo meu nariz. — Não, obrigada.

— Que tal alguns analgésicos? — Ele abre a palma da mão para me mostrar algumas pílulas brancas. — É uma merda boa e forte, mas minha avó não precisa mais. Ela faleceu na semana passada.

— Sinto muito por ouvir isso.

Ele dá de ombros enquanto eu olho para as pílulas, me debatendo. Eu não tentei esse tipo de coisa antes, mas se é para dor, não deveria ajudar os martelos dançando no meu crânio? E entorpecer a ansiedade que me torce por dentro? Talvez seja exatamente o que o médico dos meus pais vai me receitar na próxima semana. Antes que eu possa me convencer a desistir, pego as duas pílulas e as engulo a seco.

— Pera lá — diz Vova com uma risada enquanto coloco mais três notas na palma da mão como pagamento. — Uma é a dose inicial.

Droga. Agora eu posso ficar chapada em vez de livre da dor de cabeça. Ah, bem. Talvez isso torne esta festa mais tolerável.

Deixando Vova à sua espreita, volto ao salão de baile, onde sou imediatamente cercada por um grupo de amigos, conhecidos e pessoas que antes só via na TV e nos jornais de fofocas da sociedade. Todo mundo quer bajular a aniversariante, e antes que eu perceba já passou uma hora e minha dor de cabeça é uma lembrança distante. Em seu lugar está um brilho difuso que suaviza as bordas da realidade e me faz sentir como se estivesse observando tudo e todos a uma pequena distância.

Eu gosto disso. Muito. Essas pílulas são ainda melhores do que maconha para domar minha ansiedade. Estou tão calma que estou praticamente catatônica.

Estou a caminho do banheiro para perguntar a Vova se ele tem mais pílulas para eu comprar quando um homem alto e de ombros largos entra na minha frente, bloqueando meu caminho. Assustada, olho para cima – e meu estômago dá uma cambalhota que deixaria o Cirque du Soleil orgulhoso.

Alexei.

Ele finalmente está aqui.

— Feliz aniversário — diz ele, sua voz profunda audível apesar da música e do barulho das centenas de conversas diferentes ao nosso redor. Seus olhos escuros brilham quando ele me dá uma olhada lenta. — Você está linda como sempre.

Toda a minha calma foge. Meu coração dá uma guinada dentro do meu peito, mesmo quando a confusão nas bordas da minha visão se intensifica. — Obrigada — digo sem fôlego. — Parabéns para você também. Espero que tenha tido a chance de comemorar?

Foda-se, espero estar fazendo sentido. Eu nunca me senti assim antes, completamente fora de si, mas no limite. Meu coração está batendo loucamente, minhas palmas estão suando e meus olhos não param de vasculhar seu rosto, seu corpo... cada centímetro forte e vital dele. É possível que ele tenha ficado ainda mais duro, mais intimidador, nos quinze meses desde o meu baile?

Com vinte e três anos ou não, o homem poderoso e autoconfiante à minha frente parece mais do que capaz de governar um império sombrio – ou a organização Leonov, que é a mesma coisa.

— Ainda estou comemorando — diz ele enquanto

seus olhos viajam sobre mim novamente, causando arrepios em meus braços e fazendo o calor acender sob minha pele. — A noite ainda não acabou. E em vinte minutos, teremos mais um motivo para comemorar.

Eu pisco para ele, meu cérebro operando enlouquecedoramente devagar. Levo um momento para perceber que ele deve estar se referindo ao anúncio de noivado – a razão pela qual preciso falar com ele o mais rápido possível. Estou prestes a deixar escapar exatamente isso quando ele enfia a mão no bolso interno de seu paletó e tira uma pequena caixa de veludo preto.

As palavras congelam em meus lábios enquanto meus pulmões param de funcionar. Paralisada pelo horror, olho para a caixa enquanto minha mente volta para a outra caixa que ele me deu, aquela que continha o anel de Dan. Freneticamente, tento pensar se há outra pessoa, algum outro homem na minha vida que poderia ter dado a Alexei a impressão errônea de que...

Ele abre a caixa com um movimento casual do polegar, revelando um lindo diamante de corte princesa cercado por esmeraldas. Instalado em um delicado círculo de platina incrustado de diamantes, é inconfundivelmente um anel de mulher... e exatamente o que eu queria para o meu noivado, se eu quisesse.

Eu deveria me sentir aliviada por não ser outro presente horrível do tipo que um gato pode trazer para seu dono, mas um tipo diferente de horror me agarra enquanto Alexei ordena suavemente: — Dê-me sua mão — E tira o anel, escorregando a caixa de volta no bolso. Congelada, eu observo enquanto ele segura minha mão esquerda na sua e desliza o anel no meu dedo, não deixando dúvidas do que esse presente deveria significar.

Posse. Propriedade.

O fim da minha liberdade.

Não, não, não, não.

Eu nem percebo que estou dizendo a palavra em voz alta até que a mão de Alexei aperta dolorosamente ao redor da minha.

— Que porra você quer dizer 'não'? — Sua voz é baixa e perigosa, sua mandíbula em uma linha áspera. — Você é minha noiva.

Eu puxo minha mão de seu aperto. — Não, eu não sou!

Os rostos se voltam para nós, os olhos arregalados de curiosidade. Devo ter falado mais alto do que pensava.

O rosto de Alexei escurece ainda mais e, com uma sensação de desânimo, percebo que estou fodendo com tudo. Esta deveria ser uma conversa privada durante a qual eu explicaria calmamente minha razão para não querer o noivado enquanto apelava para seu provável desejo de liberdade. Nós não deveríamos brigar, e eu certamente não deveria envergonhá-lo em público.

Eu poderia muito bem ter deixado Nikolai falar por mim. O resultado não poderia ter sido pior.

Talvez ainda haja alguma maneira de eu consertar isso. Arrastando em uma respiração trêmula, eu alcanço e aperto sua mão grande pedindo desculpas, ignorando a forma como minha pele formiga com o calor da sua. — O que eu quis dizer é... obrigada. Eu amei o anel, mas podemos ir falar em algum lugar privado?

Os minúsculos músculos ao redor de seus olhos se contraem, mas ele dá um breve aceno de cabeça. — Vamos lá.

Ele me leva pela mão, ignorando as cabeças que se voltam para acompanhar nossa interação. Eu posso ouvir os sussurros excitados em nosso rastro, e uma sensação de mal-estar invade meu estômago. Anúncio ou não, agora estamos ligados na mente dessas pessoas, nossos nomes para servir de forragem para a fábrica de fofocas por semanas ou meses.

Não só é a primeira vez que alguém me vê de mãos dadas com um homem, mas ele é um Leonov, acima de tudo. As línguas vão balançar tanto que correm o risco de cair.

Saímos do salão de baile para o corredor que leva aos banheiros, mas Alexei se vira na direção oposta, alongando o passo até que estou quase correndo para acompanhar. Parando em frente a uma das portas do outro lado do corredor, ele a abre e me puxa para dentro antes de fechá-la atrás de nós. Só então ele solta minha mão.

Eu imediatamente recuo alguns passos. Estamos em outro salão de baile, muito menor e vazio, onde as cadeiras estão empilhadas em cima de uma dúzia de mesas redondas. Atrás de nós há um palco com uma grande tela rolante – provavelmente usada para palestras e apresentações. Eu levo tudo isso no piloto automático, tendo recebido treinamento em consciência situacional de Pavel ao longo dos anos. Ele também me treinou em tiro e combate corpo a corpo, sendo este último algo que espero não precisar esta noite, apesar da raiva sombria evidente na expressão de Alexei.

— Fale — diz ele sombriamente. — Você tem dez minutos antes de precisarmos estar de volta para o anúncio.

— Certo, sobre isso... tenho boas notícias. — Eu respiro fundo em um esforço para controlar meu pulso descontrolado. A única coisa boa sobre toda a adrenalina inundando meu sistema é que ela está neutralizando a confusão das pílulas. *Estou* fazendo sentido agora. Eu penso. Independentemente disso, eu sigo em frente. — Meu pai concorda em adiar o anúncio.

Os olhos de Alexei se estreitam. — O quê?

— Sim, isso não é ótimo? — Prendo minhas mãos na frente das minhas costelas para impedi-las de tremer. O anel pressiona minha pele, todo metal frio e diamante duro. — Ele está deixando para nós decidirmos o momento, que é a coisa certa, você não acha? Dessa forma, podemos adiar o anúncio por enquanto e...

— Por enquanto?

— Ou por um tempo. — Engulo. — Qual é a pressa, certo? Tenho certeza de que você tem coisas melhores para fazer nessa fase de sua vida do que lidar com uma noiva que foi forçada a você. Nossos pais são tão medievais em seus pensamentos, então...

— Não vamos adiar porra nenhuma. — Sua mandíbula flexiona perigosamente. — Se seu pai acha que pode burlar o acordo...

— Não, não, ninguém está falando sobre isso. — Pelo menos ainda não. Eu puxo outra respiração e deixo cair minhas mãos ao meu lado, conscientemente desenrolando meus dedos. Preciso parecer calma e racional, não assustada e na defensiva. — Por favor, Alexei, me escute. Temos uma escolha agora, você e eu. *Nós* podemos decidir o que queremos, não nossos pais.

Suas narinas se dilatam. — E o que você quer é adiar o anúncio?

Caralho. Isso está indo muito pior do que eu esperava. Eu não estou passando por ele.

— Nós dois queremos isso. Tenho certeza de que você não quer ficar noivo de mim. Você nem me conhece.

Ele arqueia as sobrancelhas. — Não? — Ele avança em mim, cada passo me lembrando o passo determinado de um lobo. — Recebi relatórios diários sobre você nos últimos três anos. Eu sei o que você come e quanto tempo você dorme, o que você veste e quais videogames você joga. Eu sei tudo sobre seus amigos e seus professores... e seu pequeno hobby de maconha.— Parando na minha frente, ele sorri sombriamente com a minha reação atordoada. — Sim, é verdade. Você não tem segredos para mim, Alinyonok. Eu sei sobre tudo isso, até mesmo os dois comprimidos que você tomou uma hora atrás para sua dor de cabeça.

Eu deveria estar pirando com essa invasão hedionda da minha privacidade e suas implicações ainda mais horríveis, mas minha mente se prende ao detalhe mais insignificante de todos: a maneira como ele disse meu nome. A maioria dos nomes russos, inclusive o meu, tem muitas variações informais, mas ninguém nunca me chamou de Alinyonok. Soa muito perto de *olenyonok* – uma corça bebê – e nos lábios de qualquer outra pessoa, isso me faria sentir toda quente e *confusa* por dentro.

Mas não nos dele. Nunca nos dele.

Ele não pode me chamar de algo tão suave e terno – não quando não há um pingo de ternura em sua alma sinistra assassina.

Estou prestes a falar sobre ele quando percebo que a droga ainda pode estar embaralhando meus pensamentos. Não há razão para eu me importar em como ele me chama. O que importa é que ele está me espionando da maneira mais invasiva possível, e o fato de que ele foi capaz de fazer isso apesar de todas as precauções de segurança da minha família – e mais importante, que ele se importa o suficiente para fazê-lo – está além de arrepios.

— Por quê? — É a pergunta real que emerge da minha boca enquanto eu olho para ele. Meu coração bate uma batida doentia no meu peito enquanto eu processo as implicações. Tenho uma sensação horrível

de que já sei a resposta, mas continuo mesmo assim. —
Por que você faria isso?

Ele segura meu rosto, a borda áspera de seu polegar
acariciando minha bochecha enquanto seu sorriso
escurece ainda mais. — Por que você acha, minha
linda?

Porque ele não é contra o noivado. Ele me quer.
Como ele me disse no baile, ele já me considera dele.
Eu tenho tentado me convencer de que o
comportamento dele naquela noite não foi nada mais
do que algum instinto territorial enlouquecido, que
suas declarações possessivas não significavam que ele
realmente me queria como esposa, mas, em algum
nível, eu sempre soube a verdade.

— O noivado... — Engulo quando ele abaixa a mão
para acariciar minha garganta com os nós dos dedos,
seu toque leve como uma pena, mas devastador em seu
impacto. — Você quer isso.

— Você está surpresa? Eu te quis desde o momento
em que te vi. — Ele arrasta a mão mais para baixo,
roçando os nós dos dedos sobre a minha clavícula,
depois, sobre os topos dos meus seios, empurrados
para cima pelo corpete estilo espartilho do meu
vestido. Mais uma vez, seu toque é um mero arranhão,
mas parece que ele está pintando rastros de fogo em
minha pele, atingindo profundamente em minhas veias
para inflamar meu sangue. Eu engulo novamente
quando ele acrescenta secamente: — Eu sei que você
não é alheia à sua aparência.

Minha aparência. Claro, o que mais? Ele não *me*

quer. Ninguém realmente *me* quer. Eles querem a bela casca externa, o rosto e o corpo e a combinação única de genética que deu aos Molotovs essa fachada enganosamente atraente. O fruto proibido, minha avó nos chamava, uma tentação insuportável que atrai os inocentes para um mundo de violência e pecado. Não que Alexei seja inocente, de alguma forma.

Como eu, ele nasceu nesse nosso mundo sombrio.

Ao contrário de mim, ele abraçou totalmente.

O lembrete é como um respingo de água gelada na minha cara. Enrijecendo minha espinha, eu me afasto de seu alcance. —Bem, *eu* não quero esse noivado. Isso não importa para você?

Para minha consternação, minha voz treme, o calor persistente de seu toque me perturba quase tanto quanto a fome ardente com que ele observa minha retirada. Igualmente perturbador é saber que estamos sozinhos nesta sala, que se ele decidir que me quer *agora*, pouco posso fazer para impedi-lo.

Com certeza, ele vem atrás de mim. Instintivamente, eu me afasto, mas ele continua vindo até que minhas costas estão contra a parede e não há para onde correr. Mas ainda não está satisfeito. Ele apoia as mãos em cada lado meu, me prendendo enquanto se inclina para mais perto. — Por que não? — Sua voz é perigosamente suave. — Por que você não quer nosso noivado?

Eu olho para ele, estupefata com a pergunta. — Porque eu... porque não. — Eu nunca pensei sobre isso com profundidade, mas, novamente, por que eu pensaria? Não se precisa de um motivo para não querer que um furacão atinja – ou para não ser forçado a se casar com um homem cuja família, segundo rumores, é ainda pior que a minha. Boris Leonov é famoso por seus métodos criativos de tortura e, dado o que aconteceu com Josh e meu tutor, sei que Alexei não é tão diferente.

Se eu me casasse – e isso é um grande *se* – eu iria querer um marido que fosse o completo oposto do meu pai, não alguém que fosse ainda mais sombrio e brutal.

Alexei se inclina ainda mais perto, até que seu rosto está a poucos centímetros acima do meu e eu posso sentir o perfume masculino sutil que ele usa, aquele que me faz pensar em florestas de inverno nas profundezas da noite. — Isso não é uma resposta. O que é que você está se opondo? A mim ou à ideia do casamento?

— A-ambos. — Droga, por que eu gaguejei? Lutando contra a vontade de recuar diante de seu olhar intenso, acrescento com uma voz mais firme: — Não quero me casar e, definitivamente, não quero você.

— Não? — Dobrando o cotovelo para se apoiar em um antebraço, ele levanta a outra mão da parede para arrastar as pontas dos dedos sobre o meu queixo. Uma curva cruel aparece em seus lábios enquanto minha respiração fica presa na garganta, meu corpo mais uma vez inflamando com seu toque. — Você não me quer de jeito nenhum, Alinyonok? Nem um pouco?

Não confio que minhas cordas vocais funcionem, então, tento balançar a cabeça. Meu coração está batendo tão forte que tenho certeza de que ele pode ouvir, e minha pele está pegando fogo onde ele a tocou e ao redor. Pior ainda, eu posso sentir uma maciez insidiosa encharcando meu núcleo, umedecendo o tecido sedoso da minha calcinha. Essa dor vazia e pulsante que me atormenta com tanta frequência hoje em dia está mais aguda do que nunca, me fazendo querer apertar minhas coxas para aliviar o pior. Exceto que isso não ajudaria, eu sei, e nem pressionar minha mão contra o local onde a dor se origina. Eu preciso de mais, desejo mais – como a mão *dele* lá – mas mesmo com as pílulas nublando minha mente, eu sei que não posso ceder aos impulsos do meu corpo.

Não se eu quiser minha liberdade.

Seu sorriso se torna ainda mais cruel, mesmo quando a fome selvagem queima em seus olhos. — Prove então. Prove que você não me quer, e eu vou deixar você ir embora. Para sempre, se você quiser.

Para sempre? Tipo... ele vai me deixar sair do noivado?

Meu coração pulsa na garganta enquanto olho para ele, oprimido por uma mistura selvagem de emoções. Se for verdade, se ele estiver falando sério... — Provar como?

Seu olhar cai para os meus lábios. — Um beijo. — Sua voz fica rouca. — Um beijo adequado, isso é tudo.

Ah, caralho. Minha cabeça nada quando uma onda violenta de calor passa por mim e a dor entre minhas pernas se intensifica. Um beijo. Não deveria ser grande coisa – provavelmente não seria para nenhuma outra garota da minha idade – mas para mim é o Monte Everest.

Seria meu primeiro beijo, algo que sonhei e fantasiei por anos.

Também cairia bem em suas mãos porque, por mais inexperiente que eu seja, sei o que as reações do meu corpo significam. Fisicamente, eu o quero. Não importa o quanto eu tentei lutar contra isso, seu rosto é o que eu sempre vejo nessas minhas fantasias, seus lábios são os que eu sonho quando imagino meu primeiro beijo.

Não.

Não posso.

Não vou.

Pelo menos é o que eu pretendo dizer, mas ele não me deixa. Segurando meu rosto em uma grande palma, ele se aproxima e pega o que eu não dei.

O meu primeiro beijo.

Seus lábios são quentes e macios contra os meus, seu hálito com um toque de canela. Eu suspiro quando ele passa a língua sobre a costura fechada dos meus lábios, e ele impiedosamente se aproveita, invadindo os recessos da minha boca, me dominando com seu gosto, seu cheiro, sua sensação... com sensações tão íntimas e novas que meus olhos apertam, fechando, e meu cérebro nebuloso se desliga completamente, deixando-me à mercê do meu corpo e do calor escaldante latejando entre minhas pernas. Esqueço que devo odiá-lo, que ele é o inimigo que pode em breve me privar de minha liberdade. Eu esqueço que este é um teste que não posso me dar ao luxo de falhar e o que acontecerá se eu fizer.

Esqueço tudo, e eu o beijo de volta.

Meus braços enrolam em torno de seu pescoço, meu corpo pressionando contra o dele em uma necessidade irracional enquanto respondo com toda a fome que tenho reprimido, toda a paixão que tenho negado. Eu posso sentir a protuberância dura de sua ereção contra meu estômago, e isso alimenta o frenesi quente dentro de mim, alimentando a excitação que leva anos em formação.

Um rosnado baixo ressoa na garganta de Alexei com a minha resposta, e seu beijo se torna violento, quase contundente. Porque ele me queria todo esse tempo também, eu percebo atordoada. Porque a necessidade dele é tão forte quanto a minha. Agarrando meu cabelo, ele arqueia minha cabeça para trás, expondo meu pescoço, e um gemido engasgado escapa da minha garganta enquanto ele arrasta sua boca aberta sobre ela, seus beijos quentes e mordazes queimando minha pele macia. Ao mesmo tempo, ele passa a outra mão pela lateral do meu corpo, a palma da mão patinando sobre meu ombro, minha caixa torácica, a curva da minha cintura, a curva do meu quadril... Seus dedos se fecham sobre a parte carnuda da minha bunda, apertando com força, e então, ele aperta a saia do meu vestido em seu punho, puxando-a para cima.

Uma campainha de alarme distante soa em minha mente enquanto o ar frio cobre minhas pernas nuas, mas é rapidamente abafada por uma nova onda de sensações escaldantes enquanto seus dedos mergulham entre minhas coxas, localizando a fonte da minha dor latejante sob a seda encharcada da minha roupa de baixo.

— Caralho, sim. Você está tão molhada — Ele respira no meu ouvido, e uma vergonha quente toma conta de mim, aumentando perversamente minha excitação.

Isso é tudo o que eu fantasiei e muito mais, e o conhecimento de que é ele quem está tocando minhas dobras escorregadias, que são seus dedos na minha carne, não meus, torna isso tão errado e infinitamente mais quente.

Preciso acabar com isso agora, mas não consigo pensar com aqueles dedos espertos fazendo coisas perversas comigo, não consigo expressar um protesto coerente com seus dentes roçando meu pescoço, sua língua provocando o lado macio de minha orelha. Tudo o que posso fazer é ofegar e gemer, agarrando os ombros de seu paletó, enquanto a tensão aquecida em meu núcleo aumenta e cresce até ser como uma mola enrolada dentro de mim. Seus dedos estão agora se movendo em um círculo, de alguma forma intuindo o ritmo certo, e meu coração dispara loucamente enquanto as sensações se intensificam insuportavelmente. Cada músculo do meu corpo trava, minha respiração sibilando através dos meus dentes cerrados enquanto o que parece um tsunami sobe dentro de mim. Escuro e potente, ele me leva cada vez mais alto até que eu tenha certeza de que vou morrer com isso.

— É isso. Ceda a isso, minha doce beleza. — Sua voz é um rosnado suave no meu ouvido enquanto ele aperta meu clitóris latejante, com força, e a onda do tsunami se transforma e desaba, me puxando sobre a borda da qual cheguei perto, mas nunca cruzei antes. Minha boca se abre em um grito sem palavras enquanto meus músculos internos apertam e liberam com pulsações violentas e cataclísmicas, e o êxtase incandescente me explode. Apenas sua mão entre minhas pernas e meu aperto mortal nos ombros de seu paletó me impedem de afundar no chão enquanto meus joelhos se dobram, meus músculos não são mais capazes de me segurar enquanto espasmos após espasmos atormentam meu corpo.

Mordendo suavemente o lóbulo da minha orelha, ele libera seu aperto no meu clitóris, e eu estremeço quando outra onda de choque menor faz meu núcleo apertar novamente.

Respirando irregularmente, abro os olhos enquanto ele levanta a cabeça, olhando para mim com satisfação selvagem misturada com fome ardente.

— Sua primeira vez? — Ele pergunta em uma voz baixa e áspera, e eu assinto no piloto automático, meus neurônios ainda não disparando corretamente. Distante, percebo que estou tremendo, minha pele superaquecida esfriando rapidamente na sala com ar condicionado quando ele retira a mão de entre as minhas pernas e a leva à boca. Proposital, deliberadamente, ele chupa cada dedo para limpar, a ação suja me fazendo estremecer com outro tremor muito mais fraco... junto com vergonha e horror crescente.

O que eu fiz? Como pude permitir que ele fizesse isso comigo?

Lambo meus lábios inchados e sinto um leve toque de canela. Percebendo que ainda estou segurando seus ombros, eu o solto e coloco as palmas das mãos contra a parede, precisando sentir algo sólido em um mundo que está balançando em seu eixo.

Alexei me beijou, e eu não o impedi.

Ele me fez gozar, bem aqui neste salão vazio.

A enormidade disso é demais para processar. Tudo o que sei é que falhei no teste da pior e mais mortificante maneira possível. E ele também sabe disso.

Vitória brilha em seus olhos escuros como carvão enquanto ele passa a ponta de seu polegar sobre as bordas dos meus lábios e diz gentilmente: — Você pode querer consertar seu batom antes de voltarmos lá, Alinyonok. Todos os olhos estarão em nós enquanto fazemos o anúncio. Mais tarde hoje à noite, podemos retomar isso.

Ele empurra a parede e dá um passo para trás, me libertando da jaula de seu corpo, e uma onda de pânico afugenta minha mortificação enquanto o significado de suas palavras se infiltra em meu cérebro.

O noivado.

Ele planeja anunciar isso agora... e depois, me levar para a cama.

Minha vida como a conheço termina esta noite.

— Espere! — Eu chamo quando ele se vira para a porta. Estou tremendo ainda mais agora, tão sobrecarregada com o que acabou de acontecer que é tudo o que posso fazer para não cair no choro. — Alexei, por favor, espere.

Ele se vira para mim, as sobrancelhas arqueadas com sarcasmo, e eu sei que não há nada que eu possa dizer para convencê-lo a parar, para fazê-lo acreditar que eu não quero isso. Ele me deu uma chance e eu estraguei tudo.

Joguei fora minha liberdade por um beijo e um orgasmo.

— E então? — Ele olha para o relógio. — A música já parou e os convidados estão se reunindo no palco para ouvir um grande anúncio. Não devemos fazê-los esperar muito.

— Alexei, por favor. — Empurrando a parede, eu cambaleio em direção a ele com as pernas instáveis. Minhas têmporas latejam agonizantemente quando a dor de cabeça que reprimi volta com violência repentina, aumentando a agitação dentro de mim. Meu estômago se revira de náusea quando digo com urgência: — Por favor, não podemos simplesmente falar sobre isso? Vou começar a faculdade em algumas semanas. Na cidade de Nova York. Eu...

— Eu sei. — Sua mandíbula flexiona quando paro

na frente dele. — Precisamos conversar sobre isso, mas não agora. De qualquer forma...

— Por favor.— Agarro sua mão com as minhas, meu desespero crescendo a cada segundo. *De qualquer forma*, ele disse. Significando que talvez eu não possa ir para Columbia. Ou seja, a partir deste momento, ele espera tomar todas as decisões por mim.

Como um rolo de filme de terror, cenas do casamento dos meus pais passam pela minha mente, só que em vez do rosto da minha mãe, eu vejo o meu. E em vez de meu pai, vejo Alexei. Eu o vejo governando minha vida com ameaças e chantagens, o tempo todo manipulando meu corpo e minhas emoções com a atração profana que ele já usou contra mim esta noite. Vejo um desfile interminável de festas e eventos de networking onde se espera que eu fique bonita e sorria, mesmo que tudo o que sou murche e morra por dentro. Vejo nossos filhos crescendo com o amargo conhecimento de que seus pais se odeiam e passando esse ódio para as gerações futuras, perpetuando o terrível ciclo.

Eu vejo tudo, e um soluço se rasga da minha garganta enquanto as lágrimas que eu tenho tentado segurar se derramam, escorrendo pelo meu rosto em riachos quentes. Seu rosto fica borrado na minha visão, os martelos batendo mais forte no meu crânio, e eu coloco as duas mãos sobre a boca enquanto minha náusea se intensifica abruptamente. Só que não ajuda.

Tudo o que tenho tempo para fazer é dar uma guinada alguns metros para o lado antes de cair sobre minhas mãos e joelhos e expurgar o conteúdo do meu estômago no mármore brilhante do chão.

Se eu pensava que estava mortificada antes, não é nada comparado com a forma como me sinto quando mãos fortes apertam meus ombros, me estabilizando enquanto mais movimentos sacodem meu corpo trêmulo. — Isso mesmo. Tire tudo — Murmura Alexei, alisando alguns fios de cabelo que escaparam do meu penteado grudando na minha testa úmida. — Você vai se sentir melhor em breve.

Não, eu não vou. Como eu poderia quando ele me viu estando totalmente nojenta? Em algum lugar no fundo da minha mente, estou ciente de que o provável culpado por isso são as pílulas – sozinhas ou em combinação com a dor de cabeça que está me fazendo sentir como se meu cérebro estivesse implodindo – mas isso não ajuda. Não tenho nem um guardanapo para limpar a boca. Gemendo de dor e vergonha, tento rastejar para longe da cena do meu crime, mas Alexei me puxa para ficar de pé e me levanta contra seu peito.

Assustada, eu agarro seus ombros enquanto ele me carrega até uma das mesas, onde ele derruba uma das cadeiras jogando-a no chão, com o cotovelo, e habilmente a vira para cima com o pé antes de me depositar nela.

— Espere aqui, ok? Eu já volto — Ele diz suavemente, apertando meu ombro, e antes que eu possa responder, ele sai da sala.

Como um manequim obediente, fico sentada, fraca e trêmula demais para me mexer. Um minuto depois, ele reaparece com várias toalhas de papel úmidas, uma garrafa d'água, um enxaguante bucal tamanho viagem e um copo de plástico vazio – suprimentos que ele sem dúvida roubou do banheiro masculino próximo. Agachado na minha frente, ele gentilmente acaricia meus lábios com as toalhas úmidas, sua maneira tão imparcial quanto a de uma enfermeira, e então, ele me orienta a gargarejar com o enxaguante bucal e cuspir no copo. No momento em que termino isso, ele abre a garrafa d'água e a estende para mim. Agradecida, eu bebo, me sentindo mais humana a cada gole.

— Melhor? — Ele pergunta enquanto eu coloco a garrafa vazia no meu colo, e eu assinto, incapaz de encontrar seu olhar.

Ele pega a garrafa de mim e a coloca no chão. — Como está sua dor de cabeça?

— Não tão bem — Murmuro, desejando ter o poder de simplesmente desaparecer daqui. Como nos filmes de *Harry Potter* – puf, e pronto.

Ele inclina meu queixo para cima com dedos curvados, me forçando a olhar para ele. Seu tom é suave. —Você quer que eu te leve para casa?

Eu pisco, assustada com o olhar caloroso e quase simpático em seus olhos escuros.

—Você quer dizer...

— Podemos ir agora mesmo, levá-la para a cama com uma bolsa de gelo na testa. Então, amanhã cedo, vou levá-la para ver um neurologista de primeira linha, fazer alguns testes.

— Oh, não, obrigada, tenho uma consulta com o

médico dos meus pais na próxima semana e... espere, não. — Eu pressiono as palmas das minhas mãos nas minhas têmporas latejantes. — Eu não posso simplesmente sair. A festa é minha, e tem todas essas pessoas...

— Então, eles vão festejar sem você. Quem se importa?

Eu olho para ele, meu coração batendo de forma irregular quando eu deixo cair minhas mãos. — E o anúncio? Eu pensei...

— Seis meses. — Seu tom endurece, todos os traços de calor fugindo de seu olhar enquanto ele se levanta. — Eu vou te dar mais seis meses para se acostumar com a ideia de nós dois. Vá para Columbia, estude o que quiser, e quando voltar para casa para as férias de inverno, escolheremos duas datas: uma para o anúncio e outra para o casamento em si.

Por um momento, tenho certeza de que ouvi mal sobre os seis meses. Atordoada, estou prestes a pedir para ele repetir o que disse, mas ele ainda não terminou de falar.

— Vou dar isso a você com duas condições — Continua ele. — Primeiro, você verá um médico para as dores de cabeça. Imediatamente. E segundo, nada mais de maconha ou drogas ilegais, prescritas ou de outra forma. — Ele se inclina sobre mim, agarrando os braços da cadeira enquanto seus olhos me perfuram. — Você pode me prometer isso?

— Sim! Absolutamente. — Por mais seis meses de liberdade, eu prometeria qualquer coisa.

— Bom. E tem mais uma coisa... — Seus olhos são como diamantes negros quando ele aproxima seu rosto, sua voz pingando ameaça quando ele diz suavemente: — Tenha toda a diversão que você quiser com seus amigos na Big Apple, mas saiba disso: qualquer homem que tentar tocar em você vai se arrepender pelo resto de sua curta e dolorosa vida.

Capítulo 11

Dia atual, local desconhecido

Minhas bochechas queimam quando olho nos olhos de Alexei, incapaz de tirar minhas mãos de onde suas palmas estão prendendo as minhas na mesa, o sol brilhante tornando impossível esconder a verdade de suas palavras.

Eu o queria como uma jovem adolescente, mesmo que eu não entendesse na época. E no meu aniversário de dezoito anos, eu estava pronta para ser reivindicada. Reivindicada por *ele*. Por mais que eu temesse um casamento forçado, eu não teria sido capaz de resistir a cair na cama dele depois da festa se as pílulas não tivessem me deixado tão doente.

Só que eu não posso admitir isso agora. Não posso dar a ele ainda mais munição contra mim.

— Eu não era eu mesma naquela noite — digo abruptamente. — Eu estava alta. Você sabe disso.

Sua mandíbula aperta, e ele solta minhas mãos para

se recostar em sua cadeira. — Sim, você estava. Alta e doente com isso. E como um tolo, tive pena de você, dando-lhe aqueles seis meses extras. — Seus lábios torcem. — Mal sabia eu o que isso me custaria.

Pena. Então essa foi a motivação dele. Eu me perguntei sobre isso por anos. Mesmo depois que meu mundo se despedaçou naquele inverno, uma parte em mim permaneceu curiosa sobre seus motivos naquela noite, se ele me deu o adiamento por alguma aparência de bondade ou porque me achou repelente.

Agora eu sei. E eu não sei como me sinto sobre isso, se isso muda alguma coisa. Porque outra parte em mim, que só recentemente percebi que existe, sempre se ressentiu dele por aqueles poucos meses extras... aquele pouco de liberdade extra que provou ser tão caro para nós dois.

Se ele tivesse levado adiante o anúncio do noivado no meu aniversário de dezoito anos, eu estaria em casa naquela terrível noite de inverno ou estaria na casa dele, na cama dele, longe da cobertura dos meus pais?

Se eu já fosse oficialmente dele, os eventos daquela noite teriam acontecido?

Minha garganta se fecha, como sempre acontece quando me lembro daquela noite terrível, e a tensão aperta minhas têmporas em um torno impiedoso. Engolindo contra uma nova onda de enjoo, olho para a mesa, onde minhas mãos estão agora apertadas, meus dedos brancos... tão brancos quanto a leve cicatriz branca no meu antebraço direito. Com esforço, eu desdobro meus dedos, notando com um canto da minha mente que meu esmalte vermelho ainda está intacto, ainda sem lascas. Diferente de mim.

Eu levanto meu olhar para o rosto de Alexei, lágrimas não derramadas queimando como ácido atrás de minhas pálpebras. Eu não deveria dizer isso, eu sei, mas a repreensão sai de meus lábios, tão ilógica quanto reveladora. — Você deveria ter me sequestrado então, logo depois daquela festa.

— Sim — diz ele, e pela primeira vez, seu olhar de ônix reflete dor. Minha dor. Sua voz está pesada com arrependimento quando ele diz: — Eu deveria ter levado você então, não importa o quão doente você estivesse. Ou, pelo menos, eu deveria ter impedido você de voltar para casa naquela noite de inverno, mesmo que seus seis meses não tivessem acabado.

CAPÍTULO 12

Mama, estou indo para a casa de Natasha — digo em um tom falsamente alegre enquanto enfio a cabeça na sala de mídia, onde minha mãe está grudada em mais uma novela. — Vou chegar tarde em casa.

Ela olha na minha direção, seus olhos vermelhos e inchados. Sua voz está grossa, claramente rouca de tanto chorar quando ela diz: — Mas você acabou de voar esta manhã.

— Eu sei, mas fiz planos com Natasha semanas atrás. Ela está realmente ansiosa para me ver. — E estou muito ansiosa para sair daqui.

— Leve alguns guarda-costas com você então. — Ela volta sua atenção para a TV.

— Eu vou, é claro.

Posso ir agora, mas fico parada na porta, sem saber o que fazer. Estou morrendo de vontade de escapar da atmosfera tóxica da cobertura dos meus pais, mas nunca vi Mama tão chateada, nem Papa tão furioso e bêbado. Há rumores de que ela arrumou um amante, algum funcionário do governo que é tão alto que nem mesmo meu pai poderoso pode abatê-lo sem consequências. Não tenho ideia se é verdade, mas se for, espero que isso signifique que meus pais finalmente seguirão caminhos separados.

Já era sem tempo.

Ela continua olhando fixamente para a tela enquanto eu mordo meu lábio inferior, dividida entre meu desejo de sair e minha necessidade de confortá-la. Ela não aceitaria o último, eu sei – ela gosta de fingir que nenhum de nós sabe sobre sua discórdia com Papa – mas não sei se posso deixá-la assim. Se pelo menos Pavel e Lyudmila estivessem aqui, eles poderiam cuidar dela, mas ambos têm a noite de folga.

Hesitante, entro na sala. — Mama...

— Apenas vá — diz ela sem emoção, sem tirar os olhos da tela. — Quero ficar sozinha.

Eu quero honrar o desejo dela, mas algum instinto me impulsiona mais para dentro da sala. Aproximando-me de sua cadeira de pelúcia, eu me agacho na frente dela. — Mama, você tem certeza de que está bem?

Seus olhos vidrados de lágrimas encontram os meus, e sua boca coberta de batom treme em um sorriso forçado. — Por que eu não estaria, Alinochka?

Enquanto ela fala, seus dedos finos e perfeitamente cuidados brincam com seu colar, um pingente de diamante em forma de coração em uma fina corrente de ouro que Papa a presenteou no nascimento de Konstantin. É uma das joias favoritas dela, e muitas vezes eu a vejo em seu pescoço depois de suas brigas. Suspeito que seja uma maneira de ela se lembrar dos bons tempos, antes de saber como era realmente o homem com quem se casou.

Cuidadosamente, arrisco: — Você parece um pouco chateada. Está acontecendo alguma coisa?

Sua boca treme mais forte. — Não, não. Apenas... — Ela alcança atrás de seu pescoço e se atrapalha com o fecho da corrente. — Aqui.— Ela pega minha mão e coloca o colar na minha palma. — Eu quero que você o tenha.

— Oh, hum... obrigada, mas por quê?

— Eu não preciso mais disso. — Ela tenta aquele sorriso trêmulo novamente. — Já usei bastante.

Ou ela parou de tentar fingir que os bons tempos – supondo que houve algum – valem a pena para aturar o inferno que é seu casamento agora.

Os rumores devem estar certos. Ela e Papa estão finalmente se divorciando, e não posso dizer que sinto nada além de alívio.

— Obrigada, Mama — digo suavemente, fechando meu punho sobre o colar enquanto me levanto. — Vou guardá-lo.

— Ah, é apenas uma bugiganga — diz ela, acenando com a mão. —Tenho certeza de que Alexei vai te presentear com coisas muito mais bonitas.

Eu congelo no meio de colocar o colar. — Alexei?

Ela balança a cabeça, parecendo um pouco tímida.

— Eu esqueci de te dizer? Ele está vindo buscá-la na primeira hora da manhã. Quer que vocês passem o dia juntos. Ele não mencionou isso para você? Ele viria vê-la hoje assim que chegasse em casa, mas seu voo de Hong Kong atrasou.

— Não — digo com a voz embargada, soltando minhas mãos. — Ele não mencionou nada para mim.

A última vez que tivemos alguma interação foi na minha festa de aniversário de dezoito anos, ou melhor, quando ele me deixou em casa com a recomendação de descansar e me sentir melhor. Pelo menos acho que foi isso que ele disse. Eu estava quase fora do ar durante o passeio de carro devido à dor de cabeça e aos efeitos prolongados das pílulas. Na verdade, toda aquela noite é um borrão. O que me lembro claramente é que Alexei me prometeu seis meses, e seis meses do final de julho não é o final de dezembro. Tenho quase mais quatro semanas de liberdade. Exceto... ele também disse que minhas férias de inverno seriam quando decidiríamos o momento de tudo?

Caralho. Ele disse, e eu bloqueei totalmente isso da minha mente, me prendendo aos seis meses como se fossem uma data esculpida em pedra.

Idiota. Eu não sei o que eu estava pensando. Não, é mais como se eu *não* estivesse pensando. Fiquei tão tonta com o alívio inesperado que me joguei na vida universitária com o abandono imprudente de alguém que tem seis meses de vida. Eu fiz todas as aulas, fui a todas as festas, fiz todas as atividades extracurriculares que pude, e qualquer tempo livre que restava na minha agenda lotada, passei explorando todos os cantos e recantos da cidade de Nova York, de museus conhecidos a convites de 'só poesia' nos porões do Lower East Side.

Durante a maior parte dos últimos cinco meses, estive ocupada desde o momento em que abri os olhos ao nascer do sol até desmaiar de pura exaustão depois da meia-noite, e a única vez que os pensamentos de Alexei foram capazes de invadir minha mente foi à noite, em minha mente, em pesadelos e sonhos. Mesmo na viagem de avião até aqui, eu estava consertando freneticamente um bug no aplicativo que escrevi para minha aula de Introdução à Computação, para que pudesse enviá-lo ao meu professor e ganhar algum crédito extra.

Para Mama, devo parecer um cervo sob os faróis porque ela diz com um brilho falso: — Bem, agora você foi informada. Divirta-se na Natasha, ok? Diga olá para a família dela por mim.

— Eu vou, obrigada. — No piloto automático, saio da sala de mídia e sigo para a porta da frente, toda a ansiedade que tenho contida com a atividade ininterrupta me atingindo de uma vez.

Alexei.

Ele quer passar um dia inteiro comigo.

Amanhã.

Que porra eu vou fazer?

Minha cabeça começa a doer. Esperando que o ar gelado da noite afaste um ataque de enxaqueca, coloco minhas botas, chapéu, luvas e casaco mais quentes, e mando uma mensagem para os guarda-costas esperarem lá embaixo que eu quero caminhar até a casa de Natasha e, assim, não preciso de um carro.

Já estou no meio do caminho para o elevador quando o corpo corpulento de Papa aparece na porta.

— Saindo?

Suas palavras saem arrastadas, seu rosto inchado e com a barba por fazer. Seu cabelo preto, agora generosamente salpicado de cinza, está uma bagunça desgrenhada, assim como suas roupas, com sua camisa branca manchada e abotoada torta, as pontas meio enfiadas em sua calça parcialmente aberta. Sem gravata, sem sapatos de qualquer tipo, apenas uma meia no pé esquerdo.

Eu nunca vi meu pai poderoso e bonito assim, nem mesmo quando ele estava bêbado no passado.

— Você está bem, Papa? — Eu pergunto baixinho, uma pena desconhecida mexendo dentro de mim.

O homem na minha frente nunca foi o tipo de pai que eles mostram nos filmes, aquele que te abraça, tem conversas importantes com você e geralmente age como se você fosse mais do que um objeto a ser trocado. Ainda assim, ele é meu pai e está sofrendo. Por mais quebrado e tóxico que seu relacionamento com Mama tenha se tornado, em um ponto ele a amou, tenho certeza. Talvez ele ainda a ame, em sua própria maneira distorcida.

Ele bufa e passa os dedos pelo cabelo, o gesto estranhamente errático. — Por que diabos eu não estaria? — Ele cambaleia em minha direção, seus movimentos me lembrando de um zumbi com excesso de cafeína. — Então, você vai sair ou o quê?

Dou um passo cauteloso para trás e levanto minha mão para esconder o pingente pendurado no meu pescoço. — Sim, vou à casa de Natasha. Eu estarei de volta em algumas horas. Tudo bem?

Ele empurra o queixo em direção à porta. — Sim. Dê o fora daqui.

Rude, mas tudo bem. Não precisava pedir duas vezes. Corro para o elevador, e quando saio para o saguão no andar de baixo, quatro guarda-costas se juntam a mim. Assim que saímos para a rua, eles recuam para me seguir discretamente, e fico sozinha com meus pensamentos – pensamentos que imediatamente se voltam para Alexei.

Atrasado em Hong Kong, Mama disse. Ele foi lá a negócios ou lazer? Passei alguns dias lá no verão passado, visitando um amigo da escola, posso imaginar as boates e lounges glamourosos, junto com todas as mulheres lindas. Mulheres que posso facilmente imaginar na cama de Alexei, seus corpos ágeis se contorcendo contra ele, seus lábios carnudos envolvendo os dele...

Porra. Pare. Eu não me importo. Ele pode foder todas as beldades de Hong Kong que quiser, o que quer que o mantenha longe de mim. Não há razão para eu sentir vontade de vomitar só de pensar nele tocando outra mulher. Eu ficaria feliz se sua atenção estivesse em outro lugar. Eu deveria esperar que estivesse em outro lugar.

Talvez, apenas talvez, neste exato momento, ele esteja com uma mulher que o fará esquecer tudo sobre nosso estúpido noivado, e então, estarei livre para sempre.

O pensamento deveria me animar, mas me sinto ainda pior, minha dor de cabeça se intensificando a cada minuto. Mesmo o ar fresco do inverno não ajuda. Está frio hoje à noite, pelo menos vinte graus Celsius negativos, e cristais de gelo rangem sob minhas botas quando uma rajada de vento gelado me atinge no rosto, me fazendo estremecer e desejar ter trazido o carro, afinal. Ou talvez até ter ficado em casa, com atmosfera tóxica e tudo. Eu poderia ter ignorado meus pais, tomado minhas pílulas para dor de cabeça, rastejado para a cama e dormido um sono muito necessário.

Bem, muito tarde agora. Continuo andando, tentando não pensar em ver Alexei logo no dia seguinte, e quando estou dobrando uma esquina, um carro preto para no meio-fio ao meu lado.

Assustada, dou um pulo para trás, meus instintos gritando de perigo, mas meus guarda-costas já estão lá, formando um semicírculo entre mim e o carro. Suas mãos vão para suas armas enquanto a janela escura na parte de trás rola para baixo, revelando um familiar par de olhos escuros em um rosto de feições duras.

Olhos que brilham com diversão cruel.

— Calma, rapazes — Alexei fala lentamente enquanto eu olho para ele, congelada em choque. — Quero dizer, não pretendo causar nenhum dano.

Empurrando a porta, ele sai, desdobrando seu

corpo alto em um movimento suave e fácil enquanto eu fico boquiaberta para ele, incapaz de pronunciar uma palavra.

Como é possível que ele esteja aqui, na minha frente, quando deveria estar em Hong Kong?

Meu olhar atordoado percorre seu rosto, com seus ângulos duros e traços afiados, depois sobre seu corpo, cujos músculos poderosos são visíveis mesmo na jaqueta de couro cinza que ele está vestindo sobre um suéter preto. Jeans escuro abraça suas pernas longas e atléticas, e botas de motoqueiro pretas cobrem seus pés, fazendo-o parecer ainda mais perigoso.

— Sentiu minha falta, Alinyonok? — Ele pergunta, vindo em minha direção, e meus guarda-costas recuam, desaparecendo de vista mais uma vez. Eles devem ter sido notificados sobre nosso relacionamento, como é.

Quase os chamo de volta, mas não quero que Alexei saiba o quanto ele me assusta. Em vez disso, eu endureço minha coluna e colo um sorriso frio. — O que você está fazendo aqui? Achei que seu voo estava atrasado.

— A tempestade acabou e meu piloto decidiu arriscar — diz ele, parando na minha frente. As luzes da rua refletem em seus olhos, fazendo-os parecer espelhos negros acima de mim. Seus lábios se curvam zombeteiramente. — Eu sabia que você estava ansiosa para me ver.

Eu luto contra a vontade de me encolher quando ele levanta a mão para enfiar uma mecha de cabelo no meu chapéu. Ao contrário de mim, ele não está usando luvas, mas seus dedos estão quentes apesar do frio congelante lá fora. Tão quentes que queimam minha pele gelada e me fazem sentir como se eu estivesse usando muitas camadas de roupa... como se eu precisasse ficar nua nesse clima frio para esfriar o fogo que assola dentro de mim, e mesmo assim, eu poderia queimar viva.

— Ansiosa, sim. Para ver você, não — Me forço a dizer quando ele puxa a mão de volta. Meu coração está acelerado, mas não posso deixá-lo saber disso. Preciso projetar um comportamento normal e calmo, para que ele não perceba o quanto me inquietou. Como estou despreparada para enfrentá-lo e tudo o que o meu futuro reserva.

O sorriso zombeteiro permanece em seus lábios. — Você me feriu, minha linda. Aqui estou eu, arriscando minha vida voando em uma tempestade de neve para te ver, e você nem podia esperar por mim em casa.

Eu aperto minha mandíbula. — Tenho planos com Natasha esta noite. — Que ele, o perseguidor que é, provavelmente sabe.

Seu sorriso se alarga. — Você terá que cancelar isso, eu temo. Já que cheguei em casa a tempo, você e eu temos planos para esta noite. Grandes planos.

Minha frequência cardíaca se intensifica. Ele não pode querer dizer... — Eu tenho mais quatro semanas! — Para minha vergonha, as palavras saem em um guincho. Com esforço, eu me seguro e digo em um tom mais nivelado: — Eu não tenho que ver você até o final de janeiro — Nesse ponto, estarei de volta à cidade de Nova York, e espero que ele esteja ocupado demais para voar para me ver.

O sorriso sai de seus lábios, e seus olhos se apertam perigosamente.

— Do que diabos você está falando?

— Você... — Engulo, meu coração martelando mais rápido com sua expressão. — Você me deu seis meses.

— Eu te dei até as férias de inverno.

— Isso não é seis meses!

Um músculo bate violentamente em sua mandíbula.

— Eu não quis dizer isso literalmente. Eu lhe disse que iríamos conversar quando você chegasse em casa, decidir todas as datas então.

Ele me disse isso, mas tudo o que ouvi foram seis meses. E eu preciso desse mês extra. Eu preciso muito. Levantando meu queixo, eu digo uniformemente: — Seu erro de matemática não é problema meu.

Suas narinas se dilatam quando uma forte rajada de vento sopra cristais de gelo de um telhado e atinge nossos rostos. — Ah, mas é. — Ele segura meu cotovelo. — Vamos lá. Vamos discutir isso no carro.

— Não!— Eu cavo meus calcanhares enquanto ele me puxa em direção ao seu carro. Instantaneamente, meus guarda-costas nos cercam, sua presença me dá coragem. Eles não vão me deixar ser levada contra a minha vontade, nem mesmo pelo meu suposto pretendente. Eu levanto minha voz para que eles possam me ouvir claramente. — Eu não vou a lugar nenhum com você.

Ele para, a fúria queimando em seus olhos quando um dos guarda-costas – Vankov – afasta sua jaqueta, revelando um coldre de arma, e diz: — Por favor, solte Alina Vladimirovna. — Mesmo em uma situação tensa, ele não esquece de mostrar respeito usando meu patronímico. Mandíbula firme, ele continua: — Ela não quer ir com você.

Sim. Boa, Vankov!

Exceto que Alexei não obedece. Nem parece nem um pouco intimidado. — Ela é minha noiva — Ele diz com uma voz dura — e nós temos coisas para discutir. Afaste-se, ou você vai se arrepender.

Os outros guardas trocam olhares preocupados, mas Vankov tira a arma do coldre e aponta para Alexei. — Minhas ordens são para proteger a família Molotov. Solte-a e dê um passo para trás, senhor.

Os olhos de Alexei se estreitam em fendas, mas ele solta meu cotovelo. Graças a Deus. Por um momento, tive medo de que ele tentasse me pegar de qualquer maneira, apesar de quatro guardas armados.

Apenas no caso, eu me afasto, e seus olhos me seguem com a intensidade de um gato observando um rato escapar de seu alcance.

— Mais uma noite — diz ele sombriamente quando dois guardas se interpõem entre nós, protegendo-me com seus corpos enormes. Seu olhar me prende através do espaço entre seus ombros, o calor me fazendo queimar apesar do vento gelado. — Eu contei seis meses por engano, então, vou te dar mais uma noite para se acostumar com a ideia de nós dois. Mas não mais. Cansei de esperar, Alinyonok. A primeira coisa amanhã, eu vou atrás de você, e nada nem ninguém vai me impedir.

————

AINDA ESTOU TREMENDO DE FRIO E ADRENALINA QUANDO as portas do elevador se abrem e entro na cobertura dos meus pais. Eu não fui para a casa de Natasha depois daquele confronto. Eu não podia. Em vez disso, me virei e corri para casa, precisando da segurança de suas paredes, por mais ilusória que pudesse ser.

Mais uma noite. Isso é tudo que tenho agora. Amanhã ele virá, e meus pais não vão levantar um dedo para detê-lo. Ao contrário dos meus guarda-costas, eles não vão se importar se ele me arrastar para longe. Na verdade, Papa provavelmente o ajudará.

Vozes altas chegam aos meus ouvidos quando tiro meu casaco e o penduro no armário perto da porta antes de tirar meus sapatos, chapéu e luvas. Demora um pouco porque meus dedos estão tão dormentes de frio que não consigo senti-los. As vozes aumentam de volume enquanto ando em direção à escada, minha cabeça latejando agonizantemente. Preciso das minhas pílulas, um banho quente e minha cama, nessa ordem. O que eu não preciso é de meus pais brigando novamente.

Deus, espero que eles se separem logo.

— ... puta do caralho — Meu pai está gritando na sala de estar enquanto eu me arrasto em direção à escada, desesperada para me esconder no meu quarto antes que eles percebam que estou em casa. — Eu vou matá-lo, porra!

— Tente e veja o que acontece! Estou indo embora e você não pode me impedir! — A voz da minha mãe é aguda, histérica. Segue-se um estrondo – alguma peça da lareira de valor inestimável voando, sem dúvida. Eu estremeço e cubro meus ouvidos, mas mesmo isso não bloqueia a voz de Mama enquanto ela grita: — E eu vou levar Alina comigo! Fodam-se suas alianças. Ela o odeia, assim como eu odeio você!

Paro no meio da escada e deixo cair as mãos para ouvir. Ela está falando sério, ou isso é apenas algo que ela está dizendo para ferir meu pai? E se ela realmente quer dizer isso, ela seria capaz de realmente me manter fora das garras de Alexei? Talvez se meus irmãos ficassem do lado dela...

Outro estrondo me faz pular. — Ela é a porra da minha filha! Tente levá-la, e eu vou te matar. Eu vou matar vocês duas, junto com aquele filho da puta que você anda fodendo!

Outro estrondo é seguido pelo choro de dor de Mama. Meu coração pula na minha garganta. Eu nunca ouvi meu pai dizer isso para ela, nem nunca testemunhei ele machucando-a fisicamente, embora eu suspeite que isso tenha acontecido.

Tremendo, tiro meu telefone do bolso e disco o número de Nikolai. Ele é o único em Moscou agora. Konstantin está em Dubai a negócios, e Valery está fazendo seu exército em algum lugar perto da Crimeia.

O telefone toca quando outro estrondo soa, seguido por um grito mais alto de dor.

Por favor, responda, por favor, responda. Vamos, por favor, responda.

— Sim? — A voz de Nikolai soa lentamente no meu ouvido, e eu quase desmorono de alívio.

Meu irmão do meio virá aqui. Ele saberá o que fazer.

— Kolya, eles estão brigando de novo — digo, quase tropeçando nas palavras. — É sério. Tipo, muito ruim. Acho que ele a está machucando.

— Caralho! — Ele não parece tão surpreso quanto eu gostaria. — Fique longe deles. Não intervenha. Eu estarei aí.

A linha fica muda, e coloco meu telefone de volta no bolso com dedos trêmulos enquanto me dirijo para a sala de estar. Eu quero fazer o que Nikolai disse e me esconder no meu quarto até que ele chegue, mas não posso. Não quando Mama está se machucando.

Outro estrondo, outro grito feminino de dor, xingamentos mais violentos. Eu começo a correr, meu batimento cardíaco rugindo em meus ouvidos. — Papa, Mama — Grito quando viro a esquina para a sala de estar. — Parem vocês dois!

Mas sou eu quem paro, paralisada de horror com a cena à minha frente. Meu pai está montando minha mãe no chão, e ela não está mais chorando de dor. Ela está em silêncio, inconsciente, enquanto ele bate seu punho maciço em seu rosto, uma e outra vez.

Um rosto já tão ensanguentado e pulverizado que é quase irreconhecível como o dela.

Pare. Pare. Pare.

Eu posso sentir meus lábios formando a palavra, mas nenhum som sai da minha garganta enquanto meu olhar salta freneticamente ao redor da sala, procurando algo, qualquer coisa – ali! Uma faca, bem ali no chão, ao lado dos meus pais.

Não questiono sua presença. Eu apenas ajo. Saltando para a frente, agarro-a com a mão direita e seguro o cotovelo de meu pai com a esquerda, no momento em que seu punho está prestes a bater no rosto de Mama novamente. — Pare! — Desta vez, a palavra emerge em um grito. — Papa, pare com isso! Por favor, pare!

Ele me derruba com um golpe de seu braço poderoso e a atinge novamente. Levanto-me de um salto, indiferente à dor, e tento detê-lo novamente. Ele dá um soco no meu plexo solar, me fazendo voar, e recomeça a esmurrar o rosto de mamãe. Minhas costas batem no braço do sofá e minha visão escurece enquanto eu ofego por ar, mas eu salto para cima e vou para ele novamente, a faca firmemente em meu punho.

Não quero machucar Papa, mas tenho que impedi-lo. Eu tenho que tirá-lo de Mama, custe o que custar.

Ele está tão consumido pela raiva que não percebe quando eu agarro seu braço novamente e corto com a faca, mirando em seu ombro. Não é o que Pavel me ensinou, mas este é Papa, não um estranho aleatório em um beco. Eu quero trazê-lo de volta aos seus sentidos, não matá-lo.

A faca afunda superficialmente no músculo grosso de seu ombro, e é só quando ele se vira para mim com um rugido e vejo seus olhos que percebo meu erro.

Suas pupilas estão tão dilatadas que cobrem a maior parte de suas íris.

Ele não está apenas bêbado. Ele está em algo muito mais forte.

Em um piscar de olhos, ele está em cima de mim, agarrando violentamente meu braço com a faca. Algo estala no meu pulso quando ele arranca a faca do meu alcance, mas o grito de dor morre na minha garganta quando ele bate o punho nas minhas costelas, me fazendo tropeçar para trás, dobrada e ofegante. Leva alguns segundos para minha visão clarear, e quando isso acontece, eu corro para frente com um grito. — Não! Pare!

Não.

Montado no corpo inconsciente de mamãe, ele corta o peito dela com a faca, de novo e de novo. Sangue espirra por toda parte, por toda a mobília branca e pelo piso de madeira brilhante.

Gritando, eu bato nele a toda velocidade e consigo derrubá-lo dela. Nós rolamos no chão, e de alguma forma eu acabo por cima. Eu pulo de cima dele e fico de pé, mas ele está apenas um segundo atrás de mim. Com um rugido, ele vem atrás de mim, a faca cortando descontroladamente, e eu sinto o fogo lamber meu antebraço enquanto eu freneticamente o uso para proteger meu rosto.

Ele vai me matar, percebo distantemente quando ele ergue a faca novamente, e então, uma força enorme atinge meu estômago e tudo fica escuro.

———

UM CHEIRO DE COBRE, MISTURADO COM ALGO FÉTIDO, enche minhas narinas quando acordo com o som de homens grunhindo e móveis quebrando. Minha visão está embaçada quando abro os olhos e tenho que piscar várias vezes para focar as imagens. Meu antebraço queima, minhas costelas e meu estômago parecem um hematoma gigante, e minha cabeça lateja nauseantemente, mas nada disso importa quando percebo o que estou olhando.

Nikolai e nosso pai, travados em uma luta mortal.

O sangue cobre os dois enquanto eles rolam no chão, lutando pelo controle da faca.

A adrenalina inunda minhas veias, me impulsionando a ficar de pé. Minha cabeça gira, minha visão escurece novamente, mas eu a ignoro e me aproximo. — Pare — Resmungo, tropeçando em direção a eles. — Por favor, pare.

Eu tropeço em alguma coisa e caio sobre minhas mãos e joelhos. Uma dor incandescente sobe do meu pulso direito, e eu fico de joelhos, instintivamente embalando-o contra o meu peito. Há sangue em mim, noto atordoada, tanto sangue. Está pingando do meu braço e cobrindo o chão até onde a vista alcança. Eu não sabia que tinha tanto sangue em mim, que alguém tinha tanto sangue neles, nem mesmo – espere, eu estava indo para algum lugar.

Levanto a cabeça e vejo que Nikolai está agora em cima de Papa, prendendo-o. Ele também tem a faca.

Finalmente. Acabou.

Exceto... O rosto de Nikolai é uma máscara de fúria escura, sua mão segurando a faca em um aperto letal que reconheço das minhas aulas com Pavel.

A bile sobe pelo meu esôfago.

Não, por favor, não.

— Kolya, pare, por favor. — As palavras são apenas um sussurro rouco. Eu tento novamente, meu desespero crescendo. — Kolya, por favor! — Começo a rastejar em direção a ele de joelhos e com a mão que está intacta. — Pare. Pare agora.

Ele não ouve.

Quando Papa estende a mão para pegar a faca, meu irmão escapa de sua mão e corta para baixo, o movimento mortal rápido como um relâmpago.

Sangue. Mais sangue. Pulveriza em todos os lugares, em todo Nikolai, em cima de mim. Um grito sobe em minha garganta e explode, e agora, agora Nikolai olha na minha direção, seu rosto salpicado de sangue pálido e não mais contorcido de raiva.

Só que é tarde demais.

Deitado embaixo dele está o cadáver imóvel de nosso pai, suas entranhas saindo pela abertura do tronco infligida pela lâmina letal de seu filho.

Outro grito cresce na minha garganta, mas não sai. Ele morre dentro de mim porque meus olhos pousam no outro corpo na sala.

Mama.

Pelo menos eu acho que é Mama.

Também pode ser um pedaço de carne ensanguentado em forma de pessoa, coberto com pedaços de roupa.

Não. Por favor, não.

Eu rastejo em direção a ela, ignorando a dor esfaqueando meu braço, e quando chego lá, percebo que é ela. Ou melhor, o que costumava ser ela.

O que sobrou não pode nem ser considerado humano. Papa a cortou além de todo reconhecimento.

Um lamento agudo vem de algum lugar, um grito de agonia tão angustiante que não suporto ouvi-lo. Coloco as palmas das mãos sobre os ouvidos, mas o gemido continua até que braços musculosos me envolvem, me puxando contra uma camisa encharcada de sangue.

— Shh, Alinochka. Acalme-se. Está bem. Vai dar tudo certo. — A voz rouca de Nikolai poderia muito bem ser a de um estranho. O mesmo vale para seu rosto coberto de sangue quando eu me contorço e me afasto para trás. Não reconheço esse homem ajoelhado na minha frente... Esse assassino violento não pode ser meu irmão.

Tremendo, empurro-me para os meus pés. Eu sinto frio, muito, muito frio. Entorpecida, meu olhar viaja de Nikolai para o monte ensanguentado que costumava ser nossa mãe e, depois, para o cadáver eviscerado que costumava ser nosso pai.

Meus joelhos se dobram, e desta vez, quando a escuridão chega, eu a saúdo.

Nunca mais quero ver a luz do dia.

Capítulo 13

Dia atual, local desconhecido

Quebrando o contato visual com Alexei, eu me levanto da mesa em um movimento brusco e caminho até a lateral do barco, onde agarro a amurada de madeira e olho para o infinito oceano azul, meu peito arfando com respirações irregulares. As memórias me pressionam, tão pesadas que me sufocam mesmo depois de todos esses anos.

Meu pai matou minha mãe.

Meu irmão matou meu pai.

Eu vi tudo, e não se passou um dia desde aquela noite em que não pensei nisso, não me lembrei... Seja conscientemente ou em meus pesadelos.

Mãos quentes pousam em meus ombros por trás, polegares fortes cavando os músculos firmemente tensos ao redor do meu pescoço. Isso ajuda. A tensão dolorosa diminui, a pior das memórias retrocedendo mesmo quando minha coluna fica rígida por um motivo diferente... um que não tem nada a ver com aquela noite.

— Sinto muito pelo que aconteceu com seus pais — diz Alexei suavemente, continuando a massagem insidiosamente calmante. — Eu gostaria de ter sabido imediatamente, mas seus irmãos fizeram um bom trabalho em encobrir.

Sim, eles fizeram. No que dizia respeito aos amigos e conhecidos de nossa família, meu pai morreu de ataque cardíaco e minha mãe morreu em um acidente de carro a caminho do hospital. E mesmo esses fatos falsos foram mantidos fora dos jornais pela pura força da influência da minha família, para reduzir as especulações desagradáveis.

— Como você descobriu a verdade então? — Eu pergunto, tentando ignorar o efeito que seu toque está tendo em mim. — Foi através da minha terapeuta, como eu suspeitava?

— Sim. — Não há remorso em seu tom, nenhuma culpa por essa terrível invasão de privacidade. — Eu precisava saber o que estava acontecendo com você, para poder decidir o que fazer.

Eu aperto os olhos contra a luz do sol refletida na água. — E o que você decidiu?

Ele se aproxima, pressionando seu corpo contra minhas costas e enganchando as mãos no corrimão de cada lado meu, mais uma vez me prendendo em seu abraço. Descansando o queixo em cima da minha cabeça, ele murmura: — Eu decidi te dar mais tempo. Tempo e espaço para curar.

Sim, claro. Porque ele é um santo. — Você só estava com medo que eu cortasse meus pulsos se você chegasse perto de mim.

Ele fica em silêncio por um instante antes de admitir baixinho: — Isso também.

CAPÍTULO 14

C omo você está se sentindo? — Lyudmila pergunta baixinho, empoleirada na beirada da minha cama. — Posso pegar alguma coisa para você?

— Analgésicos — Murmuro, apertando meus olhos fechados contra a agonia esfaqueada atrás das minhas pálpebras. — Mais analgésicos, por favor.

Tudo machuca. Meu pulso fraturado, meu antebraço cortado que exigiu vinte pontos, minhas costelas e estômago machucados e, acima de tudo, minha cabeça. É o resultado de uma concussão, os médicos me disseram. Devo ter batido a cabeça durante o acidente de carro, aquele que me feriu e matou minha mãe na semana passada.

Eles não sabem de nada, é claro. Não houve acidente de carro. Meus ferimentos são da briga com meu pai, da concussão de quando ele me jogou contra a parede e eu desmaiei. Além disso, esses ferimentos não

154

são a razão pela qual eu não fui ao funeral dos meus pais três dias atrás, como o público pensa.

— Aqui, tome isso. — Lyudmila me ajuda a sentar e engolir dois comprimidos com um copo d'água. O movimento faz minhas costelas gritarem em protesto, e eu caio de volta no travesseiro com um gemido, lutando contra uma onda de náusea.

Uma toalha fria e molhada é colocada suavemente sobre minha testa, aliviando o pior da pressão lancinante, e respiro curto e superficialmente até que a náusea passe e meus pensamentos normalizem. Uma névoa quente me envolve. Essas pílulas são coisas boas, não as besteiras fracas que venho tomando para as dores de cabeça desde que Alexei me deu aquele adiamento de seis meses. Nem são as porcarias inúteis que os médicos me receitaram nos primeiros dias após o "acidente" por causa da estúpida concussão. Me contorci em agonia por três dias seguidos para fazê-los ceder e me dar analgésicos de verdade. Mas agora eu os tenho, e eles são minha melhor e única defesa contra a dor que ameaça consumir todos os meus momentos de vigília.

As horas se comprimem em minutos enquanto eu flutuo, agradavelmente alta e entorpecida. Quando minha mente começa a clarear, peço a Lyudmila que me dê mais dois comprimidos e, assim que ela sai do quarto, tomo mais dois sozinha.

Não quero pensar, não quero processar o que aconteceu.

Eu só quero que minha mente fique em branco.

Em algum momento, meus irmãos me visitam. Konstantin, o rosto pálido e abatido pela dor. Valery, tão normal e ilegível como sempre. Nikolai, que parece terrível, sua mandíbula esculpida coberta com uma semana de barba por fazer e seus olhos cercados por sombras escuras. Sua visita me perturba tanto que não consigo parar de chorar por duas horas, e então, minha cabeça dói tanto que mando Lyudmila chamar um médico.

O médico vem, certifica-se de que minha cura está no caminho certo e prescreve um analgésico mais forte. Ele me avisa para não tomá-lo até mais tarde hoje, quando as outras pílulas estarão fora do meu sistema, mas eu não escuto. Assim que ele sai, tomo as pílulas novas, e quando elas me fazem vomitar, espero alguns minutos e as tomo de novo – e consigo mantê-las no estômago. Elas fazem efeito quase imediatamente. Meu mundo fica nebuloso, todo suave e etéreo, e a dor retrocede até se tornar apenas uma memória distante. O mesmo vale para a vontade de chorar. Eu nem consigo me lembrar por que eu estava chorando.

Adormeço algum tempo depois, apenas para acordar de um pesadelo com um grito que traz Pavel e Konstantin – que se mudou temporariamente para a cobertura para ficar de olho em mim – correndo para o meu quarto. Uma vez que eles confirmam que não há perigo real, eles me questionam sobre meu estado físico e mental antes de trocarem olhares preocupados e saírem. Um minuto depois, Lyudmila entra e me faz comer alguma coisa, depois, me dá outra dose das pílulas, que eu complemento com uma dose minha alguns minutos depois.

Qualquer coisa para manter a lucidez à distância.

Horas se estendem em dias enquanto eu deslizo dentro e fora da semiconsciência induzida por drogas. Eu preferiria estar nocauteada completamente, mas o sono é quando os pesadelos vêm, então, as pílulas para dormir são proibidas. Vagamente, me pergunto se estou quebrando minha promessa a Alexei ao tomar toda essa medicação. Por cinco meses, mantive minha parte no trato. Depois do meu desastroso aniversário de dezoito anos, não fumei um único baseado, nem tomei nenhum medicamento que não me fosse prescrito. Então, novamente, o que estou tomando agora *é* prescrito para mim.

Essas pílulas são legalmente minhas, e eu preciso delas.

Eu preciso delas porque a alternativa é encarar a realidade, e não posso suportar fazer isso.

Alexei veio de novo, Lyudmila me disse esta manhã. Ou talvez tenha sido ontem – não consigo mais dizer que dia é hoje. De qualquer forma, meus irmãos se recusaram a deixá-lo entrar. Ele aparentemente está exigindo me ver desde a manhã depois que tudo aconteceu, mas eles conseguiram mantê-lo longe.

Minha cabeça lateja ao pensar em tudo isso – ao pensar *nele* – mesmo que não haja mais motivos para ter medo. A morte de meu pai tornou o contrato de noivado nulo e sem efeito; Konstantin me disse isso alguns dias atrás. Nikolai lidera os negócios da família agora e não tem interesse em se aliar aos Leonovs. Não há razão para eu ver Alexei novamente, e estou feliz. Acho que se o noivado ainda estivesse na mesa, eu tomaria aquele frasco inteiro de pílulas e acabaria com isso.

Agora, mais do que nunca, não consigo me imaginar casando com um homem como meu pai. Nem mesmo que uma pequena e patética parte em mim deseje sentir os braços de Alexei em volta de mim mais uma vez, para experimentar o calor que queima entre nós, em vez da dormência gelada que me envolve quando penso naquela noite... em qualquer coisa, realmente.

É melhor que eu nem pense.

Pego os comprimidos e engulo mais dois sem me incomodar com a água.

———

AS PÍLULAS ACABAM EVENTUALMENTE. CLARO QUE SIM. E meus irmãos, sádicos que são, se recusam a me dar mais até que eu concorde em fazer terapia. Aparentemente, agora que várias semanas se passaram, meus ferimentos se curaram o suficiente para eu não precisar de medicação constante para a dor – ou, pelo menos, foi o que o médico disse a eles. Maldito bastardo. O que ele sabe?

De qualquer forma, não tenho escolha.

Pela primeira vez em semanas, me visto, coloco

maquiagem e desço as escadas, onde o carro me espera. Sinto-me fraca e nauseada, minhas pernas tremendo e minha cabeça latejando a cada passo que dou. No momento em que entro no carro com o habitual grupo de guarda-costas, estou suando e meu estômago está com cólicas de ansiedade.

Consigo me recompor um pouco durante o passeio, mas ainda estou uma bagunça quando entro no consultório de Yekaterina Belkova, a terapeuta. Ela acaba sendo uma mulher magra e pequena, com olhos castanhos calorosos e um sorriso convidativo. Para minha vergonha, depois de meia hora de sessão, começo a chorar, embora só tenhamos falado sobre os primeiros anos da minha infância, quando o casamento dos meus pais era apenas um pouco terrível.

Ela espera atenciosamente até que eu me recomponha, e então, conversamos mais um pouco. Em vez da hora habitual, meus irmãos me reservaram um tempo ilimitado com ela hoje e, à medida que avançamos, fico feliz com isso. Não falei com nenhum dos meus amigos desde aquela noite. Eu não posso, não quando eles não têm ideia do que realmente aconteceu. Nem posso realmente me abrir com meus irmãos. Não somos tão próximos, emocionalmente falando, e tenho certeza de que eles também sofrem de trauma, à sua maneira. A última coisa que quero é aumentar o fardo deles.

É por isso que é um alívio conversar com essa mulher compreensiva e imparcial, embora eu ainda prefira tomar as pílulas. Ela não pressiona, não sonda, apenas faz perguntas ponderadas e ouve. Vagueamos de tópico em tópico e, de alguma forma, acabo contando a ela sobre Alexei e o noivado que me deu tanta ansiedade nos últimos três anos e meio – mais uma coisa sobre a qual nunca contei aos meus amigos, nem discuti em qualquer profundidade com a minha família.

Meus irmãos sabiam que eu era contra o noivado, mas eles nunca entenderam o quanto Alexei me aterrorizava e por quê. Mas Belkova entende. Imediatamente, ela compreende o quão terrível teria sido para mim acabar como minha mãe, presa em um relacionamento de amor e ódio com um homem implacável e violento.

— Você deve estar tão feliz que o noivado acabou — Ela diz suavemente, e eu assinto, envolvendo meus braços em volta do meu estômago enquanto ele dói dolorosamente novamente.

Ela me olha com aqueles olhos castanhos quentes. — Você falou com ele desde a morte de seus pais?

Morte. Meu peito aperta agonizantemente, e lágrimas ácidas ardem em meus olhos novamente. "Morte" é uma maneira tão branda de colocar isso, tão simples e genérico.

Caralho, eu gostaria de ter as pílulas.

— Sinto muito — diz ela, imediatamente intuindo a fonte da minha angústia. — Você sente vontade de falar sobre isso? Sobre... o acidente?

Eu aperto minhas mãos juntas até meus dedos ficarem brancos. Meu estômago se revira violentamente, e suor frio brota por todo o meu corpo, mesmo nas raízes do meu cabelo. Eu não sei se estou pronta para falar sobre isso – ou se estou mesmo autorizada. Então, novamente, ela disse a última palavra com cuidado, com uma pausa. Ela não está aceitando a história oficial pelo valor nominal, seja por causa de algo que deixei escapar hoje ou porque meus irmãos lhe deram algum tipo de alerta.

Eu engulo em seco e forço as palavras para além do aperto na minha garganta.

— Tudo o que eu digo aqui é completamente privado? Mesmo que não seja totalmente... legal?

Ela me olha sem piscar. — Sim. Não só tenho que respeitar a confidencialidade médico-paciente como parte de meu juramento profissional, mas também tenho um acordo especial com sua família. Nada que você me diga, por mais perturbador que seja, sairá deste consultório. — Gentilmente, ela acrescenta: — Nem mesmo se for sobre assassinato.

Assassinato. Essa é a palavra certa. Ou, mais precisamente, uxoricídio e parricídio.

As memórias borbulham, escuras e tóxicas, e eu me viro para tomar respirações curtas e superficiais enquanto a bile sobe na minha garganta. Talvez eu não esteja pronta para falar sobre isso, não importa o quanto eu queira. Talvez tudo o que faça seja cimentar as imagens em minha mente, gravá-las mais profundamente até que aquela noite seja tudo em que eu consiga pensar e nenhuma quantidade de pílulas possa ajudar.

— Não precisamos falar sobre isso hoje se você não estiver pronta — diz Belkova baixinho. — Depende inteiramente de você.

Sim. Sim, é isso. Eu controlo isso. O conhecimento me acalma. Talvez eu *devesse* falar sobre isso. É por isso que estou aqui, afinal. Talvez compartilhar o que testemunhei me liberte do peso esmagador desse fardo, da dor que me sufoca e envenena cada respiração que dou.

Talvez a médica faça alguma mágica e eu pare de pensar em como seria bom tomar o frasco inteiro de pílulas e nunca mais me sentir assim.

Cravando minhas unhas em minhas palmas, eu me viro para encará-la. Ela está esperando pacientemente, sem dizer nada, e lentamente, hesitante, começo a falar. Conto a ela sobre meu encontro com Alexei e como isso me levou a voltar para casa mais cedo. Como ouvi meus pais brigando e chamei meu irmão. Como fui intervir, sem esperar que ele chegasse, e o que aconteceu depois. Conforme eu prossigo, as palavras vêm mais rápido até que elas estão saindo de mim em uma torrente, uma lama vil que agora parece tão incontrolável quanto as lágrimas escorrendo pelo meu rosto. Tão inevitável quanto a única verdade que eu não suportaria enfrentar até este momento.

O conhecimento de que a última discussão dos meus pais foi sobre mim.

— Isso não é culpa sua — diz Belkova, inclinando-se para frente. Seu rosto está pálido – acho que minha história é demais até para ela. Resolutamente, ela continua: —Você tem que saber disso. Qualquer coisa poderia ter deixado seu pai naquele estado.

Mas não foi qualquer coisa. Foi a ameaça de Mama me levar com ela. Foi ela dizendo a Papa que eu odiava Alexei. E isso não é tudo. Violentemente, eu balanço minha cabeça.

— Eu deveria ter ido até eles imediatamente. Assim que os ouvi brigando, deveria ter intervido em vez de ligar para Nikolai. Eu...

— Então, você estaria morta também. — Sua voz se fortalece com convicção. — Isso *não* é culpa sua. Você não tem culpa disso de forma alguma. Seu pai...

— Chega! — Me ponho de pé, tremendo. Por que eu pensei que isso me faria sentir melhor? Falando com essa estranha que não consegue entender? Não há nenhuma garantia mágica que ela possa oferecer, nada que ela possa dizer que trará o pedaço de carne que era minha mãe de volta à vida ou tornará meu irmão menos assassino de nosso pai. Pior ainda, ela está errada. É cem por cento minha culpa. Há tantas coisas que eu poderia ter feito diferente, tantas maneiras que eu poderia ter evitado isso. Se eu tivesse ficado em casa naquela noite, se tivesse dito a coisa certa a Papa antes de sair, se não tivesse ido à escola nos meses anteriores... Os "se" são sem fim, infinitos, cada um se enterrando em minha mente, arrancando pedaços da minha alma. Durante semanas estive abençoadamente entorpecida, meus pensamentos nebulosos, mas a cada minuto que passa sem as drogas, eles se tornam mais claros e afiados até cortarem tão agonizantemente quanto a faca de Papa.

Belkova está falando de novo, dizendo algumas besteiras mais reconfortantes, mas suas palavras não me alcançam. Passando por ela, eu corro para fora da porta e entro no elevador. Eu não paro de correr até estar no carro e, mesmo assim, meu coração não para de acelerar, minhas mãos tremendo enquanto olho pela janela, sem ver, flashes daquela noite me atingindo um após o outro, me explodindo com todas as emoções que as pílulas estavam segurando.

Estou apenas vagamente ciente das buzinas atrás de nós e do SUV preto parando ao lado do nosso carro. Só quando nos desviamos bruscamente e os guarda-costas praguejam, sacando suas armas, percebo que algo está acontecendo.

Do banco do passageiro da frente, Vankov está gritando para o motorista: — Não deixe esse filho da puta forçar você a sair da... Porra! — O carro preto bate em nós pela direita, e os freios guincham quando viramos para a esquerda. Se não fosse pelo meu cinto de segurança e pelo guarda-costas sentado ao meu lado, eu teria sido jogada para o outro lado do carro. Do jeito que está, agarro o assento à minha frente com uma força nascida de uma súbita onda de adrenalina.

Ataque.

Estamos sob ataque.

Uma parte de mim não pode acreditar. Quer dizer, eu tenho segurança por uma razão, mas, ainda assim. É plena luz do dia e estamos a poucos minutos de carro do centro de Moscou. Seria preciso ser suicida para atacar a família Molotov tão abertamente.

O motorista pisa no freio tão de repente que minha cabeça vira para frente e o cinto de segurança corta minhas costelas, espremendo todo o ar dos meus pulmões. Nós guinchamos para uma parada. Caralho! Quase colidimos com uma van que apareceu do nada para bloquear a estrada à nossa frente. O motorista tenta dar ré, mas algo nos atinge por trás, forçando o carro a parar novamente.

Presos. Estamos presos, percebo quando os guarda-costas xingam novamente. Além da van na frente, há três SUVs – uma de cada lado e uma atrás de nós. Eles nos forçaram a sair da estrada principal para esta rua lateral, ignorando todas e quaisquer testemunhas. Meu pulso acelera mais alto. Só consigo pensar em um inimigo nosso que ousaria ser tão ousado, tão descaradamente...

E lá está ele.

A porta da van diante de nós se abre, e dela sai ninguém menos que meu antigo pretendente, o próprio Alexei Leonov.

Vestido todo de preto como o anjo da morte, ele vem em minha direção com passos largos e furiosos. Sua expressão combina com suas roupas, seus olhos brilhando sombriamente e sua mandíbula apertada.

Por um momento, estou tão impressionada com a visão dele – e com o calor que brilha sob minha pele – que não consigo mover um músculo. Então, o pânico passa por mim enquanto mais cinco homens saltam da van atrás dele e mais oito emergem dos SUVs de cada lado de nós, armados com rifles semiautomáticos.

Não há como meus quatro guarda-costas lutarem contra eles e vencerem.

— Guardem suas armas — digo trêmula, mexendo no meu cinto de segurança enquanto meus guarda-costas saltam do carro para enfrentar o perigo. — Está bem. Eu o conheço.

E eu sei que ele não hesitará em matar qualquer um que esteja em seu caminho.

Vankov range os dentes, mas faz o que eu pedi. Os outros guardas seguem seu exemplo.

Enquanto isso, Alexei chega à minha porta e a abre. Seus olhos queimam em mim.

— Saia. Agora.

Abro a porta do lado oposto e saio do carro, meu coração batendo descontroladamente. Pela primeira vez em semanas, me sinto viva. Viva e aterrorizada. Eu só posso começar a adivinhar o que Alexei quer, e nenhum dos palpites é tranqüilizador.

Em meu pequeno desafio, seus olhos se estreitam e ele dá a volta no carro com os mesmos passos furiosos, me alcançando antes que eu possa sequer pensar em correr. Agarrando meu cotovelo, ele me arrasta para a van e me empurra para uma das fileiras de assentos na parte de trás, então, sobe e fecha a porta atrás de nós, isolando-nos dos homens do lado de fora.

Assim que ele solta meu cotovelo, eu me arrasto pelo banco, o mais longe dele que posso ficar nos confins da cabine da van. Minha respiração vem rápida e superficial enquanto seus olhos travam em mim, ainda estreitos, ainda furiosos.

E então, assim, eu também estou furiosa. — Que porra você pensa que está fazendo? — Paro de me encolher contra a janela e estico o queixo, olhando para ele. — Os meus irmãos...

— Fodam-se os seus irmãos. — Sua mandíbula treme violentamente enquanto ele apoia uma mão no banco à nossa frente, me prendendo no lugar. — Estou tentando vê-la há semanas.

— Então você veio com a porra de um exército para tirar meu carro da estrada?

— Você preferia que eu usasse o dito exército para invadir sua residência? Isso estava na agenda para este domingo, mas, felizmente, você saiu de seu covil antes disso.

Eu seguro uma respiração chocada. Ele ia tentar forçar sua entrada na cobertura apesar de todos os guardas e medidas de segurança?

— Por quê? — É tudo o que posso encontrar para perguntar enquanto olho para seu rosto sombrio.

Sua boca se torce. — Por que você acha? — Abaixando a mão, ele toma uma respiração visível. Um pouco da fúria deixa seu olhar, seu tom suavizando minuciosamente quando ele diz: — Eu queria falar com você, expressar minhas condolências por sua perda... Certificar-me de que você está se recuperando bem.

Minha perda. Certo. Por um segundo, quase me esqueci. Eu engulo em seco, minha raiva retrocedendo, e sua expressão suaviza ainda mais.

Inclinando-se para frente, ele coloca a mão na minha perna, seu toque me impactando mesmo através da espessa camada do meu casaco. — Alinyonok...— Seus olhos mantêm os meus cativos. — Lamento o acidente. Realmente.

Acidente. Nem ele sabe. Eu empurro minha perna para longe, minha raiva reacendendo.

— Sente muito a ponto de forçar sua entrada na minha cobertura? Foi por isso que você me tirou da estrada com a porra da sua frota de carros? Para expressar suas condolências? — Minha voz aumenta a cada palavra. — Por que você não pode simplesmente me deixar em paz? Acabou. Estamos terminados. Finalizado. Este contrato estúpido está...

— Em vigor até que eu diga o contrário — diz ele, sua expressão endurecendo. Qualquer que seja o calor que eu imaginei em sua voz se foi, seu rosto ficou em linhas cruéis e ásperas mais uma vez. — Eu não dou a mínima para o que Nikolai diz. Você foi prometida a mim e...

— Eu não sou um maldito objeto! — Eu grito, todas as minhas emoções de repente chegando a uma fervura explosiva. Eu tremo com a força deles, meu estômago revirando violentamente. Eu posso me sentir desvendando, desmoronando fio por fio, por cada maldito pedaço. Como Mama. Como o pedaço de carne sangrenta que era tudo o que restava dela no final. Como as entranhas de Papa que se derramaram sob a lâmina implacável de Nikolai. A lâmina que eu posso ver mais uma vez piscando em direção ao meu rosto, cortando uma linha de fogo no meu braço... *Pare! Pare! Pare!* A palavra soa como um alarme em meus ouvidos, e percebo que estou gritando em voz alta, meus punhos martelando contra o único objeto disponível – o peito de Alexei. De alguma forma, estou nele, lutando com ele, gritando algo incoerente. Distante, eu o ouço xingar, então, ele envolve seus braços em volta de mim, me restringindo. Isso não ajuda. Seu abraço só me enlouquece. Perco todo o controle, gritando e soluçando e mordendo como um animal selvagem até que finalmente desabo contra ele, meu crânio implodindo com uma dor agonizante.

Não sei se desmaiei ou se meu cérebro simplesmente desliga por um tempo, como um computador precisando ser reiniciado, mas a próxima coisa que percebo é ser carregada escada acima e em direção ao meu quarto. Vozes masculinas raivosas me cercam, e reconheço vagamente que são meus irmãos discutindo com Alexei. É quem está me carregando, percebo com uma vaga sensação de choque – Alexei. Gentilmente, ele me deposita na minha cama, onde eu me enrolo em uma bola, segurando minha cabeça e gemendo. Parece que uma motosserra está cortando meu crânio, cortando meu cérebro.

— Shh, está tudo bem. Aqui. — Uma voz feminina agora. Lyudmila. Ela enfia duas pílulas na minha mão, e eu tenho força suficiente para trazê-las à minha boca e engolir em seco. Um copo d'água com um canudo é colocado ao lado do meu rosto, e tomo alguns goles antes de fechar os olhos com força contra a dor terrível.

— Você vê isso? — A voz de Nikolai é dura e cortante. Ele me alcança através da agonia latejante na minha cabeça. — Isso é coisa *sua*. Ela já estava se recuperando, saindo dos remédios, e agora essa merda de novo. Você precisa ficar longe dela, entende?

O tom de Alexei combina com o dele. — O que diabos está de errado com ela? Ela consultou um médico? — Ele exige, e eu forço meus olhos a abrirem o suficiente para vê-lo olhando para Nikolai, os dois cara a cara. Konstantin está ao lado deles, sua postura tensa, pronto para intervir caso as coisas deem errado – assim como Pavel, que está aparecendo na porta como uma montanha humana.

— Isso não é da sua conta, mas sim — Nikolai diz com os dentes cerrados. — Agora, dê o fora antes que eu a livre de você para sempre.

A postura de Alexei muda levemente, mas eu estive perto de homens perigosos o suficiente para compreender a tensão letal em sua postura... para ver a ameaça na forma como os músculos de Alexei se contraem, como uma cobra se preparando para atacar. Meu pulso dispara, ansiedade torcendo meu estômago.

— Parem — Sussurro, me erguendo no meu cotovelo. Então, mais forte — Parem!

Todos os homens congelam e se voltam para olhar para mim.

Alexei é o primeiro a se mover. Ele vem em minha direção, seus longos passos trazendo-o para mim em três passos. Seu rosto está tenso, preocupado. — Alinyonok...— Ele se senta na beirada da minha cama e me alcança. Instintivamente, eu me encolho, e ele para, sua expressão alterando quando ele solta a mão do ar. Algo quase como dor lampeja em seus olhos escuros; Konstantin e Nikolai estão lá, agarrando seus braços para arrastá-lo para fora da cama.

— Não! — Eu grito quando Alexei se solta com um movimento rápido e selvagem. O som da minha própria voz envia um fragmento de agonia através dos meus globos oculares, e eu caio de volta no travesseiro com um gemido, pressionando as palmas das minhas mãos contra minhas têmporas latejantes.

Todos os três ficam parados novamente. Alexei vem em minha direção, e meus irmãos entram em seu caminho, determinação sombria em seus rostos. Eles não vão deixá-lo perto de mim, eu percebo – e ele não vai sair sem lutar.

A violência é quase inevitável, e não suporto pensar nisso, na possibilidade de qualquer um deles se machucar.

— Deixe...— Lutando contra a dor no meu crânio, eu me empurro para uma posição sentada e engulo contra uma onda crescente de náusea. — Deixe-o falar comigo a sós. Por favor.

Nikolai lança um olhar afiado em minha direção enquanto Konstantin pergunta, franzindo a testa: — Você tem certeza?

— Sim. Por favor. Você pode... — Engulo

convulsivamente. — Você pode ficar do lado de fora da porta.

Nikolai e Konstantin trocam olhares, e relutantemente se afastam. Eles não saem do quarto, no entanto. Eles param na porta e observam petrificados enquanto Alexei se aproxima de mim novamente. Parando na cabeceira da minha cama, ele abre a boca para falar, mas eu o impeço.

— Eu não quero você — digo, olhando em seus olhos de meia-noite. Minha voz é suave, mas firme, cada palavra pronunciada com nitidez, apesar da nuvem começar a engolir minha mente, entorpecendo a dor e borrando as bordas insuportavelmente afiadas da realidade. — Não quero nosso noivado. Não quero namorar você, não quero nada disso. Se você se importa comigo, vai sair daqui agora e me deixar em paz. Eu não sou sua. Eu nunca serei sua voluntariamente. Eu preferiria morrer.

Seu rosto se contrai mais a cada palavra que eu falo, sua mandíbula apertando até que os minúsculos músculos de suas orelhas pulsam violentamente. Ele não diz nada enquanto eu fico em silêncio. Ele apenas olha para mim, e eu mantenho seu olhar sem piscar, ignorando os martelos batendo em meu cérebro e o véu da droga abençoadamente rastejando sobre minha mente. Neste momento, falo sério cada palavra, e ele sabe disso. Eu posso ver em seus olhos, na forma como eles escurecem ainda mais, em como suas feições endurecem até que não haja um traço de emoção em seu rosto. Nem mesmo raiva.

Sem dizer uma única palavra, ele se vira e vai embora – e eu caio de costas no travesseiro, exausta. Não é até que meus irmãos também saem do quarto, seguindo-o, que eu desmorono e choro, dominada por uma tristeza que não faz sentido... por uma sensação de perda que não consigo compreender nem nomear.

CAPÍTULO 15

DIA ATUAL, LOCAL DESCONHECIDO

— Naquele dia na van, você não sabia o que aconteceu naquela noite. Você pensou que era um acidente. Então, quando você descobriu a verdade? Você invadiu os registros de Belkova ou simplesmente a subornou? — Eu pergunto com a voz rouca, virando-me na gaiola dos braços de Alexei.

Ele solta o corrimão e dá um passo para trás, me dando um pouco de espaço para respirar. Eu sei que é apenas uma ilusão, no entanto.

Não importa o que ele tenha dito, ele nunca realmente me deu espaço. Nem em todos os anos em que ele ostensivamente ficou afastado.

— Eu invadi o escritório dela naquela noite e li suas anotações — diz ele, como se isso fosse normal. Como se isso fosse o que todo homem que quer uma mulher faz. Ele inclina a cabeça, olhando para mim com uma expressão inescrutável. — Como você percebeu que eu sabia?

— Os meus irmãos. Eu os ouvi falando sobre um encontro com você alguns dias depois — digo. — Você deve ter dito algo a eles porque Konstantin estava se perguntando como você poderia ter descoberto. Seu voto foi para a teoria do hacker.

O olhar de Alexei se torna especulativo. — É por isso que você nunca voltou para Belkova?

— Belkova ou qualquer outro psiquiatra. — Apenas a possibilidade de ele ter tido um vislumbre dentro da minha cabeça foi o suficiente para me impedir de falar com um novamente, não importa o quanto meus irmãos insistissem para que eu desse outra chance à terapia.

— Me desculpe por isso.— Ele parece genuinamente arrependido. — Não era isso que eu pretendia.

Eu zombo. — O que você pretendia?

— Entender o que aconteceu. Para... — Ele para e balança a cabeça. — Não importa agora.

— Não? — Uma rajada de vento frio e salgado chicoteia meu cabelo no meu rosto e faz o barco balançar sob nós. Agarro o corrimão com uma mão e empurro o cabelo do meu rosto com a outra. Uma tempestade está se formando no horizonte; posso ver as bordas irregulares das nuvens cinzentas à distância, bloqueando o azul brilhante do céu. Ainda está longe de nós por enquanto, mas está chegando. Eu posso sentir. Assim como posso sentir o perigo no homem à minha frente. Olhando para o rosto dele, pergunto: — Por que você me levou para casa naquele dia?

Ele arqueia as sobrancelhas. — O que você queria que eu fizesse? Você estava histérica na minha van, depois, quase catatônica. Era levar você para casa ou para um hospital – e acredite em mim, eu considerei fortemente a segunda opção.

Eu ri sem humor. — Por que não um sequestro? Quero dizer, você me tinha em suas garras.

— É isso que você gostaria que eu tivesse feito?

— Eu gostaria que você tivesse me deixado em paz, como eu implorei.

Um canto de sua boca se curva para cima. — Mesmo?

— Sim! — Forço uma respiração calmante e modulo meu tom. — Claro que sim. Eu te disse, eu não quero você na minha vida. Nunca quis.

— Que vida? — Ele dá meio passo para frente e se inclina, me forçando a pressionar minhas costas contra o corrimão. Seus olhos brilham duramente. — Você não tinha uma vida. Na melhor das hipóteses, você tinha uma existência.

— Graças a você! — Esquecendo toda a cautela, eu olho para ele. — Você garantiu que eu ficasse sozinha, fez um grande esforço para que isso acontecesse.

— E, ainda assim, você não envolveu seus irmãos. — Ele inclina a cabeça. — Por quê? É porque no fundo você queria minha atenção? Porque você sabia que sentiria falta se eu fosse embora?

Minha boca cai aberta. — O quê? Não! Isso é insano. Eu nunca quis... Isso é besteira.

— É? — Ele tira outra mecha de cabelo varrida pelo vento do meu rosto, seu toque fazendo meu corpo se sentir superaquecido, apesar do ar mais frio trazido pela tempestade que avança rapidamente. Eu instintivamente recuo, e seus lábios se curvam zombeteiramente com a minha reação. Agarrando a grade em ambos os meus lados novamente, ele se inclina e diz suavemente: — Você não tinha ideia do que queria, minha linda. Você ainda não tem. Mas eu vou te mostrar. E assim que eu fizer isso, você vai perceber o quão errada estava em me mandar embora todos esses anos atrás. Você entenderá a verdade sobre nós tão bem quanto eu.

CAPÍTULO 16

Você vai à minha estreia hoje à noite, certo? — Risha pergunta, tamborilando suas unhas na mesa. Com a minha falta de resposta, ela se inclina, os olhos castanhos estreitados. — Certo?

— É claro. Eu estarei lá. — Tomo um gole da minha mimosa e lanço outro olhar pela janela. Sim. O homem ainda está lá, vagando do outro lado da rua. Tenho certeza de que ele não faz parte da minha equipe de segurança, então, tem que ser da dele. Caralho.

— Ei. — Risha estala os dedos na frente do meu rosto. — Terra chamando Alina.

Eu pisco e volto a me concentrar na minha amiga.
— Desculpe, o quê?

— Perguntei se você vai levar alguém, então, sei quantos lugares devo reservar para você, e você me ignorou totalmente. Novamente. O que está acontecendo com você?

178

Eu forço um sorriso em meus lábios. — Nada. Só pensando nas finais.

— Você vai gabaritar, tenho certeza — diz Risha e acena para o garçom. Enquanto esperamos que ele atravesse o restaurante lotado, ela diz: — E aí? Você vai levar alguém ou não?

— Não.

— Oh, vamos lá. É sério?

— Certo. Vou perguntar a Natasha. Ela está voando de Moscou esta tarde. Se ela não estiver com jetlag, talvez...

— Isso não foi o que eu quis dizer. — Risha me dá um olhar exasperado. — Estou falando de um cara. Ou uma garota que não seja uma amiga platônica. Ou... porra, não sei... um urso. Quem quer que seja, o que quer que você goste.

Eu sorrio. — Eu não gosto de ursos, eu prometo.

Ela me considera duvidosa. — Se você diz. Que tal minha amiga Lana, então? Ela...

— Eu também não curto garotas.

Ela ataca. — Então caras? Que tal Julio? Ele...

— Não. — Minha voz sai mais dura do que eu pretendia. Eu respiro. — Sem Julio, sem Raj, sem Dennis, sem Lana, sem me arranjar com ninguém. Já te disse isso um milhão de vezes.

— Mas...

— Mas nada. Eu não preciso de nenhuma ajuda para encontros.

— Sim, certo — Risha murmura, mas naquele momento, o garçom vem, me salvando de sua insistência. Fazemos nossos pedidos de brunch – crepes de trigo sarraceno para mim, uma omelete de clara de ovo para ela – e quando ele se vai, encho Risha com perguntas sobre seu próximo filme e ela esquece tudo sobre minha falta de namorados.

Enquanto ela fala, lanço outro olhar pela janela. O homem se foi, mas não me sinto aliviada. Ele está fora de vista, eu sei. Ele e quem mais Alexei contratou para me perseguir.

Uma tensão familiar aperta minhas têmporas com o pensamento, e respiro fundo, tentando me concentrar na conversa de Risha em um esforço para evitar a dor de cabeça. Eu estive melhor este ano, passando semanas inteiras sem tomar nem um Advil, e pretendo continuar assim. Esta é a primeira primavera em anos em que me sinto mais ou menos como o meu antigo eu, e não vou deixar os capangas de Alexei me atrapalharem.

Não voltei para a escola depois daquelas terríveis férias de inverno. Fiquei em Moscou, lutando contra enxaquecas debilitantes e uma depressão tão profunda que eu não tinha certeza se algum dia sairia dela. Mas eu me recuperei depois de alguns meses, graças a um coquetel de antidepressivos e analgésicos especiais que reduziram a duração e a frequência das crises de enxaqueca. E graças ao fato de que Alexei me deixou em paz – ou assim pensei na época. Foi só quando voltei para a faculdade no outono seguinte e tentei retomar a vida normal que descobri a verdade.

Se ele não pode me ter, ninguém mais pode.

Eu não tive encontros no começo. Eu estava ocupada tentando recuperar todas as aulas que perdi, e as dores de cabeça recorrentes não ajudaram. Acabei mudando meu curso de Ciência da Computação para Economia e Ciências Políticas porque ficar olhando para uma tela enquanto escrevia códigos por horas a fio piorava as dores de cabeça. Além disso, Econ e CienPol eram fáceis para mim, e eu precisava de facilidade. Embora minha depressão tivesse passado o suficiente para que eu funcionasse, eu ainda tinha mais dias ruins do que bons.

No final do semestre de verão, porém, eu tinha recuperado o atraso e estava de volta ao caminho para me formar com meus colegas de classe. E no início do meu primeiro ano, eu finalmente estava pronta para namorar, apesar da sensação frequente de estar sendo observada, que eu atribuía à ansiedade e à paranoia persistentes.

O primeiro cara que me beijou caiu do telhado de um bar na noite seguinte. Um acidente bêbado, todos diziam, mas me abalou tanto que não fui a outro encontro até muitos meses depois, quando conheci Jorge em uma boate durante minhas férias de primavera em Bali. Ele era inteligente, engraçado e tinha olhos tão escuros que pareciam quase pretos. Eu gostei dele imediatamente. Dançamos, nos beijamos um pouco e combinamos de nos encontrar na praia na manhã seguinte.

Ele nunca apareceu. No dia seguinte, soube que ele havia morrido na manhã do nosso encontro planejado.

Aparentemente, ele estava indo para a praia em sua scooter quando seus freios falharam e ele caiu de um penhasco.

Um acidente terrível, todos disseram de novo, mas eu sabia melhor dessa vez. Não era por acaso que os homens continuavam desaparecendo e morrendo ao meu redor.

Era *ele*.

Alexei não terminou comigo.

Essa percepção desencadeou meu pior ataque de enxaqueca em um ano, um que me levou várias semanas e dois frascos de pílulas para me recuperar. Perdi o final do semestre da primavera e tive que fazer aulas de verão para compensar isso. Também comecei a prestar atenção extra ao meu redor, não mais descartando meus sentimentos de ser observada como paranoia. Comecei a avaliar todos ao meu redor como perseguidores em potencial, e agora, de vez em quando eu os vejo – um ou mais homens me seguindo que não fazem parte da minha segurança regular.

Eu pensei em falar com meus irmãos sobre isso, contando a eles sobre a ameaça ainda representada por Alexei, mas as relações entre nossas famílias ficaram cada vez mais tensas, com vários casos de sabotagem de negócios que estavam perto de uma guerra aberta, e eu não queria que essa tensão escalasse até o derramamento de sangue por minha causa. Eu tenho muitas mortes em minha consciência já. Além disso, acho que Alexei não me quer mais. Nos cruzamos em vários eventos em Moscou nos últimos anos, e ele me ignorou como se fôssemos estranhos.

Essa perseguição é sua maneira de me punir por quebrar nosso noivado, nada mais. Tenho quase certeza disso.

Então, aqui estou eu, a apenas algumas semanas da minha formatura na faculdade e ainda virgem com zero perspectivas de perder a virgindade. Seria triste se eu realmente me importasse, mas estranhamente, não me importo. De certa forma, isso tirou um pouco da minha pressão. Depois que voltei para a escola, senti a necessidade de provar a mim mesma e aos outros que eu poderia ser como todo mundo, que estava totalmente recuperada. Ficar em dia com as aulas era minha prioridade número um, mas retomar uma vida social normal estava em segundo lugar.

Eu não queria tanto um namorado, mas simplesmente queria seguir em frente, esquecer o passado com toda a sua feiúra. Eu nem me importei que senti quase nada quando beijei aqueles dois caras; eu só queria ter essa experiência.

Acontece que eu não posso – e tudo bem para mim. Algo morreu em mim na noite em que meus pais foram mortos, percebi. Ou, talvez, nunca tenha estado vivo, em primeiro lugar. Minha sexualidade só começou a despertar quando fiquei noiva de Alexei e, a partir daquele momento, sempre esteve emaranhada com ele – e com pavor, medo e vergonha. Até hoje, todos os meus sonhos sexuais, todas as minhas fantasias obscuras e sujas, o apresentam. Apesar das coisas horríveis que ele fez, eu ainda o quero, e me odeio por isso.

Não seria justo namorar outro cara, mesmo que isso não o colocasse em perigo mortal. Não seria justo dormir com ele enquanto imaginava meu perseguidor em seu lugar.

— Sério, você está mesmo ouvindo? — Risha estala os dedos novamente, e eu lhe dou um sorriso tímido.

— Me desculpe por isso. Você estava dizendo...?

Ela solta um suspiro exasperado. — Esqueça. Você está chapada hoje ou algo assim?

— Algo assim — Murmuro, olhando pela janela novamente.

Talvez eu *devesse* ficar chapada para me livrar desse sentimento ansioso.

Pensando sobre isso, não soa como um plano ruim.

———

UM FLASH OFUSCANTE SAI QUANDO ME APROXIMO DO banheiro, e pisco contra ele, irritada. Os paparazzi não devem me fotografar. É em Risha e nas outras estrelas de seu premiado filme independente que eles deveriam estar interessados. Eu apresso meu passo, mentalmente agradecendo ao estilista do meu vestido por incluir a fenda na altura da coxa na saia justa até o chão, e em pouco tempo, eu escapo do jovem repórter e sua câmera. Assim que estou em segurança dentro do banheiro luxuoso, me tranco em uma cabine, pego o baseado que acabei de conseguir com Giles e dou algumas tragadas.

Pronto. Muito melhor. Já posso sentir a tensão em minhas têmporas diminuindo.

Fumo o resto do baseado e jogo na privada. Lavo minhas mãos, retoco minha maquiagem e volto para a festa antes que Risha possa me acusar de desaparecer.

A exibição está prestes a começar, então, eu vou para o cinema. Todos já estão sentados, mas dois lugares no centro da fileira do meio estão vazios. Um deles deve ser meu. Com certeza, ele tem uma etiqueta discreta com meu nome na parte de trás. A etiqueta no outro assento vazio diz: "Lion Holdings". Provavelmente uma das empresas envolvidas na produção.

As luzes do cinema se apagam, um holofote desce no palco e o diretor do filme surge. Ele faz um discurso, agradecendo a todos por comparecerem à estreia e estarem envolvidos no filme. Eu apenas escuto suas palavras pela metade, a maconha me fazendo sentir agradavelmente nebulosa. Os atores são os próximos, começando com Risha, que tem o papel principal. Eu bato palmas com entusiasmo para ela, e me desligo novamente enquanto os outros atores fazem seus discursos, agradecendo ao diretor, ao produtor-executivo, a todos os outros produtores, à equipe de efeitos especiais, à equipe de figurinos, e assim por diante.

Finalmente, é hora do filme em si. O cinema fica completamente escuro por um momento, e quando a tela enorme no palco se ilumina com os créditos de abertura, um homem alto e de ombros largos entra na minha fileira e toma o lugar vazio ao meu lado. Eu olho para ele, mais por cortesia do que por qualquer curiosidade real, apenas para endurecer em choque e descrença.

Sentado ao meu lado, olhando para mim impassível, está ninguém menos que Alexei Leonov, meu ex-pretendente e atual perseguidor.

O monstro que eu pensava – esperava – não me querer mais.

Capítulo 17

Dia atual, local desconhecido

—O almoço está pronto — A voz de Larson anuncia por trás de Alexei, e eu respiro de alívio quando meu captor recua, me libertando mais uma vez.

O chão se inclina sob nós enquanto nos dirigimos para a mesa, que agora está posta com todos os tipos de iguarias. O vento está soprando forte no meu rosto e as ondas estão se intensificando, o céu escurecendo rapidamente. Eu quase tropeço quando o iate se inclina bruscamente, mas Alexei me estabiliza segurando meus ombros, suas mãos fortes e quentes. Mantendo seu domínio sobre mim, ele me leva para a mesa, onde ele puxa uma cadeira para mim antes de se sentar. Enquanto ele coloca um guardanapo de pano no colo, ele olha para o céu e diz: — É melhor comermos rápido. Parece que a tempestade vai nos atingir em breve.

Larson assente, abrindo uma garrafa de champanhe.

— Vai passar rápido, mas pode ficar um pouco difícil. Talvez seja melhor entrar depois de terminar aqui.

Excelente. Mar agitado. Exatamente o que eu preciso. No lado positivo, apesar das ondas crescentes, meu enjoo está diminuindo. Seja qual for a droga que Alexei usou para me nocautear, deve estar saindo do meu sistema – isso ou estou recuperando meu jeito de marinheiro.

Larson se move para despejar o champanhe na taça de cristal na minha frente, mas eu o paro cobrindo o copo com a mão. — Nada para mim, obrigada. — Encontro o olhar de Alexei do outro lado da mesa. — Não tenho nada para comemorar.

Alexei não responde, mas os cantos de sua boca se apertam. Sentindo a tensão crescente, Larson rapidamente enche o copo de Alexei, coloca a garrafa em um balde de gelo na ponta da mesa e desaparece discretamente.

Respiro calmamente e alcanço o prato de sanduíches de caviar, um dos muitos pratos tradicionais russos na mesa. Antagonizar Alexei provavelmente não é a melhor ideia, mas não posso evitar. Cada minuto que passamos juntos me deixa mais tensa, me lembrando de coisas que venho tentando esquecer... como a maneira como ele vigiou minha vida por anos e anos antes de finalmente fazer sua jogada.

A maneira como ele me controlava, mente e corpo, muito antes de eu ser sua prisioneira real.

CAPÍTULO 18

P or alguns segundos, eu simplesmente olho para ele, para os traços duros de seu rosto iluminados pela luz bruxuleante da tela. O filme começou, a música assombrosa da cena de abertura me envolvendo com sua beleza enervante. Finalmente, forço meus lábios a se moverem. — O que você está fazendo aqui?

Minhas palavras são quase inaudíveis, mas ele entende. Seus olhos brilham na escuridão quando uma curva zombeteira aparece em seus lábios. — Participando da estreia do filme, assim como você. Afinal, minha empresa forneceu a maior parte do financiamento.

Lion Holdings. Leonov. É claro.

Abro a boca, apenas para fechá-la. Talvez seja a maconha confundindo meus pensamentos, mas não consigo pensar em uma única resposta que não soe idiota. A pergunta óbvia é por que ele financiaria o filme de minha amiga, mas eu já sei a resposta.

É parte de seu esquema de vingança, essa punição elaborada e contínua que ele planejou para mim. Não foi suficiente para ele ter seus capangas me perseguindo à distância e afastando qualquer homem que tentasse se aproximar de mim. Oh, não. Isso foi muito misericordioso, então, ele invadiu minha vida dessa maneira nova e ainda mais perturbadora.

Ele não espera minha resposta. Afastando-se, ele se recosta em seu assento e fixa o olhar na tela, como se estivesse realmente aqui para o filme e não para me enlouquecer.

Estou tão atordoada que continuo olhando para ele, observando seu perfil forte e a forma como seu cabelo escuro ficou mais comprido na frente, como seu smoking abraça seus ombros poderosos e a maneira como ele ocupa todo o seu assento e mais um pouco, comandando cada centímetro do espaço ao seu redor. Tardiamente, tomo consciência de como meu coração bate alto contra minha caixa torácica e como meus pulmões lutam por ar com respirações difíceis e superficiais, então, desvio meu olhar e o fixo na tela sem ver enquanto tento pensar além do choque e dar sentido ao que está acontecendo.

Alexei Leonov financiou o filme de Risha e agora ele está aqui, sentado ao meu lado. Isso significa que ele decidiu que me quer de novo? Ou ele nunca parou de me querer e está apenas ganhando tempo?

O que significa ele ter ficado longe por mais de três

anos e, agora, estar a menos de trinta centímetros de mim?

Eu quero me levantar e correr, fugir para a segurança do meu apartamento, mas não há como explicar minha partida repentina para Risha. Ou para Giles, que voou da Califórnia para assistir à grande estreia de nossa amiga nos EUA. Ou para Natasha, que está dormindo na minha cama por causa do jetlag e fará todo tipo de perguntas se eu voltar para casa três horas mais cedo.

Além disso, não quero dar a Alexei a satisfação de saber o quanto ele mexe comigo. Deixe-o pensar que estou tão despreocupada com sua presença quanto ele parece estar com a minha. Afinal, sou um Molotov e sobrevivemos a tudo, desde invasões mongóis até o regime comunista. O que é um filme de duas horas ao lado do seu inimigo, em comparação?

Respirando fundo, tento me concentrar no drama que se desenrola na tela, mas é inútil. O ar que inalo traz consigo um leve aroma de sua colônia, e embora estejamos muito distantes para que eu sinta o calor de seu corpo, estou ciente dele naquele nível primitivo, puramente animal, sua proximidade fazendo meu nervos vibrarem como cordas de violão. Pior ainda, posso sentir o calor traiçoeiro se acumulando sob minha pele, acelerando minha frequência cardíaca e encharcando minha tanga de seda. Essa parte carnal e sexual em mim que fiquei muito feliz em ignorar nos últimos anos despertou, e não importa o quanto eu tente me concentrar no filme, tudo o que consigo pensar é nele. As mãos dele. O corpo dele.

A maneira como ele me fez sentir no meu aniversário de dezoito anos, quando eu ainda estava quase inteira.

Um estremecimento percorre minha pele enquanto as memórias ameaçam invadir minha mente, e concentro meu olhar em Alexei novamente, escolhendo o mal menor. Ele vira a cabeça naquele momento também, e nossos olhos se encontram, a luz bruxuleante da tela grande alternadamente destacando e escondendo as linhas duras de seu rosto, o brilho perigoso em seus olhos de diamante negro. Minha respiração fica rasa novamente, meus pulmões lutando para puxar oxigênio suficiente, e eu me sinto tonta com o calor queimando dentro de mim... com a intensidade da necessidade que faz meu núcleo pulsar com uma dor vazia.

Seu olhar cai para a minha garganta, em seguida, trilha para a minha clavícula e as curvas expostas dos meus seios, empurrados para cima pelo corpete apertado do vestido. Minha boca fica seca, e eu engulo em seco. O sutiã embutido é muito grosso para trair o estado ereto dos meus mamilos, mas estou respirando rápido e ele pode ver isso. Ele pode dizer o quanto estou agitada, o quão indefesa e excitada.

Quero desviar o olhar, fingir que não sinto a atração magnética entre nós, mas é impossível. Quando seus olhos voltam para os meus, não posso mais me afastar do que criar asas e voar. Tudo o que posso fazer é sentar lá, tremendo, enquanto ele lentamente, deliberadamente, estende a mão e coloca a esquerda na minha coxa direita, exatamente onde minha saia está aberta, expondo um pedaço de pele nua.

Seu toque me sacode. A sensação de sua mão na minha coxa nua é como um choque elétrico, queimando cada terminação nervosa com uma violência que rouba minha respiração e faz meu coração parecer que está explodindo. Apenas a presença de outras pessoas ao nosso redor impede que um suspiro assustado escape dos meus lábios. Alguma parte distante em mim ainda está ciente de onde estamos e como isso é errado.

E é errado. Tão, tão errado. Ele é meu inimigo, meu perseguidor... um assassino de homens inocentes. Eu deveria temer seu toque, sentir repulsa por ele, mas não me afasto quando ele enfia seu polegar calejado mais fundo sob o veludo macio do meu vestido, forçando a fenda a se alargar enquanto ele segura meu olhar, seus olhos cheios de fome escura e conhecimento perverso. Eu não pulo quando ele lenta, provocantemente, leva a mão para cima da minha coxa por baixo do vestido. Eu não fujo quando seus dedos roçam a ponta da minha calcinha, e mergulha debaixo da seda úmida para onde minha carne nua está quente e escorregadia, pulsando com necessidade.

Eu apenas sento lá como uma estátua, congelada e queimando, tremendo de vergonha e excitação, enquanto a música do filme aumenta e cresce, o público ao nosso redor gritando e aplaudindo o que quer que esteja acontecendo na tela.

Eu estou alta. Eu ainda devo estar chapada para deixar isso acontecer. Exceto que eu sei que não estou. Eu tenho uma alta tolerância à maconha hoje em dia, e o baseado que eu fumei não está mais nublando minha mente. Mas digo a mim mesma que é, que a droga é a razão pela qual estou sentada aqui, deixando que ele me toque tão intimamente em um cinema cheio de pessoas, onde qualquer um pode olhar para nós a qualquer momento e ver sua mão na minha perna, dentro da minha saia.

Não, tem que ser a maconha. Está me fazendo fazer isso, permitir isso.

Seus olhos queimam nos meus enquanto ele separa minhas dobras molhadas e escova os dedos sobre meu clitóris dolorido. Apenas um golpe leve, isso é tudo, mas meu corpo inteiro fica tenso, meus pulmões convulsionando com o poder da sensação. Ele esfrega o mesmo local novamente, sua boca se curvando maliciosamente, e eu estremeço com o prazer afiado e mordaz enquanto a tensão agonizantemente doce se enrola cada vez mais em meu corpo, construindo um crescendo sensorial, levando-me à beira daquela escuridão, êxtase alucinante que eu só conheci em suas mãos.

As mesmas mãos grandes e fortes que estão me tocando agora com uma habilidade e delicadeza que não podem – *não devem* – coexistir com toda a crueldade de que são capazes... todo o sangue que derramaram.

O pensamento sombrio me deixa sóbria o suficiente para agarrar seu pulso. É forte e sólido, os ossos grossos sob o punho da camisa dele, e estou tão presa na sensação de *eu* tocando *ele* que levo um momento para perceber que ele não está parando, que meu gesto, fraco como é, está sendo completamente ignorado. Em vez disso, a fome em seus olhos fica mais sombria, mais predatória, seu rosto assumindo uma aparência demoníaca enquanto ele move seus dedos sobre meu clitóris em um movimento mais firme e proposital, totalmente desconsiderando minha tentativa de erguer sua mão para longe de mim. Pelo menos acho que é isso que estou tentando ao puxar seu pulso. Eu também posso estar pedindo a sua mão para se mover mais rápido, mais forte, para me arremessar sobre aquela borda tentadora até que minha mente se dissolva e eu esqueça tudo, incluindo o quanto eu deveria odiar isso.

E eu odeio isso. Eu juro que sim... até o segundo em que eu me estilhaço. Meus olhos se fecham, meus dentes rangem um contra o outro para segurar um grito, e listras roxas e brancas explodem em minha visão enquanto meus músculos internos se apertam e liberam em uma série de espasmos que enviam um êxtase sinistro surgindo pelo meu corpo, curvando meus dedos dos pés, dentro dos meus saltos altos e arrepiando meus braços nus.

O orgasmo é tão forte que parece que vai durar para sempre. Não é até que as sensações diminuem que

encontro forças para abrir meus olhos e enfrentá-lo...
meu inimigo que acabou de me fazer gozar.

Ele ainda está olhando para mim, sua fome
inabalável, seus dedos na minha carne inchada,
latejante e excessivamente sensível. O sangue corre
para o meu rosto, e eu respiro, mortificada ao perceber
o que acabei de fazer... o que deixei acontecer e onde.

Minha paralisia desaparece, e eu solto seu pulso
para ficar de pé. Virando à esquerda, abro caminho
pelos espectadores na minha fila, sem prestar atenção
aos seus resmungos, todos os meus pensamentos
centrados na fuga. Vou me desculpar com Risha mais
tarde, dizer a ela que estou com outra dor de cabeça.
Ela vai me perdoar; ela sempre o faz. Além disso, não é
mentira. A intensa mortificação está rapidamente
dando origem à tensão familiar, todo o sangue que
inundou meu rosto se transformando em martelos
batendo no interior do meu crânio. As agulhas
penetrantes seguirão em breve, embaçando minha
visão e me fazendo querer morrer, e a única esperança
que tenho de parar com isso é alcançar minhas pílulas a
tempo.

Minhas pílulas. Meu apartamento. Minha cama.

Concentro-me nisso enquanto corro para a rua e
aceno para o táxi mais próximo, sem esperar que meus
guarda-costas tragam o carro. Não há tempo para isso,
não quando ele pode estar vindo atrás de mim,
exigindo que continuemos, que eu dê a ele o que ele me
deu agora duas vezes. Que eu lhe dê tudo, minha mente
e meu corpo, minhas esperanças e sonhos, minha

própria alma. O jeito que minha mãe deu tudo de si para meu pai, apenas para descobrir que não era suficiente... que um monstro não pode reprimir suas presas, nem mesmo para quem ele ama.

Meu táxi já está se afastando do meio-fio quando Alexei sai do prédio, o olhar em seu rosto combinando com as linhas pretas do smoking abraçando seu corpo poderoso. Ele examina a rua, suas sobrancelhas escuras franzidas, e eu grito para o motorista ir mais rápido, pisar no acelerador antes que seja tarde demais.

Não é até que estamos a vários quarteirões de distância que percebo que estou chorando, as lágrimas rolando pelo meu rosto e arruinando minha maquiagem cuidadosamente aplicada. E não é até que estou no meu apartamento, expulsando Natasha da minha cama enquanto engulo freneticamente um punhado de pílulas, que me pergunto o que diabos vou fazer agora que Alexei sabe que ainda o quero.

Agora que eu mostrei a ele quanto poder ele tem sobre mim.

CAPÍTULO 19

DIA ATUAL, LOCAL DESCONHECIDO

Baixando meu olhar para o meu prato, dou uma mordida no meu sanduíche de caviar e mastigo devagar, tentando me concentrar no sabor rico e salgado das ovas de salmão e na gordura suave e fresca da manteiga espalhada sobre a baguete francesa crocante. Eu tento me concentrar em qualquer coisa, menos no silêncio tenso que se estende entre nós e as memórias que se intrometem nele, memórias que fazem meu rosto queimar e meu coração disparar.

Como a estreia de Risha. Como o que aconteceu nove meses atrás.

Incapaz de evitar, eu olho para cima do meu prato e encontro o olhar de Alexei. Ele sorri sombriamente e, de alguma forma, sei que estamos na mesma vibe... que sua mente está viajando pelo mesmo caminho, revivendo os mesmos eventos.

— Depois da estreia de Risha — digo, tanto para

quebrar o silêncio quanto porque eu realmente quero saber —, eu estava com medo que você fosse se forçar ainda mais na minha vida. Ou fazer algo assim. — Eu gesticulo vagamente para indicar minha situação atual. — No entanto, você não o fez. Você me deixou em paz de novo. Por quê?

Ele pega sua taça de champanhe e toma um gole. — Porque você não estava pronta. — Seu tom é uniforme, prático, como se todos soubessem que uma mulher deve atender a certos critérios para ser sequestrada violentamente. Como se tudo isso fosse perfeitamente lógico, racional.

— Pronta para quê? — Pergunto, combinando com seu tom. — A ser forçada a ir para a sua cama?

— Nós dois sabemos que a força não será necessária.

Eu fico mais quente, mas mantenho a frieza da minha voz. — Tudo o que você precisa dizer a si mesmo para dormir à noite.

— Eu não pretendo dormir muito esta noite.

Maldito seja. O rubor se espalha pelo meu pescoço e peito, e meus seios de repente parecem contraídos, excessivamente confinados pelo sutiã que estou usando. O tecido rendado esfrega contra meus mamilos pontudos, irritando-os, e minha tanga parece desconfortavelmente úmida. Incapaz de suportar seu olhar sombrio e zombeteiro, volto meu olhar para o meu prato e me concentro em devorar o sanduíche de caviar, mesmo que comida seja a última coisa que quero.

— Você pediu a seus professores uma extensão em seus trabalhos finais e exames. — diz ele, seu tom ficando sério. Assustada, eu olho para ele enquanto ele continua. — Foi o pior ataque de enxaqueca que você teve em anos, tão ruim que você não saiu do seu apartamento por uma semana após a estreia. Você mal terminou seus trabalhos escolares a tempo de sua formatura.

Assinto lentamente. Eu deveria estar surpresa ou indignada que ele saiba, mas estou muito acostumada com sua perseguição. — Então é por isso que você ficou longe pelos próximos dois anos?

Ele me observa por cima da borda de seu copo. — Isso desencadeou você, nosso pequeno encontro naquela noite. Desfez muito do progresso que você fez. Foi assim que eu soube que você não estava pronta.

— Que consideração da sua parte.

Minhas palavras pingam de amargura, mas ele apenas toma um gole de champanhe e coloca a taça na mesa, sua expressão inalterada. — Eu sabia que chegaria um dia em que as coisas seriam diferentes — diz ele enquanto o iate se inclina de lado por uma onda particularmente forte. Ajeitando casualmente o copo antes que ele tombe, ele continua. — Eu sabia que você se recuperaria e, assim que o fizesse, eu estaria lá, esperando. Não que fosse fácil ser paciente.

— Oh, sério? Você quer um biscoito? Devo dar-lhe um tapinha na cabeça por sua contenção?

Um sorriso perverso estica seus lábios. — Você pode me dar um tapinha em qualquer lugar que quiser,

Alinyonok. Todas as minhas cabeças estão ansiosas pelo seu toque.

O rubor assalta meu rosto novamente, e meus músculos internos apertam em uma dor doce e aguda. *Maldito seja. Maldito seja. Maldito seja.* É culpa dele eu ser tão inexperiente que suas insinuações me fazem corar. Por culpa dele, eu nunca realmente flertei com um cara, em vez disso, coloquei uma fachada legal e intocável em todas as festas e eventos sociais. *Princesa de Gelo*, eles começaram a me chamar nos últimos anos, e eu gostaria de poder ser isso. Eu gostaria de poder desligar a parte sexual em mim, a parte que só *ele* era capaz de acender.

— Foda-se — É a resposta brilhante que consigo, e ele solta uma risada baixa e áspera.

— Em breve — Ele promete, pegando um sanduíche de caviar. — Logo após esta refeição, na verdade. Está na hora de terminarmos o que começamos no inverno passado... Muito tempo, você não acha?

CAPÍTULO 20

Eu odeio dezembro na Rússia. Eu adorava, com todas as decorações de Ano Novo nas ruas e a atmosfera festiva em todas as lojas e restaurantes, mas desde o inverno que meus pais morreram, desprezo este mês. Normalmente, eu vou para algum lugar, como Grécia ou Turquia ou as Ilhas Cayman, mas, por alguma razão, Nikolai exigiu que toda a nossa família se reunisse hoje em seu loft, me forçando a encurtar minha viagem de esqui na Suíça.

Eu particularmente não quero estar em Moscou porque sei que ele estará aqui.

Alexei.

Não o vejo pessoalmente desde a estreia de Risha em Nova York, mas sei que ele acompanha cada movimento meu. Seus homens estão sempre lá no fundo, observando, esperando. Para quê, não sei, mas me acostumei tanto com a presença silenciosa e oculta deles que é como se fossem meus próprios guarda-costas. O que me surpreende é que meus guarda-costas não parecem estar cientes deles. Bem, na maioria das vezes. Algumas vezes, Vankov deu um alarme depois de ver alguém me seguindo, mas ele nunca conseguiu pegar ninguém.

Os homens de Alexei são bons.

Depois do meu último encontro com ele, eu tinha tanta certeza de que ele iria pressionar por mais que decidi finalmente falar com meus irmãos e procurar a ajuda deles. No entanto, continuei procrastinando e, à medida que as semanas se transformavam em meses, percebi que meus medos eram infundados. Alexei não terminou de jogar esse estranho e remoto jogo de gato e rato comigo. Ele não me deixou em paz – se muito, eu tenho visto mais de seus homens ao meu redor – mas ele ficou longe, me deixando seguir minha vida sem interferência.

Ajudou o fato de eu ter feito o meu melhor para evitar estar onde ele está. Depois de ser pega de surpresa por sua aparição em Nova York, tenho discretamente observado seus movimentos. Enquanto meus irmãos herdaram a maior parte da riqueza de nossos pais, eu tenho muito dinheiro próprio e usei uma parte dele para contratar uma empresa de investigação privada sobre a qual meus irmãos não sabem nada. O trabalho da empresa é me manter informada de tudo sobre Alexei Leonov, e é assim que sei que, no último ano e meio, ele viajou por toda a Ásia Central e Oriente Médio, construindo o império Leonov. E também é assim que eu sei que na semana passada, ele voltou do Tajiquistão para assistir ao funeral de sua irmã mais nova, Ksenia, que morreu em um acidente de carro, deixando para trás um filho pequeno.

É uma tragédia terrível para a família Leonov e, por mais que despreze Alexei, não posso deixar de simpatizar com a dor que ele deve estar sentindo. Não consigo imaginar perder nenhum dos meus irmãos. Durante toda a semana, estive lutando contra um desejo bizarro de chegar até ele e... fazer alguma coisa. Expressar minhas condolências, talvez? Dizer que sinto muito por sua perda?

Não, isso não pode estar certo. Eu sei melhor do que ninguém como esses chavões são inúteis, com que frequência eles adicionam sal a uma ferida aberta e dolorida. Então, não sei o que quero fazer, mas o desejo é como uma coceira sob minha pele, invadindo meus pensamentos em momentos aleatórios durante o dia e me mantendo acordada à noite. A última coisa que preciso é estar na mesma cidade que Alexei, para não ceder a esse desejo em um momento de fraqueza.

Felizmente, não estou em perigo de fazer nada estúpido esta noite porque tenho que me apressar para a casa de Nikolai. O que quer que ele queira deve ser sério porque, embora meu irmão do meio tenha assumido o papel de chefe da família, de fato, ele nunca ordenou uma reunião familiar antes.

Todo mundo já está reunido na sala de estar quando entro no luxuoso e moderno loft de Nikolai. Gosto mais da cobertura que herdei de nossos pais, mas nunca diria isso a Nikolai. Nos últimos anos, ele vem me pressionando para morar com ele ou um dos meus outros irmãos, mas me recuso a viver minha vida sob seus olhos vigilantes. Já é ruim o suficiente que Pavel e Lyudmila, que ainda moram comigo, relatem aos meus irmãos tudo o que sinto e faço. Morar com Nikolai seria uma ideia especialmente ruim, já que não nos damos bem desde aquela noite.

Não consigo esquecer o que o vi fazer, e ele sabe disso.

Ele sabe o que eu vejo quando olho para ele, e ele odeia.

— Conhaque? — Valery oferece após os cumprimentos obrigatórios, e eu assinto, sentando em um sofá em frente aos meus irmãos. Está muito frio lá fora esta noite, e eu poderia usar uma bebida para aquecer minhas entranhas.

— Então — Nikolai diz depois que estamos todos sentados com bebidas na mão. Ele parece estranhamente tenso, mesmo que sua voz esteja tranquila. —, como vocês devem ter ouvido, Ksenia Leonova morreu na semana passada.

Eu congelo com o copo a meio caminho da minha boca, mesmo quando meu pulso salta pelo teto. É sobre Alexei? Ele está prestes a me dizer que o noivado...

— Nenhum de nós a conhecia — Nikolai continua uniformemente. — Ela não aparecia muito na sociedade – ou assim pensávamos. Acontece que ela participou de pelo menos um evento em que nossos caminhos se cruzaram. — Ele fixa o olhar em Valery. —

Sua comemoração de 22 anos, cerca de cinco anos atrás.

O rosto de Valery está impassível, como sempre, mas posso dizer que ele está tão confuso quanto eu. Mas não Konstantin. A julgar por sua expressão distraída e pela maneira como ele está olhando para o telefone a cada dois segundos, ele já ouviu tudo isso.

— Mais especificamente — diz Nikolai. — *Eu* a conheci na sua festa, Valery. — Ele respira fundo e olha para cada um de nós. — E também transei com ela naquela noite.

Eu seguro uma respiração. — O quê? Você...

— Eu não sabia quem ela era na época. — O tom de Nikolai fica mais afiado. — Eu ainda não saberia se não tivesse recebido uma ligação da amiga dela dois dias atrás. Acontece que nosso caso de uma noite, por mais esquecível que tenha sido, teve consequências não intencionais.

O olhar de Valery se aguça. — O filho dela. Ele é seu, não?

Abro a boca, depois fecho, muda. É claro que Valery chegaria primeiro, uma fração de segundo à frente de nós. Ou melhor, só eu, porque mais uma vez, Konstantin não mostra nenhuma surpresa, apenas franze a testa e digita algo em seu telefone.

— Sim — diz Nikolai, e desta vez, não há como confundir a tensão em sua voz. — De acordo com o diário que a amiga de Ksenia encontrou após sua morte, seu filho – Miroslav – é meu.

Eu abro e fecho minha boca novamente, como um

peixe, então, tomo o copo de conhaque na minha mão. O álcool queima um caminho de fogo pelo meu esôfago enquanto minha mente corre para processar as implicações.

Uma criança sobre a qual Nikolai não sabia nada.

Um menino que é tanto um Leonov quanto um Molotov.

É inacreditável, impossível.

Era o sonho de nosso pai, o motivo do meu noivado com Alexei.

Começo a rir, incapaz de me conter. Eu rio tanto que tenho que colocar meu copo vazio na mesa e, mesmo assim, não consigo parar. Porque, quais são as probabilidades? Quais são as malditas probabilidades? Por uma década, tenho lidado com as consequências da obsessão de nosso pai por uma união entre nossas famílias, a "ponte sobre a fenda" que ele queria que eu construísse com Alexei. E o tempo todo, tudo o que tínhamos que fazer era colocar Nikolai na mesma sala que Ksenia. Seu pau hiperativo cuidou do resto.

— Sem camisinha? — Valery pergunta, ignorando minha histeria, e Nikolai olha para ele.

— Claro que houve a porra de uma camisinha. Eu não sou idiota. Ou estava com defeito ou ela adulterou. Não faço ideia de qual.

Eu rio mais. Isso é precioso. Deus, isso é tão fodidamente precioso.

Nikolai vira seu olhar letal para mim. — Você percebe que é seu sobrinho, certo? Uma criança de quatro anos que acabou de perder a mãe e agora mora com o avô, Boris?

O riso morre na minha garganta. Boris Leonov – um homem conhecido por sua crueldade. Porra, nem pensei nisso. Nem sobre o fato de que o menino deve estar muito traumatizado, tendo perdido o único pai que ele já conheceu. — Desculpe, eu... — Eu me interrompo. Não importa por que ou como ou o que poderia ter sido. Nada importa a não ser descobrir o que fazer a seguir. Eu sento para frente. — Kolya, o que você vai fazer?

— Estou trabalhando nos esquemas de segurança do complexo dos Leonovs — Responde Konstantin no lugar de Nikolai, e percebo por que ele está colado ao telefone. —Precisamos descobrir como tirar o menino, em primeiro lugar.

— E, então, o esconder — Valery diz. Claramente, os três estão na mesma sintonia, embora Valery tenha descoberto sobre isso agora, assim como eu.

Eu me viro em direção a ele. — Você quer dizer sequestrá-lo?

— Duvido que os Leonovs simplesmente o entreguem — diz Nikolai.

— Não, eles não vão. — Valery inclina a cabeça, estudando Nikolai. — Eles sabem que ele é seu?

— Não — diz Konstantin. — Nikolai e eu cuidamos da amiga antes que ela pudesse falar com eles sobre o que ela soube no diário.

Meu peito aperta. — Cuidou dela como?

— Ela está a caminho da Nova Zelândia com uma nova identidade enquanto falamos — diz Nikolai.

Ufa. Isso poderia ter sido muito pior. Não que o que está acontecendo seja bom, de alguma forma. Na verdade, é exatamente o oposto do que nosso pai esperava alcançar. Eu mudo meu olhar de um irmão para o outro.

— Isso não vai começar uma guerra com os Leonovs?

— Não se eles não descobrirem sobre isso — diz Valery, e é óbvio que ele já pensou nisso. — Se eles não souberem que o menino é de Nikolai, não terão motivos para suspeitar dele.

— Especialmente se eu não estiver no país no momento do sequestro — diz Nikolai.

Valery parece levemente curioso. — Onde você estará?

— Estamos explorando algumas alternativas — responde Konstantin novamente no lugar de Nikolai. — Em algum lugar remoto seria melhor, o mais longe daqui que pudermos administrar. Dessa forma, Nikolai pode passar algum tempo com seu filho, conhecê-lo sem interferência.

Eu pisco para Nikolai. — Mas, e os negócios? Como você vai administrar se não estiver em Moscou? — Há muito que pode ser feito remotamente, eu sei, mas muito do que meu irmão faz depende do contato pessoal, dos apertos de mão, dos jantares e dos acordos secretos feitos a portas fechadas em salas cuidadosamente protegidas de escutas.

— É isso que estamos aqui para discutir — diz

Nikolai. — Pensei muito sobre isso e só vejo uma alternativa: tenho que renunciar temporariamente. — Ele olha para Valery e Konstantin. — Vocês dois vão dividir minhas responsabilidades entre si. — Ele olha para mim. — A menos, Alina, que você...?

— Não, não, eu estou bem — digo apressadamente. — Não conte comigo.

Nikolai assente, sem surpresa. A minha falta de interesse pela empresa familiar é bem conhecida. — Está bem então. — Ele se vira para Valery. — Acho que você supervisiona os negócios em geral, enquanto Konstantin fica livre com todos os empreendimentos relacionados à tecnologia.

Os olhos de Valery brilham friamente. — Isso funciona para mim.

— E para mim — diz Konstantin calmamente. — Já coloquei algumas coisas em movimento. Por enquanto, precisamos descobrir como penetrar na segurança do complexo dos Leonovs e tirar o filho de Nikolai. Tenho algumas ideias nesse sentido.

———

AINDA ESTOU EM ESTADO DE CHOQUE QUANDO CHEGO EM casa da reunião, um estado que persiste à medida que os dias se transformam em semanas, enquanto meus irmãos trabalham ativamente em seu plano para afastar Miroslav – ou Slava, como todos o chamam – dos Leonovs. Não é uma tarefa fácil. Boris Leonov mora em uma mansão suburbana a uma hora de carro de

Moscou, que poderia muito bem ser uma fortaleza militar, e é onde o menino está hospedado.

Slava, não *o menino*, eu me corrijo. Mesmo agora, duas semanas depois, estou tendo problemas para pensar na criança como uma pessoa viva que respira.

Uma pessoa que é tanto meu sobrinho quanto de Alexei.

Cada vez que penso nisso, algo dentro de mim aperta, uma dor estranha enchendo meu peito. Agora, estamos unidos pelo sangue, Alexei e eu. Ligados de uma forma que substitui qualquer contrato de noivado. A única maneira de esse vínculo ser mais forte é se Slava fosse nosso, mas ele não é.

Ele é de Nikolai.

Não voltei para a Suíça depois da reunião, embora pudesse. Não sou necessária aqui em Moscou. Todo o planejamento está se desenrolando sem mim, embora eu insista em ser informada. É assim que eu sei que Nikolai comprou uma antiga propriedade nas belas e remotas montanhas de Idaho – uma propriedade que está sendo reformada e transformada em sua própria fortaleza em velocidade furiosa. O objetivo é pegar Slava o mais rápido possível, mas é tão importante fazer isso direito, para garantir que os Leonovs não tenham motivos para suspeitar de nós, e ter um esconderijo pronto para quando a criança finalmente estiver em nossas mãos.

Para ajudar com o disfarce, ando pela cidade como uma borboleta social. Eu me visto e vou a festas, assisto a óperas e balés. Eu sorrio, rio e deslumbro amigos e oponentes, o tempo todo tentando processar o que tudo isso significa, como nossas vidas vão mudar... como Alexei vai reagir à perda de seu sobrinho tão cedo após a morte de sua irmã.

Não sei por que me importo com isso. Não faz sentido. Eu sei como são os Leonovs, especialmente Boris, o avô do menino. Slava estará melhor conosco, confuso como estamos, e o sequestro é a melhor maneira de conseguir isso. Se Nikolai tentar passar pelos canais legais para reivindicar seus direitos paternos, os Leonovs esconderão Slava, farão com que ele desapareça. Isso é o que faríamos no lugar deles. Então, este é o movimento certo, o único movimento se não quisermos que o filho de Nikolai seja criado por um homem conhecido por ser um monstro.

Logicamente, eu sei de tudo isso. Discuti isso com Pavel, Lyudmila e meus irmãos *ad nauseam*. No entanto, a lógica fica em segundo plano sempre que tento imaginar como Alexei se sentirá quando nosso plano se concretizar.... Como ele já deve se sentir, de luto por sua irmã. É um pensamento que me acorda à noite e serpenteia em minha mente uma dúzia de vezes por dia, tão intrusivo e implacável quanto os homens de Alexei que continuam me seguindo.

Esse é o motivo pelo qual eu concordo em participar da festa de caridade de Natasha, mesmo que Alexei deva estar lá.

———

MEUS JOELHOS TREMEM E A TENSÃO ENVOLVE MINHAS têmporas quando entro no salão de baile e observo meus arredores. Tudo brilha – os diamantes nas orelhas das mulheres e em seus dedos, pulsos e pescoços, os candelabros de cristal, as bandejas de aço inoxidável habilmente transportadas por garçons uniformizados, os espelhos que revestem as paredes e fazem o evento parecer muito mais grandioso. Eu brilho também. Meu vestido de seda azul está incrustado com pequenos cristais ao redor do corpete; meu coque arrumado e brilhante é decorado com um alfinete de diamante.

Por um segundo, estou tentada a dar meia-volta e ir para casa, ligar meu computador e desaparecer no mundo limpo e previsível do código. Ontem, para evitar ficar obcecada com o evento de hoje à noite, peguei meus antigos materiais do curso de Ciência da Computação, aqueles que eu não olhava desde o meu primeiro semestre na faculdade, mas guardei por algum motivo estranho. Imediatamente fui sugada de volta. De alguma forma estranha, foi como voltar para casa, e estou ansiosa para voltar a isso, para tentar escrever alguns programas simples agora que trabalhar em um computador por um longo período de tempo não faz minha cabeça parecer que está explodindo. Na verdade, codificar parece muito mais seguro, em termos de dor de cabeça, do que estar aqui esta noite, pois posso sentir a tensão no meu crânio crescendo, ameaçando se transformar na dor familiar.

Eu deveria ir. Vir aqui foi um erro, um impulso estúpido que eu deveria ter esmagado.

Eu me viro para ir, mas Natasha já me viu. Ela acena e se apressa, e eu coloco um sorriso brilhante. Porque é isso que eu faço. Eu sorrio, eu brilho, eu finjo. Ninguém, nem mesmo Natasha, conhece minha história com Alexei, ou que eu o evito de todas as maneiras que posso. Como eu deveria evitá-lo esta noite, mas aqui estou, voluntariamente me colocando em sua proximidade.

Talvez ele não apareça. É tudo o que posso esperar agora.

Natasha e eu trocamos beijos no ar, e antes que eu possa dar qualquer desculpa, ela me arrasta para um círculo de pessoas, todas ansiosas para falar comigo sobre a causa desta noite: fornecer tecnologia educacional para as áreas rurais da Rússia. Cada rublo doado será convertido em laptops, tablets e outras ferramentas importantes de aprendizado para crianças de comunidades que podem ou não ter banheiros internos e água corrente.

É uma causa nobre, e eu assino um grande cheque da minha conta pessoal para o empreendimento, além de prometer que cada um dos meus irmãos fará o mesmo. Então, estou tecnicamente livre para sair e estou prestes a fazê-lo rapidamente, já que ainda não localizei Alexei, mas Natasha me intercepta mais uma vez, desta vez para me apresentar a alguns de seus amigos da faculdade.

No momento em que me livro dessa conversa, meia

hora se passou e estou desesperada para escapar. Cada segundo que passa me coloca mais perto da chegada de Alexei. A menos que ele não apareça, mas não posso contar com isso. Eu tenho que ir agora, antes que meu impulso estúpido leve a...

E lá está ele.

Nossos olhos se encontram enquanto ele corta a multidão como um tubarão na água, indo diretamente para mim. Meus pulmões se expandem, ocupando todo o meu peito e apertando meu coração no nada. Eu paro no meio do caminho, meus pés soldados no chão, e assisto impotente enquanto ele vem em minha direção, um meio-sorriso sardônico em seus lábios.

Por quê? Por que eu vim aqui? Como pude ser tão idiota a ponto de pensar que ele precisava de mim em sua dor quando...

— Que prazer inesperado — Ele fala lentamente, parando na minha frente, e minha mente fica completamente em branco, tudo ao nosso redor desaparecendo enquanto meus pensamentos se transformam em ruído branco. Nos últimos mais de dois anos, minha firma de investigação o rastreou, fornecendo-me um fluxo constante de fotos e vídeos – que estudei como se fosse fazer um teste sobre cada um deles. E, ainda assim, não estou preparada para vê-lo pessoalmente mais uma vez. Toda a minha consciência se concentra nele, no poder e no perigo e na magnificência cruel que é Alexei Leonov em um smoking preto perfeitamente talhado.

Um prazer. Ele disse algo sobre prazer. Calor lambe

sob minha pele e mais profundo em meu núcleo, trazendo consigo uma gota de adrenalina. O ruído branco diminui, e posso ouvir mais uma vez o barulho da música e das risadas, todas as conversas ao nosso redor. Com esforço, desgrudo minha língua do céu da boca. — O que você está fazendo aqui?

Ugh, por que eu acabei de dizer isso? Idiota, idiota, idiota. Eu deveria ter...

Ele ri, o som suave zombando. — Ah, você sabia que eu estaria aqui. A menos que sua firma de detetives tenha deixado cair a bola?

Meu pulso aumenta. — Eu não sei o que você...

Ele estala a língua em negação. — Achei que tínhamos superado essas negações clichês, Alinyonok. Eu persigo você, você me persegue – não é assim que nosso jogo funciona?

Eu seguro uma respiração afiada. Vir aqui foi um grande, enorme erro. O que eu imaginei que aconteceria? Por que eu pensei que vindo aqui e vendo ele, eu poderia de alguma forma aliviar a culpa que me atormenta sempre que penso no que meus irmãos estão planejando fazer com a família dele?

Não há nada que eu possa fazer para aliviar sua dor pela morte de sua irmã, e certamente não posso evitar sua raiva pela perda de seu sobrinho. Tudo o que consegui ao aparecer foi me balançar na frente dele, mostrando a ele o que ele não pode ter – supondo que ele ainda queira.

Há uma boa chance de que ele não queira.

O pensamento me estabiliza o suficiente para dizer:
— Vale a pena ficar de olho no seu inimigo.

Outra risada suave e irônica escapa de sua garganta.
— Você acha que eu sou seu inimigo?

— Você certamente não é meu amigo.

— Eu poderia ser. — Um brilho peculiar ilumina seus olhos escuros. — Eu poderia ser seu tudo.

Dou um passo para trás, meus joelhos de repente vacilam novamente. — Olha, eu... — Eu paro e reavalio o que eu estava prestes a dizer. Dada a forma como esta conversa foi tão longe, minha única opção é a honestidade radical. — Você tem razão. Eu sabia que você estaria aqui. Eu queria ver você.

Suas pálpebras baixam, seu olhar cada vez mais intenso. — Por quê?

— Eu ouvi sobre Ksenia.

Ele recua, muito ligeiramente, e eu continuo, desesperada para dizer as palavras antes que minha coragem me falhe. — Eu sinto muito. Realmente sinto muito. Eu sei que nada pode tirar esse tipo de dor, e eu sinto muito por isso. Eu... — Paro e engulo em seco. — Sei como é perder as pessoas mais próximas a você.

Várias microexpressões cruzam seu rosto, tão rápido que eu poderia estar apenas imaginando essa exibição desprotegida de emoção. Quando ele fala, no entanto, sua voz é detectavelmente diferente. Mais rouca, mais grave. — Eu sei que sim, Aliyonok. Obrigado.

Eu umedeço meus lábios. Não sei para onde vamos a partir daqui, mas parece errado simplesmente ir embora, voltar ao nosso pseudo-relacionamento adversário e fingir que esse momento nunca aconteceu.

Como se eu nunca o visse como um ser humano em vez do demônio que acompanha minha vida.

Enquanto eu desesperadamente procuro no meu cérebro algo mais para dizer, ele chega primeiro. — Toma uma bebida comigo? — Ele pergunta baixinho, pegando um par de taças de champanhe da bandeja de um garçom que passa – e eu já devo estar bêbada porque eu aceito a taça que ele me entrega e deixo-o me levar para uma mesa vazia próxima.

Quando nos sentamos um ao lado do outro, percebo a insanidade do que estou fazendo e quase pulo para escapar, mas atraímos mais do que alguns olhares curiosos, então, tenho que ficar pelo menos alguns minutos. Não precisamos de toda Moscou fofocando sobre nós. Já é ruim o suficiente estar falando com Alexei quando a inimizade mútua de nossas famílias é bem conhecida; sentar e sair correndo um segundo depois faria as línguas balançarem muito mais.

Por falta de algo melhor para fazer, engulo a maior parte do meu champanhe.

Um sorriso irônico inclina um canto de sua boca. — Com sede?

— Algo assim — Murmuro, e ele ri. Ao contrário de antes, é um som de diversão genuína, e faz algo no meu interior, acende um calor no meu peito que não tem nada a ver com a resposta típica do meu corpo a ele.

Não que a resposta típica esteja faltando. Quando

cruzo as pernas debaixo da mesa, posso sentir uma distinta umidade na minha calcinha, e isso faz meu rosto queimar.

— Então — diz ele, felizmente ignorando meu rubor. — O que a traz a Moscou nesta época do ano?

Eu endureço, então, conscientemente forço meus músculos a relaxar. Dando de ombros o mais casualmente que posso, tomo um gole do meu champanhe. — Ano Novo com a família, o que mais?

Ele inclina a cabeça interrogativamente. — Por que este ano dentre todos os anos? Achei que você deveria estar na Suíça.

Caralho. Eu deveria saber que isso se transformaria em um interrogatório. Por razões óbvias, não posso dizer nada sobre Nikolai convocar uma reunião de família, e não sei mais como justificar interromper minha viagem de esqui. Então, eu apenas dou de ombros novamente e deixo que ele tire suas próprias conclusões – o que ele faz prontamente.

Seu rosto suaviza quando ele se inclina para frente. — É porque você ouviu falar sobre Ksenia? — Seus olhos procuram os meus, e o que quer que ele veja ali faz suas pupilas se expandirem, transformando sua íris de marrom-escuro para um preto brilhante e intenso. Sua voz baixa, se aprofunda. — Alinyonok...

Eu engulo em seco e evito seu olhar enquanto meu rosto fica ainda mais quente. Não por excitação ou constrangimento, mas por culpa. Culpa terrível e cortante por eu deixá-lo pensar isso quando está tão longe da verdade. Quando minha família está prestes a infligir outra perda à dele.

Para me recompor, tomo um gole da minha bebida antes de encontrar seus olhos novamente. — Como é... — Eu respiro. — Como sua família está lidando com tudo? Sua irmã teve um filho, certo?

Ele assente, sua expressão ficando sombria. — Slava. Ele acabou de fazer quatro anos.

A culpa afunda seus dentes mais fundo. — Eu sinto muito. Isso deve ser muito difícil para ele.

A voz de Alexei está tensa. — Não sei. Ele está com meu pai, e sempre que o vejo, ele parece... distante. Fechado. Nós éramos próximos antes – eu era seu tio favorito – mas agora, não consigo fazê-lo se abrir. É como se... — Ele para e acena com a mão. — Deixa para lá. Tenho certeza de que é apenas o choque. Ele vai se recuperar com o tempo.

— Claro que ele vai. — Meus irmãos e eu nos certificaremos disso. Eu mordo meu lábio. — Você perdeu sua mãe muito jovem também, não?

— Eu tinha cinco anos quando ela morreu. Complicações do nascimento de Ksenia — Ele diz, e mesmo que não haja emoção em seu tom, eu tenho que lutar contra uma vontade bizarra de chegar por cima da mesa e abraçá-lo. Eu sempre soube que ele e seus irmãos foram criados pelo pai, mas nunca pensei muito nisso, exceto vagamente me perguntar se é por isso que ele é tão implacável... se ser criado por um monstro o tornou um.

— Isso deve ter sido igualmente difícil para você — digo suavemente.

Ele levanta um ombro largo em um encolher. — Foi há muito tempo.— Pegando seu copo, ele se inclina para frente. — E você? Sua perda é muito mais recente. Como você está lidando esses dias?

É a minha vez de vacilar. Para me dar um momento para me recuperar, tomo o resto do meu champanhe e aceno para um garçom que passa, pedindo mais. Quando ele o coloca na mesa, dou um sorriso duro para Alexei. — Estou bem. É uma notícia velha para mim agora também.

— Fico feliz em ouvir isso — diz ele baixinho e levanta o copo em um brinde. Seus olhos travam nos meus. — Para aqueles que amamos e perdemos – que descansem em paz.

— Para eles — digo direta e bato meu copo contra o dele antes de engolir todo o líquido borbulhante. Sinto um ardor atrás das pálpebras e uma sensação de sufocamento na garganta, então, faço sinal para outro garçom, e ele traz sua bandeja com bebidas. Elas acabam sendo shots de vodka, mas eu não me importo. Eu quero algo, qualquer coisa, para afogar esse sentimento, essas memórias.

Se eu tivesse minhas pílulas, eu as tomaria, mas elas estão em casa, na minha gaveta de cabeceira. Não preciso delas há meses, então, parei de carregá-las.

— Dois, por favor — digo ao garçom, e ele coloca uma dose na minha frente e a outra na frente de Alexei, que levanta as sobrancelhas para mim, mas não se opõe.

— Para a família — digo, levantando meu copo em um brinde quando o garçom se foi.

— Para a família — Ecoa Alexei, tocando seu copo no meu.

Tomamos a dose e a vodka cara desce suavemente, com uma queima agradável. A sensação de asfixia na minha garganta diminui, e me pergunto, um pouco confusa, se o álcool tem sido a resposta o tempo todo.

Talvez meu pai tivesse a ideia certa. Talvez *seja* possível beber a dor para longe.

Estou prestes a gesticular para outra bebida quando Alexei estende a mão e cobre minha mão com a dele. Sua palma é grande e quente, seu toque, estranhamente reconfortante. Eu sou capaz de respirar mais fundo, mesmo quando meu pulso acelera, meu corpo acelera com sua reação habitual a ele.

— Você está bem, Alinyonok? — Ele pergunta baixinho, e para minha surpresa, percebo que estou... que a dor lancinante que me tornei condicionada a esperar cada vez que penso em meus pais é apenas uma dor distante agora, entorpecida pelo álcool, pela passagem do tempo, ou uma combinação de ambos. Ou talvez não seja nenhuma das opções acima. Talvez seja ele. Talvez seja seu toque e a simpatia calorosa em seus olhos escuros.

Talvez seja porque neste momento, não somos inimigos, e eu não me sinto tão assustada e sozinha.

— Estou bem. — As palavras são apenas um

sussurro fraco em meus lábios, mas ele me ouve e seus lábios se curvam em um sorriso que eu sinto no fundo. Um sorriso suave e terno que transforma suas feições duras e cruelmente esculpidas em algo tão incrivelmente bonito que uma pequena fissura se abre em meu coração... uma lágrima que deveria doer, mas não dói.

Ele aperta minha mão levemente antes de entrelaçar nossos dedos, e o salão de baile mais uma vez se derrete, desaparecendo em um brilho nebuloso que vela minha visão em todas as direções, exceto no centro, onde ele está sentado. Onde ele está olhando para mim como se eu fosse o centro de *sua* visão, *seu* mundo.

— Alina?

A voz feminina é suave, assim como o toque no meu ombro, mas me choca do mesmo jeito. Soltando minha mão, eu dou um salto e giro para encarar Natasha.

— Ei — Ela diz, piscando. — Eu não queria te assustar. Eu estava chamando seu nome, mas acho que você não me ouviu. — Ela desvia o olhar para Alexei, e um olhar estranho passa por seu rosto. — Alexei. Que bom que você conseguiu vir.

Sua expressão é uma reminiscência de uma nuvem de trovão enquanto ele se levanta. — Eu também acho.

Seu tom gelado desmente suas palavras, e minha amiga empalidece ligeiramente. Lançando um olhar indecifrável em minha direção, ela murmura algo sobre a necessidade de verificar o buffet e sai correndo antes que eu possa perguntar o que ela queria. Não que isso importe. Não posso mais ficar aqui, não depois do que acabou de acontecer.

— Eu tenho que ir — digo com firmeza e sigo direto para a saída, ziguezagueando pela multidão o mais rápido que meus saltos altos permitem. Ignoro as vozes que me chamam, todos os amigos e conhecidos que querem minha atenção. Eu ando tão rápido que quase tropeço na bainha do meu vestido longo, e ainda não é rápido o suficiente.

Quando saio pela porta ornamentada para o corredor, Alexei está bem atrás de mim, suas longas pernas me alcançando com facilidade.

— Alina, espere.

Eu acelero meu ritmo, quase correndo em direção ao saguão, minha respiração acelerada. Eu não posso acreditar que fui tão estúpida. Eu não posso acreditar que...

— Espere, eu disse. — Uma mão de aço envolve meu braço, me fazendo parar e me girando.

Antes que eu possa piscar, sou arrastada para uma porta aberta próxima e para uma pequena sala que acaba sendo um armário de casacos. Mantendo seu domínio sobre mim, Alexei fecha a porta, isolando-nos do mundo. Então, e só então, ele me solta.

Eu imediatamente recuo. — Que porra você está fazendo? Eu disse que tenho que ir.

— Não até conversarmos. — Mandíbula apertada, ele avança em mim, me apoiando contra a parede.

Meu coração bate freneticamente, mas levanto meu queixo para encontrar seu olhar.

— O que há para falar?

Uma dúzia de emoções, cada uma mais sombria que a outra, passa por seu rosto antes que ele rosne: — Isso — E enganchando uma mão na minha nuca e a outra no meu quadril, ele inclina sua boca sobre a minha.

CAPÍTULO 21

DIA ATUAL, LOCAL DESCONHECIDO

— Aquilo não deveria ter acontecido — digo, meu rosto queimando com a memória do que aconteceu naquela noite.

Alexei arqueia as sobrancelhas. — Qual parte? Você estar fingindo ser tão solidária sobre a minha irmã, o tempo todo sabendo que você e seus irmãos estavam prestes a roubar o filho dela? Ou nós...

— Eu não estava fingindo.

A admissão paira entre nós, suspensa na atmosfera tensa como uma folha quebrada em uma teia de aranha. Eu não sei por que eu disse isso. Por que eu deveria me importar com o que ele pensa sobre minhas motivações? Se alguma coisa, é melhor se ele acredita que o ódio, e apenas o ódio, me impulsiona. Que é o caso. Tem que ser. E daí que parecia que tínhamos uma conexão real naquele breve momento nove meses atrás?

Isso não muda o que eu fiz depois daquela noite.

Isso não muda a maneira como ele respondeu.

E certamente não muda onde estamos hoje ou quantas mortes estão na minha consciência.

Capítulo 22

Nossos lábios se chocam como ondas turbulentas colidindo, toda violência e fúria reprimida. Ele está com raiva de mim, e eu estou com raiva de mim mesma, com essa minha fraqueza que me impulsiona em direção a um homem que eu deveria fazer tudo ao meu alcance para escapar. Eu não precisava estar aqui esta noite. Eu não precisava estar perto dele, mas vim por minha própria vontade. E não apenas para oferecer minhas condolências.

Eu vim para *vê-lo*.

Depois de anos encontrando-o apenas em fotos e vídeos, fiquei faminta por isso. Por ele. Por sentir que não estou apenas sobrevivendo, mas vivendo.

Sua língua varre minha boca enquanto minhas unhas cravam em seu crânio, meus dedos convulsivamente agarrando seu cabelo, e meus olhos se fecham quando meu corpo pega fogo, excitação instantânea encharcando minha calcinha e endurecendo meus mamilos. Porra, sim, estou com fome. Estou faminta pelo gosto dele, a sensação dele, a maneira como ele inflama cada célula do meu ser.

Estou com fome, e estou com raiva, e sinto que vou explodir com o calor crescendo dentro de mim... da necessidade desesperada de me enterrar nele até estarmos tão perto que é impossível dizer onde um começa e o outro termina.

Ele geme baixo em sua garganta, e seu beijo fica mais áspero, seus dentes beliscando meu lábio inferior, seus dedos cavando minha carne com força contundente. Deve doer, deve me assustar, a violência de seu desejo, mas apenas aumenta o caldeirão fervente dentro de mim, intensificando tudo o que estou sentindo até o enésimo grau. Sinto gosto de sangue quando meus dentes afundam em *seu* lábio em retaliação, e não sei se é o sangue dele ou o meu – nem me importo. Estou queimando, morrendo e, ao mesmo tempo, estou violenta, incandescentemente viva. Eu posso ouvir cada batida do meu peito, sentir cada respiração que ele rouba de mim... sentir o cheiro do calor subindo entre nós, escuro e selvagem, cercado de almíscar e homem e algo inefavelmente atraente.

Respirando irregularmente, ele quebra o beijo, apenas para agarrar meu cabelo em seu punho e puxá-lo, arqueando minha cabeça para trás para pressionar sua boca quente e molhada na curva vulnerável da minha garganta. Seus dentes roçam minha pele, e então ele chupa, enviando calafrios eróticos pelo meu braço e arrancando uma série de gemidos da minha garganta.

Ao mesmo tempo, ele fecha o outro punho na minha saia e a puxa para cima, fazendo com que o ar frio banhe minhas coxas recém-expostas.

É como minha festa de aniversário de dezoito anos de novo, só que não sou mais aquela garota ingênua e ansiosa – e ele não está mais inclinado a ser paciente comigo. Eu posso sentir a fome furiosa em seu toque, na dureza exigente de seu corpo. A protuberância grossa de sua ereção pulsa contra meu estômago, quente e duro, mesmo através das camadas de nossas roupas, e minhas entranhas apertam em resposta a uma dor vazia, em um desejo agudo por algo que eu nunca conheci.

Sentindo isso, ele se afasta e desliza a mão entre minhas pernas para espalmar meu sexo através da seda molhada da minha calcinha. Um grunhido baixo e profundo ressoa em sua garganta enquanto eu suspiro, meus olhos se abrem. — Porra, eu sabia. — Ele levanta a cabeça para me prender com um olhar escuro e ardente. — Você ainda me quer. No momento em que eu toco em você, você fica encharcada.

Eu fico escarlate, minha mente clareando por um momento, mas ele inclina a cabeça para arrebatar minha boca novamente, e eu esqueço tudo sobre constrangimento e vergonha quando uma enxurrada de sensações me domina mais uma vez. Aqueles dedos habilidosos dele já estão debaixo da minha calcinha, separando minhas dobras escorregadias e encontrando meu clitóris para iniciar um ritmo perverso e alucinante. *Número três*, penso vagamente enquanto ele passa a língua sobre a minha, acariciando, reivindicando, invadindo. *Ele vai me dar o orgasmo número três.*

E ele o faz. Ele ainda está me beijando enquanto faíscas iluminam minha visão, o prazer cegando em sua intensidade. O clímax ruge através de mim, despertando cada terminação nervosa do meu corpo, me fazendo convulsionar contra ele com um grito ofegante. Só que ele não para dessa vez, não tira a mão do meio das minhas pernas ou levanta a cabeça para me deixar recuperar o fôlego. Em vez disso, ele pressiona a palma da mão contra minha carne inchada, intensificando os tremores secundários, e me beija com tanta força que sinto gosto de sangue novamente.

As sensações gêmeas – dor e prazer – são tão potentes que quase perco o empurrão forte de seu dedo em mim e a leve queimação que a acompanha. Quase, mas não completamente. Instintivamente, fico tensa, e a queimadura se intensifica, assim como uma sensação desconhecida de ser esticada e penetrada. Minha respiração fica presa na garganta, e eu agarro seus ombros enquanto uma lança de pensamento racional perfura a névoa sensual em meu cérebro.

Eu não deveria estar fazendo isso.

Eu não deveria estar aqui, com ele.

Alexei deve me sentir enrijecer porque ele levanta a cabeça para olhar para mim, olhos ônix cheios de fome escura. — Você é tão apertada, mesmo para uma virgem — Ele sussurra asperamente, e o rubor quente toma conta de mim novamente, fazendo com que as raízes do meu cabelo pareçam estar pegando fogo. Seu dedo ainda está dentro de mim, me penetrando, mas não dói mais, embora ainda pareça invasivo. Pior ainda, posso sentir que estou ficando ainda mais molhada, e sei que ele também pode sentir.

— Não lute contra isso, Alinyonok. Me deixa entrar.

— Seus olhos queimam nos meus enquanto seu polegar circula meu clitóris ao mesmo tempo em que o estiramento pungente retorna. Ele está sondando minha entrada com um segundo dedo, eu compreendo vagamente quando uma onda de tontura varre sobre mim, junto com a percepção de que parei de respirar.

Diga-lhe para parar. Agora. Antes que seja tarde.

Exceto que não consigo formar as palavras rápido o suficiente. Ele me beija de novo, roubando o pouco oxigênio que resta em meus pulmões, e eu me derreto contra ele apesar do crescente desconforto entre minhas pernas. Dois dedos são demais, o estiramento pungente ameaça se transformar em dor real, mas seu polegar ainda está fazendo aquele movimento circular, e há prazer suficiente para confundir meus sentidos e nublar meus pensamentos. Estou perdida nele, totalmente absorta nas sensações que ele está evocando em meu corpo, e mesmo a pontada aguda de dor quando ele empurra seus dedos mais fundo em mim não é suficiente para me fazer me afastar, especialmente porque ele curva esses dedos, pressionando em um ponto que traz de volta aquela tensão doce e agonizante, me mandando em direção a outro pico.

Com um grito abafado contra seus lábios, gozo, o segundo orgasmo explodindo através de mim. Meus músculos internos apertam seus dedos invasores, causando outra pontada de dor, junto com uma série de tremores secundários. Meu corpo ainda está em espasmos fracos quando ele puxa os dedos para fora, e ouço o silvo metálico de um zíper sendo abaixado antes que minha calcinha seja arrancada com um puxão forte. Atordoada, abro os olhos quando ele para de me beijar e levanta a cabeça.

Ele está respirando com dificuldade e sua mandíbula está bem apertada, suas maçãs do rosto afiadas manchadas de cor quando ele levanta a mão para olhar para ela. Seus dedos estão da cor vermelha – os mesmos dedos que estavam dentro de mim. Vermelho com o meu sangue, percebo com crescente alarme quando ele abaixa a mão e encontra meu olhar, seus olhos negros como carvão e cheios de uma possessividade aterrorizante.

— Minha — Ele respira asperamente. — Toda minha.

E antes que eu possa responder, ele está me beijando novamente. Beijando-me e levantando-me na parede, enganchando suas mãos sob minhas coxas e abrindo-as. A calça do terno esfrega contra a parte interna das minhas coxas nuas enquanto ele pressiona a parte inferior do corpo contra o meu, e algo grande, liso e duro cutuca entre minhas dobras, empurrando alguns milímetros na minha abertura dolorida e inchada. Seu pau, eu percebo com um solavanco. É muito grande, muito maior do que seus dedos, mas presa contra a parede como estou não há nada que eu possa fazer para impedir a penetração, para retardá-la. Pânico surge através de mim, junto com a total compreensão do que está acontecendo, e eu consigo virar minha cabeça, arrancando meus lábios de seu beijo devorador enquanto eu empurro seus ombros. — Alexei, por favor. — Minha voz treme. — Por favor, est...

Com um ranger de dobradiças, a porta se abre e Alexei se enrijece quando Vankov entra na sala. Avaliando a situação em um piscar de olhos, meu guarda-costas saca sua arma na velocidade da luz e aponta para Alexei.

— Afaste-se de Alina Vladimirovna. Agora!

Um grunhido baixo de frustração vibra no peito de Alexei, e assassinato brilha em seus olhos quando ele volta seu olhar para o meu rosto, sem se mover um centímetro.

— Ordene que ele vá embora — diz ele com os dentes cerrados. — Diga a ele que é isso que você quer, e que ele deve ir.

Mas eu não quero isso. Não posso, não com o pânico apertando minha garganta. Eu sei exatamente o que Vankov está vendo – eu presa contra a parede como uma prostituta barata em um beco, com meu vestido levantado e Alexei entre minhas pernas abertas – e o embaraço horrorizado extingue todos os resquícios de desejo. Tudo o que sinto agora é a dor lá no fundo, onde Alexei quebrou meu hímen com os dedos, e a enorme pressão de seu pênis empurrando contra minha entrada, ameaçando me rasgar. A dor não é o que me assusta, no entanto. É todo o resto.

É saber que uma vez que fizermos isso, não há como voltar atrás... que talvez já tenhamos chegado ao ponto sem retorno.

— Me deixa ir. — Meu sussurro irregular é apenas para os ouvidos de Alexei. — Por favor, me deixa ir.

Um músculo flexiona violentamente em sua mandíbula enquanto ele olha para mim.

— Ou o quê? Você fará com que ele atire em mim?

— Afaste-se dela! Agora! — O tom de Vankov é mais agudo, mais agitado. Com o canto do olho, vejo meus outros dois guarda-costas aparecerem atrás dele e quero morrer no local.

Meu rosto deve refletir meus pensamentos porque as feições de Alexei se contraem ainda mais e, sem outra palavra, ele me coloca de pé e fecha o zíper em um movimento rápido e furioso. Ele não recua, no entanto. Em vez disso, ele apoia uma mão na parede e se inclina sobre mim. Levantando a outra mão, ele pressiona as pontas dos dedos ensanguentados nos meus lábios, imprimindo-os com vermelho enquanto diz em voz baixa e dura: — Vou enviar um carro para você amanhã à noite. Você virá. Se você não fizer isso, vai se arrepender.

Com isso, ele se afasta da parede e passa pelos meus guarda-costas para desaparecer no corredor.

———

O GOSTO DE COBRE AINDA ESTÁ EM MEUS LÁBIOS quando entro na minha limusine, e posso sentir a dor do meu hímen rompido bem no fundo. Não tenho ideia do que fazer, especialmente à luz do convite/ameaça de Alexei. O que ele quis dizer com 'vou me arrepender'? O que me arrependo agora é de ter ido ao evento da Natasha e tudo o que se seguiu. É como se eu tivesse enlouquecido temporariamente.

Obviamente, não tenho intenção de entrar em nenhum carro que ele mandar. Minha insanidade não vai tão longe. Mas o que ele vai fazer quando eu não aparecer? Talvez eu devesse contar aos meus irmãos o que aconteceu, avisá-los por precaução. Mas não. Se eles soubessem que Alexei quase me fodeu em um armário de casacos e agora está me ameaçando, eles não teriam escolha a não ser ir atrás dele, e esse seria o pior momento de todos.

Amanhã de manhã, Nikolai está deixando Moscou para um novo futuro. Ele está voando para a América para preparar seu novo complexo em Idaho para a chegada de Slava em três semanas. Se minha estupidez estragasse tudo, eu nunca me perdoaria.

Eu pego os olhos de Vankov no espelho retrovisor antes de nivelar um olhar duro para os outros dois guardas. — Se alguma palavra sobre este incidente for divulgada – e especialmente se chegar aos meus irmãos – vocês três serão demitidos na hora. Entenderam?

Todos os três acenam com a cabeça, seus rostos impassíveis. Eles sabem que não é uma ameaça vazia. Eles estão na minha folha de pagamento, desde que recebi minha herança alguns meses após a morte de meus pais. Meus irmãos se opuseram no início, alegando que era dever deles me proteger, mas eu me mantive firme. O que importava para eles, argumentei, desde que eu tivesse a segurança adequada? Então eles cederam, embora com relutância, e eu tenho sido o empregador oficial dos meus guarda-costas desde então, garantindo que eles sejam leais a mim em primeiro lugar.

Apaziguada, eu me inclino para trás contra o assento e me concentro em respirar fundo para acalmar a corrida frenética do meu coração e aliviar a tensão que aperta minhas têmporas. Preciso descobrir o que fazer, como consertar essa bagunça que criei, e não posso fazer isso se estiver enrolada na cama com outra dor de cabeça debilitante. Eu tenho estado muito melhor nos últimos meses, me sentido muito mais forte, mas aqui estou eu, prestes a despencar novamente.

Não, merda, não vou deixar acontecer. Claramente, Alexei é minha kryptonita, em mais de uma maneira, então, há apenas uma solução racional.

Tenho que sair da órbita dele, ficar o mais longe possível dele. Talvez eu possa ir para a Suíça para uma boa viagem de esqui, ou me juntar a Natasha em suas próximas férias na Tailândia. Então, novamente, e se Alexei me seguir até lá para fazer o que quer que ele esteja ameaçando? Não é como se ele não tivesse um jato particular e um exército de bandidos à sua disposição. Se qualquer coisa, eu estaria tornando mais fácil para ele me sequestrar ou o que quer que ele pretenda. O que eu preciso é sair completamente do radar dele por um tempo, para que ele esqueça o que aconteceu esta noite e...

Sento-me, eletrizada. É claro! A fuga perfeita esteve na minha frente o tempo todo.

O novo complexo de Nikolai. É o mais próximo que posso chegar de desaparecer enquanto ainda permaneço no mesmo planeta.

É isso. Esta é a solução para todos os meus problemas.

Quando Nikolai partir amanhã, irei com ele – e Alexei nunca me encontrará.

Capítulo 23

Dia atual, local desconhecido

Você não deveria ter fugido — diz Alexei enquanto uma rajada de vento traz um jato de água do oceano para a mesa. Ou talvez seja o início da chuva. As ondas estão se intensificando, o iate balançando mais forte. Um ziguezague de relâmpagos corta o céu que escurece rapidamente, seguido por um estrondo de trovão. Em breve, será muito perigoso sentar aqui. Eu, no entanto, tenho muito mais medo do que me espera abaixo do convés, no quarto que Alexei pretende que dividamos. Eu entrelaço minhas mãos na mesa para firmá-las enquanto ele continua. — Poderíamos ter feito essa refeição em um bom restaurante em Moscou.

E com muito menos sangue derramado. Ele não diz isso, mas não precisa.

— O que você estava planejando fazer? — Eu pergunto, fazendo o meu melhor para manter minha voz calma enquanto me sirvo um copo d'água de uma

239

jarra de cristal sobre a mesa. Minha boca está seca, e o sanduíche de caviar que comi parece que está preso no meio da minha garganta. —Se eu tivesse ficado em Moscou, o que você teria feito se eu não entrasse no seu carro?

Um sorriso torcido arranca em seus lábios. — O que você acha?

Eu bebo metade da água no copo antes de colocá-lo de volta. — Eu acho que você é um monstro capaz de qualquer coisa.

— Você me conhece tão bem.

Seu tom seco me faz estremecer internamente. Porque ele está certo. Eu não o conheço. Pelo menos não tão bem quanto ele me conhece. Toda a minha perseguição a ele foi superficial, projetada para me manter informada sobre seu paradeiro, enquanto ele mergulhava em todas as áreas da minha vida, não importa o quão privada. Lamento isso agora, não conhecê-lo melhor antes, quando as apostas eram muito menores. Agora, ele é meu captor, e não tenho ideia de quais são suas fraquezas, como posso manipulá-lo para me conceder liberdade.

O homem moreno e poderoso sentado na minha frente é um mistério, um quebra-cabeça. Tudo o que sei é que ele me quer e fez de tudo para me reivindicar. E tudo porque... o quê? Eu sou bonita como decretado por algum padrão social arbitrário?

— É uma coisa de status para você? — Pergunto, inclinando minha cabeça. Talvez não seja tarde demais para tentar conhecê-lo, entender o que o move.

Suas sobrancelhas franziram. — O que é uma coisa de status?

— Eu. O noivado. Toda essa sua obsessão. — Estabilizo o jarro quando ele começa a deslizar em direção à borda da mesa, auxiliado por uma poça de condensação e uma onda alta inclinando o iate. — Você disse que é por causa da minha aparência, mas Moscou está cheia de mulheres lindas. Então, é porque eu sou um Molotov? Você me quer porque sou decorativa *e* rica?

Tanto quanto eu posso dizer, essa é a única coisa sobre mim. A beleza não é nada especial em nossos círculos; jogue uma pedra em uma festa e ela rebaterá em uma supermodelo. Mas como regra, essas mulheres não têm muito a oferecer além de seus corpos perfeitos e rostos simétricos. Eu tenho. Eu tenho bilhões em ativos e os tipos de conexões que apenas o poder geracional pode trazer. Os Leonovs não precisam disso, estritamente falando – eles têm poder e riqueza suficientes – mas me ter ainda seria uma vantagem para Alexei.

Eu sou um doce que não pode ser comprado, e isso me torna o símbolo de status supremo, um prêmio digno de um homem que tem tudo.

Os olhos de Alexei se estreitam. — É isso que...

— Posso limpar a mesa, senhor?

A voz de uma mulher desconhecida falando russo me assusta e me faz olhar para cima. Uma mulher baixa, de meia-idade, com cabelos pretos lisos na altura dos ombros está de pé ao lado da mesa, um avental preso na cintura e um carrinho de garçom ao seu lado.

— Sim, obrigado, Vika — diz Alexei, então, faz uma pausa e arqueia uma sobrancelha para mim. — A menos que você ainda esteja com fome, Alinyonok?

Por mais que eu queira estender essa refeição o máximo que puder, com a tempestade, é apenas uma questão de minutos até que todos os pratos comecem a escorregar da mesa e a comida saia voando. Relutantemente, eu balanço minha cabeça. — Terminei.

A mulher – Vika – rapidamente empilha todos os pratos no carrinho e o leva até o nariz do iate, onde deve ser a cozinha.

— Obrigada — Eu chamo atrás dela tardiamente. — Tudo estava delicioso!

Não custa ficar do lado bom dos funcionários de Alexei.

Ela vira a cabeça, abrindo um sorriso que suaviza seu rosto anguloso. — Foi um prazer — Ela responde de volta antes de empurrar o carrinho ao virar da esquina e desaparecer de vista.

Volto minha atenção para Alexei, esperando continuar a conversa, mas ele já está de pé. — Vamos? — Ele pergunta, dando a volta na mesa para estender a mão enquanto outro relâmpago se aproxima. Meu pulso acelera, seu rugido quase abafando o estrondo do trovão que se seguiu.

É isso.

Meu adiamento, como era, acabou.

Capítulo 24

Um alívio. Um refúgio. É assim que a remota propriedade montanhosa de Nikolai deveria ser. É um intervalo da minha vida normal, um lugar seguro onde não preciso me preocupar com Alexei. Então, por que me sinto tão inquieta, tão agitada? Não consigo parar de pensar nele, no que aconteceu naquele armário de casacos, e isso está me deixando louca aos poucos.

Inquieta, dou uma última tragada no meu baseado e apago antes de sair da floresta. A maconha tem mantido as dores de cabeça afastadas na maior parte do tempo, então, não tive que recorrer a nada mais forte. Não sei por que estou tendo dores de cabeça; não consigo imaginar um lugar mais relaxante do que o novo complexo de Nikolai.

A mansão ultramoderna do meu irmão está empoleirada em um penhasco, com vistas da montanha ao redor dignas do Instagram. Apesar de maio estar ao virar da esquina, acabamos de ter neve, e pó fresco estala sob minhas botas enquanto dou a volta pela casa até a porta da frente. O ar está fresco e com cheiro de pinho, tão fresco e puro que quase dói meus pulmões. Então, novamente, talvez seja esse o problema. O cheiro me lembra Alexei e tudo o que estou aqui para escapar.

Inalando outra respiração, abro a porta e entro em casa, onde penduro o casaco e troco as botas por um par de sapatos limpos – salto alto, porque mesmo aqui me sinto mais confortável usando meu escudo brilhante. Cheiros salgados vêm da cozinha – Pavel está preparando o jantar – e a voz aguda de uma criança me alerta sobre a presença do meu sobrinho na sala.

Meu humor melhora instantaneamente, e eu sorrio enquanto vou até lá. Slava rapidamente se tornou minha pessoa favorita. Um pequeno clone de Nikolai, a criança é tímida e reticente, principalmente perto do pai, mas adoro tê-lo por perto. Depois das primeiras semanas, durante as quais ele, compreensivelmente, olhou para todos nós com profunda desconfiança, ele começou a se interessar por mim, assim como por Pavel e Lyudmila. Nikolai é a exceção; por alguma razão, os dois não conseguem encontrar uma língua comum – em parte porque ele insiste que falemos com o menino em inglês, para que ele possa se ajustar à sua nova vida na América. Pessoalmente, não acho que seja tão importante quanto Slava aceitar seu pai, mas Nikolai não me ouve. Nós não temos exatamente o relacionamento mais caloroso nos dias de hoje.

Encontro Slava na sala, como esperado, mas em vez de Lyudmila, que assumiu o papel de sua babá, Nikolai está com ele. Meu irmão está andando na frente do sofá onde Slava está sentado, tentando fazer seu filho repetir algumas palavras em inglês depois dele – e falhando miseravelmente. Slava está olhando para ele sem expressão, teimosamente desinteressado, não estou surpresa. Slava tem ignorado minhas tentativas de lhe ensinar a língua também.

— Talvez devêssemos arranjar um tutor americano para ele — digo em inglês, caminhando para sentar numa namoradeira em frente ao sofá. — Ele pode responder melhor a alguém que não fala sua língua nativa.

Nikolai para de andar e me dá um olhar frio. — Não precisamos de um estranho entrando e saindo o tempo todo.

— E se a pessoa morasse aqui?

Ele bufa. — Pior ainda.

— Por quê? — Espere, por que estou pressionando por isso? Não me importo se Slava aprende inglês ou não. Isso é importante para o meu irmão, não para mim. — Deixa para lá. Esqueça.

Perversamente, *isso* parece convencer Nikolai do mérito de minha ideia.

— Na verdade... — Ele olha para seu filho, que agora está olhando para ele com cautela. — Poderíamos colocar um anúncio em um jornal local, ver se algum professor da cidade aceita. Se o mantivermos offline e discreto, deve ser seguro o suficiente.

Eu dou de ombros. — Se você quiser. — É sua vontade, de qualquer maneira. Eu só quero que Slava se acomode e nos aceite como sua nova família, e se aprender inglês com um tutor facilita isso, sou a favor.

Capturando o olhar de Slava, dou-lhe um sorriso caloroso e murmuro: *Privet*. Olá, em russo.

Slava não sorri de volta – ele nunca sorri quando Nikolai está por perto – mas posso senti-lo relaxar um pouco. De muitas maneiras, ainda somos estranhos para ele, e a barreira da linguagem artificial não ajuda. Garantimos que seu sequestro fosse o mais livre de trauma possível – ele foi levado no meio da noite com a ajuda de um tranquilizante seguro para crianças, então, da perspectiva dele, ele acabou acordando aqui – mas isso não nega o fato de que ele foi arrancado de tudo e de todos que ele conhece. Eu gostaria de poder fazer Nikolai entender isso e ser gentil e paciente, mas sempre que meu irmão está perto de seu filho, ele é rígido e duro, aparentemente sem empatia.

É como se o fantasma de nosso pai tivesse habitado seu corpo, arruinando qualquer chance que Nikolai tivesse de construir um relacionamento com seu próprio filho. Talvez como punição por seu assassinato.

Eu estremeço quando as memórias sombrias se aproximam, e é preciso tudo o que tenho para manter meu sorriso caloroso e amigável. Não é culpa de Slava que sua nova família seja quase tão bagunçada quanto a antiga. Ele está melhor conosco do que com os Leonovs – tenho que acreditar nisso – mas esperava que o filho de Nikolai fosse genuinamente feliz aqui. Até agora, não é o caso.

Eu me levanto, me aproximo do sofá e estendo a mão para meu sobrinho.

— Venha, Slavochka — digo em russo, ignorando a carranca do meu irmão. — Tenho um novo jogo que quero mostrar a você.

E enquanto Slava pula ansiosamente do sofá e envolve sua pequena palma em torno da minha, meu coração aperta com uma dor estranha e penetrante... uma que, por algum motivo, me faz pensar em um homem que não está nem perto daqui.

Um homem de quem eu escapei.

Capítulo 25

Dia atual, local desconhecido

Nenhuma escapatória.

As palavras ecoam em minha mente enquanto Alexei me leva escada abaixo até nossa cabine, sua mão segura em volta do meu cotovelo – ostensivamente para me impedir de cair enquanto as ondas crescentes balançam o iate. Mas, na realidade, é para garantir que eu não faça algo tão tolo quanto correr. Eu sei que ele pode sentir o impulso de pânico dentro de mim, ouvir minha respiração rápida e superficial.

É isso.

Depois de mais de uma década, nosso jogo de gato e rato está chegando ao fim.

Quando chegamos ao pé da escada, um trovão me faz pular, e ele olha para mim com as sobrancelhas levantadas. — Você tem medo de tempestades, Alinyonok?

Tenho medo de você e do que vai fazer comigo. As

palavras dançam na ponta da minha língua, mas eu as engulo. Não quero que ele saiba o quanto sou covarde, como estou desejando egoisticamente que, apesar de tudo, meus irmãos venham me encontrar.

Mas Alexei sabe, é claro. Seus olhos brilham escuros quando ele para na frente da porta da cabine. — Você está se arrependendo do nosso acordo? — Seu tom é suave, zombando enquanto ele olha para mim. Ele sabe a resposta – a única resposta que posso dar.

— Não. — Como posso, quando era a única maneira? Quando a alternativa significava que Nikolai perderia seu filho e, muito provavelmente, sua vida? Sem mencionar o que poderia ter acontecido com Chloe, Pavel e Lyudmila.

Meu único arrependimento é não ter dado um passo à frente e feito a troca mais cedo, antes do banho de sangue que tirou a vida de tantos homens do meu irmão.

Capítulo 26

Avanço a cavalo até o próximo chefe e o golpeio com minha espada. A criatura grita e cai, mas em vez de sangue jorrando de seu ferimento no peito, sua cabeça cai.

Epa. Isso não deveria acontecer.

Anoto o erro para poder revisar meu código amanhã, quando minha mente estiver fresca. Ainda estou tentando dominar o C++, mas graças às ferramentas de desenvolvimento mais recentes, os gráficos do videogame que estou criando parecem incríveis e tenho uma batalha contra um chefe até agora. Tenho certeza de que meus ex-colegas de Ciência da Computação ririam dos meus esforços lamentáveis, mas estou orgulhosa de quão longe cheguei nos últimos meses.

Ajuda que, além de desfrutar da natureza deslumbrante, há pouco a fazer na remota propriedade montanhosa de Nikolai. Bem, pouco a fazer além de ficar obcecada com Alexei. Se eu não tivesse meu jogo para trabalhar, provavelmente ficaria louca. Como é...

O som de algo caindo no chão chega aos meus ouvidos, seguido pelos gemidos de uma mulher.

Eu reviro os olhos. É claro. Nikolai está transando com Chloe de novo, provavelmente em seu escritório. Pobre garota. Desde o momento em que meu irmão viu sua inscrição para o cargo de tutora, ele ficou assustadoramente obcecado por ela, a ponto de me sentir compelida a avisá-la sobre os homens Molotov e suas fixações perigosas. Não que isso tenha ajudado. Faz apenas alguns meses, mas ele já a intimidou a se casar com ele.

Eu faço o meu melhor para me distrair dos sons do sexo, mas é impossível. Mesmo abafados pelas paredes, os ruídos me atingem, lembrando-me de tudo que venho tentando esquecer. Como o fato de que Alexei está agora nos Estados Unidos – que por semanas ele está circulando cada vez mais perto. Minha firma de detetives não conseguiu acompanhar todos os seus movimentos, mas sei que ele está por aí. Eu vi os e-mails na caixa de entrada de Nikolai falando sobre a ameaça de invasão. Apesar de nossos melhores esforços para despistar os Leonovs, Alexei suspeita que minha família esteja envolvida no sequestro de Slava, e ele está procurando por Nikolai... e por mim. Meus irmãos tentaram me manter no escuro sobre isso, como se eu fosse uma criança, mas não sou. Sei do que Alexei é capaz e sei que ele não desiste.

Aff. Lá vou eu de novo, pensando nele, preocupada,

obcecada. Acho que meu irmão não é o único Molotov por aqui que se fixa nas coisas.

Com esforço, concentro-me novamente no meu jogo, editando algumas linhas de código desajeitadas para torná-las mais elegantes. Fico tão absorta em minha tarefa que, quando a tela do meu laptop de repente fica escura, apenas olho para ela incrédula por um momento. De tantas vezes para meu computador travar... Quando foi a última vez que apertei "salvar"?

Espero que o laptop reinicie sozinho em segundos, mas isso não acontece. Frustrada, eu aperto o botão liga/desliga.

Nada.

Que diabos?

Eu verifico para ter certeza de que está conectado, e está. Não tem como ficar sem energia.

Por instinto, pego meu telefone de onde ele está virado para baixo na minha mesa.

A tela está preta, sem resposta. Não inicia, não importa o que eu faça.

Meu estômago cai, um calafrio permeia todo o meu corpo.

Um dos meus eletrônicos morrendo é um acidente. Dois, é um padrão. Um padrão que só pode significar...

Uma batida na porta do meu quarto envia adrenalina nas minhas veias. Eu salto ficando de pé.

— Alina! — A voz de Pavel está tensa. — Abra.

Eu corro. Com o coração acelerado, abro a porta e vejo Pavel lá, junto com Lyudmila, que está segurando uma Slava sonolenta nos braços.

— Vocês três precisam descer para a sala segura — diz Pavel sombriamente. Ele está falando inglês, provavelmente para que Slava não entenda. — Perdi o contato com os guardas.

Meus níveis de adrenalina disparam. — Você tem que ir até Nikolai e Chloe. Eles estão no escritório.

— Já cuido disso. — Ele vai até o escritório de Nikolai e bate na porta enquanto Lyudmila corre pelo corredor até as escadas. Eu corro atrás dela, ignorando o desconforto de fazer isso de salto alto. Eu não me troquei depois do jantar, então, ainda estou usando meu vestido de noite vermelho – uma pequena misericórdia, já que eu poderia facilmente estar de pijama agora.

A sala segura fica embaixo da garagem, e tanto Lyudmila quanto eu sabemos o código. Já que ela tem Slava, eu digito os números em uma pequena caixa cinza na parede. Com um leve chiado, um pedaço quadrado do chão perto de nós se levanta, separando-se do resto, e um quadrado menor no meio desliza para o lado, revelando uma alça. Eu a puxo, e a pesada porta de metal se levanta, articulando em minha direção para revelar uma escada dobrável embaixo. Eu caio de joelhos e aperto um botão na lateral da escada, surgindo no espaço abaixo – um bunker do tamanho de um estúdio, abastecido com suprimentos suficientes para abrigar várias pessoas por seis semanas.

Enquanto faço isso, não me deixo pensar em quem ou o que está lá fora. Eu apenas me concentro em nos levar para a segurança e ignorar a sensação de mal-estar no meu estômago.

— Você vai primeiro — digo a Lyudmila, agarrando Slava dela. Minhas mãos tremem, mas minha voz é firme. — Ele vai descer até você.

Ela faz o que eu digo, e Slava se contorce em meus braços, agora totalmente acordado.

— O que está acontecendo? — Ele fala em russo, seus grandes olhos arregalados e temerosos. — Por que estamos aqui? Lyudmila disse que é apenas um exercício, mas o que é um exercício? É uma coisa ruim?

— Não, não, Slavochka, um exercício não é uma coisa ruim. — Eu desloco a maior parte de seu peso para o meu quadril esquerdo e dou um tapinha em suas costas de forma tranquilizadora. A sensação dele, pequeno, mas robusto e quente, me ajuda a manter minha calma externa. — Estamos apenas praticando o que fazer se houver um problema, ok?

Ele pisca. — Que tipo de problema?

— Ah, você sabe...— Eu busco no meu cérebro algo que não assustaria uma criança de quase cinco anos, mas ele me supera.

— Como se um supervilão vier?

Eu sorrio para ele. — Isso mesmo. — Graças a Deus pelos quadrinhos e pela obsessão dos meninos por eles. — Então, saberemos o que fazer no caso de um supervilão chegar.

Slava bufa. — Eu posso vencê-lo. Eu sou forte, como o Super-Homem.

— Sim, você é. — Deus, esta criança é preciosa. Não

posso acreditar que não o conheci nos primeiros quatro anos de sua vida. E se eu me sinto assim, não consigo imaginar como Nikolai está lidando com esse conhecimento devastador – especialmente agora que ele e Slava estão se aproximando.

— Pronto! — Lyudmila chama de baixo.

Eu cuidadosamente coloco Slava de pé e me agacho na frente dele.

— Parte do exercício é descer esta escada. Você acha que está preparado para isso?

Ele balança a cabeça. — Eu sei descer.

— Ok, bom. — Eu aperto seu ombro fino. — Agora vá. Seja rápido, mas cuidadoso, ok? Lyudmila está esperando por você lá embaixo.

Ele desce a escada como um macaco e, alguns segundos depois, Lyudmila grita que o pegou. Alívio surge através de mim, e eu desço a escada também, indo para a sala segura.

Lyudmila me agarra pelo braço assim que meus pés tocam o chão. — Nenhum dos monitores funciona — Ela sussurra em meu ouvido. Dando um passo para trás, ela acena com a cabeça em direção à parede de telas que deveriam exibir as imagens da câmera do lado de fora, mas atualmente mostram apenas estática.

Caralho. Meu pulso salta mais alto quando me lembro do meu telefone e computador mortos.

É um PEM (pulso eletromagnético). Tem que ser, mesmo que as luzes da casa nunca se apaguem. Konstantin, paranóico com experiência em tecnologia como é, preocupado com a possibilidade de tal ataque, nossas principais linhas de energia estão enterradas no subsolo e reforçadas com invólucros de metal, e nosso gerador de backup reside em uma gaiola de Faraday. Mas nossos telefones, laptops, câmeras e drones – todos os eletrônicos que estavam a céu aberto – devem ter sido fritos pelo pulso eletromagnético, e consigo pensar em apenas um inimigo nosso que teria acesso a um sistema tão avançado.

Os Leonovs.

Alexei nos encontrou.

Um estalo distante de tiros me faz pular.

Cacete. Não há mais dúvidas.

Isso *é* um ataque.

É real.

Está acontecendo.

Começo a andar em um esforço inútil para controlar minha ansiedade. Além de uma cozinha pequena, mas totalmente equipada, o bunker possui uma cama king-size, dois futons, um pequeno banheiro e uma despensa. Teoricamente, há muito espaço, mas me sinto claustrofóbica, presa como um rato em uma gaiola.

Apenas alguns minutos devem passar antes que Chloe apareça, mas parece uma eternidade. Ela desce a escada e fecha a escotilha do teto atrás dela. Ela também não mudou de roupa de noite, e seu vestido branco brilha sob as luzes brilhantes do teto, assim como sua tez suave e morena. Em geral, ela tem aquele olhar úmido e corado de alguém que acabou de fazer sexo incrível e, por um momento, sinto uma pontada de inveja aguda e ilógica.

Mas não. Isso é estupido. Eu não quero sexo. Não quero amor e casamento, especialmente com um homem tão perigoso e obsessivo quanto meu irmão. Eu só quero ser deixada em paz.

Assim que Chloe está no chão, Slava corre até ela. Não estou surpresa. Ela agora é de longe sua pessoa favorita – sem dúvida, outra razão pela qual Nikolai decidiu forçá-la a se casar. Não que ela não tenha outras grandes qualidades além de sua afinidade com crianças. Eu gosto muito dela também; nos tornamos amigas nas últimas semanas.

— Sente-se, por favor — Lyudmila sussurra enquanto passo por ela, então, me forço a parar e me sentar no futon em frente à cama onde Chloe se sentou com Slava. Ele está no colo dela, abraçando seu pescoço, e eu sinto outra onda irracional de ciúmes, desta vez, porque eu quero ser aquela que o segura, recebendo conforto de seu pequeno e quente peso.

— Lyudmila disse a ele que é apenas um exercício — digo em inglês, mantendo minha voz baixa. Espero que Slava não entenda. Graças a Chloe, meu sobrinho agora sabe um monte de palavras e algumas frases básicas em inglês, mas ainda está longe de ser fluente. — Ele está aceitando bem, você não acha?

Chloe engole visivelmente e olha para cima enquanto mais tiros soam à distância. Sua voz é apenas um pouco instável. — Sim. Ele está indo muito bem.

Considerando que eu estou uma pilha de nervos, e

ela também. Ela está batendo o pé descalço no chão, o som batendo no meu cérebro como um martelo.

— Por favor, não faça isso — digo, e ela para, apenas para começar a morder o lábio inferior.

Lyudmila, que está sentada no outro futon, me dá um olhar de reprovação. Ela está tão pálida quanto eu devo estar, mas ela está se segurando, mesmo que Pavel esteja lá fora, em perigo, assim como Nikolai.

O mesmo que Alexei, se ele está por trás de tudo.

Respiro fundo e tento me controlar – sem muito sucesso. Minha cabeça parece ter sido presa em um torno, um que aperta mais a cada segundo que passa. Não sei o que está acontecendo lá fora, mas posso imaginar. Temos algumas dúzias de guardas patrulhando o perímetro, todos altamente treinados, e Nikolai e Pavel valem cada um pelo menos uma dúzia de homens. Mas eles ainda são humanos, ainda falíveis. Se os atacantes vieram com uma força grande o suficiente...

Tiros mais distantes. Chloe se encolhe, abraçando Slava com mais força, e Lyudmila pula. Meu pescoço e ombros parecem que foram fundidos com metal enquanto eu me sento rigidamente, tentando não me mexer.

Tum. Tum. Tum. Tum. Tum. Tum.

Droga. Chloe está batendo o pé no chão novamente. Eu tento me concentrar em outra coisa, qualquer outra coisa, mas o som está me deixando louca, misturando-se com o ritmo frenético do meu batimento cardíaco e a pulsação nas minhas têmporas.

Lanço um olhar ácido em sua direção, mas ela não vê. Acho que tenho que dizer.

— Pare com isso, Chloe.

Meu tom é mais direto do que eu pretendia, e ela levanta a cabeça, seus grandes olhos castanhos assustados. — Me desculpe por isso. — Ela muda Slava de um joelho para o outro. — Só estou preocupada com eles.

Ela está preocupada? Meu corpo inteiro é um nervo exposto e em carne viva, meu estômago está tão apertado que eu poderia vomitar.

Os Leonovs nos encontraram.

Tenho quase certeza de que são as forças de Alexei lá fora.

Lyudmila me dá um olhar solidário, e eu arrasto uma respiração tensa. Estamos em uma sala segura, mas não me sinto nem um pouco segura. Como posso, quando há uma guerra acontecendo acima de nós? Quando os homens podem estar sangrando, morrendo? Quando eu suspeito que é pelo menos parcialmente minha culpa?

Tum. Tum. Tum. Tum. Tum. Tum.

Eu me ponho de pé. — Você pode simplesmente parar, porra?

Em circunstâncias diferentes, eu seria solidária com a angústia de Chloe, mas minhas costelas parecem estar se dobrando, e minha dor de cabeça está piorando a cada segundo. Tive outro episódio ruim recentemente, um que exigiu que eu recorresse às minhas pílulas, e ainda não superei totalmente. Todos os dias, luto contra o desejo de tomar uma pílula ou duas... ou dez. É tão tentador apenas engolir os analgésicos e flutuar, esquecer o medo e a dúvida sempre presentes.

Coloquei em perigo meu irmão e sua nova família ao me esconder com eles?

Alexei estaria tão determinado a localizar o complexo de Nikolai se não suspeitasse que estou aqui?

Chloe fica tensa, e eu posso dizer que ela está prestes a me responder quando Lyudmila se vira para mim. Apesar de sua palidez, sua voz é calma, reconfortante quando ela diz em russo: — Não é culpa da garota. Ela só está com medo por Nikolai.

Claro que ela está. Eu não posso culpá-la. Estou apavorada por meu irmão, por Pavel e todos os guardas. *E por Alexei.*

O latejar em minhas têmporas se intensifica acentuadamente, e eu afundo de volta no futon, respirando superficialmente. É tão estúpido pensar nisso, sobre o perigo para Alexei quando *ele* é o perigo, mas não posso evitar. Minha mão treme enquanto eu a passo pelo meu cabelo antes de alisá-la na frente do meu vestido.

Deus, eu sou uma bagunça do caralho.

O futon se comprime ao meu lado, e eu olho para cima para encontrar Chloe empoleirada lá, sem Slava, que agora está sentado sozinho na cama, nos observando com curiosidade.

— Você está bem?— Ela pergunta em voz baixa.

Eu a encaro em silêncio, e ela continua, implacável.

— Está acontecendo algo mais? Você parece

estranhamente agitada, não que você não tenha uma boa razão para estar.

Estou prestes a responder, mas balanço a cabeça. Ela não sabe nada sobre mim e Alexei, e esta não é a hora de se aprofundar nisso. Além disso, embora eu esteja convencida de que é Alexei por aí, isso não foi confirmado oficialmente. Ainda pode ser algum outro inimigo nosso – ou até mesmo de Chloe. — Não é nada — digo com firmeza. — Estou com uma forte dor de cabeça, só isso.

Simpatia enche seu olhar castanho quente. Minhas dores de cabeça – isso ela sabe. Ela cobre minha mão com a dela, sua palma delgada quente na minha pele congelada.

— Você tem seu remédio?

— Não.

Seu olhar se desvia imediatamente para a escada que leva à garagem.

— Nem pense nisso — digo bruscamente. — Se eu quiser, eu mesma pego. Mas nenhuma de nós deveria...

Uma explosão ensurdecedora sacode a sala, fazendo a luz do teto piscar e chover pedaços de gesso. Meu pulso salta, terror gelado cobrindo minhas entranhas. Por instinto, eu me ponho de pé, assim como Chloe e Lyudmila. Na cama, os olhos de Slava estão arregalados de medo. Nossa mentira de exercício tem se tornado menos crível a cada segundo.

Eu vou em direção a ele, apenas para que Chloe chegue na minha frente. Agarrando-o, ela o coloca em seu quadril e, antes que eu possa dizer qualquer coisa, ouço sua voz fina e aguda falando inglês, conforme os ensinamentos de Chloe nos últimos meses.

— Mama Chloe, onde está Papa? Eu não gosto disso. Eu quero ele comigo.

Ela o abraça mais forte, como a mãe adotiva que ela se tornou. — Eu também, querido. Eu também. Mas não se preocupe. Ficará tudo bem. Seu papai estará aqui em breve. Só precisamos esperar.

Suas palavras devem ser tranquilizadoras, e talvez para Slava elas sejam. Tudo o que posso pensar, no entanto, é que uma explosão potencialmente letal acabou de ocorrer. Que neste exato momento, alguém com quem me importo pode estar lá fora, deitado em pedaços. Pode ser Nikolai. Pode ser Pavel. Poderia ser – oh, Deus – Alexei.

Eu tenho de fazer alguma coisa. Se são as forças de Alexei lá fora, não posso deixar isso continuar. Eu tenho que parar com isso. Eu tenho que...

Lyudmila se aproxima de mim. Envolvendo o braço em volta dos meus ombros, ela inclina a cabeça para mim e murmura em russo: — Nem pense nisso. Você só vai atrapalhar. Alexei está aqui para o menino, e seu irmão não vai desistir dele, você sabe disso. Tudo o que você acha que pode fazer, não pode. Nem eu. A melhor coisa que podemos fazer é ficar aqui, onde meu marido e seu irmão não precisam se preocupar conosco.

Ela está certa e errada. Ao contrário de Chloe, ela sabe sobre o noivado, mas não percebe que Alexei e eu temos toda essa outra história entre nós, que Slava pode não ser a principal razão pela qual Alexei está aqui, *se* ele está aqui. O que ela *está* certa é que seria estúpido deixar a segurança deste bunker, para atrapalhar o que quer que esteja acontecendo acima de nós. Lyudmila e eu somos boas atiradoras, graças ao treinamento de Pavel, mas nunca estivemos em combate real. Seríamos um risco lá fora, tão certo quanto...

— O que você acha que causou isso? — Chloe explode. Percebendo que está assustando Slava, ela o abraça mais forte e continua com a voz mais firme. — A explosão, quero dizer. Você acha que...

Estranhamente, seu pânico me acalma um pouco. — Pode ser um RPG — digo, cobrindo meu terror com um tom de voz sem emoção enquanto saio do aperto de Lyudmila. Eu tenho que me recompor, pelo bem de todos. — Eles poderiam ter lançado na garagem para atingir nossos veículos e eliminar a opção de fuga. Ou isso, ou eles plantaram manualmente alguns explosivos na entrada da garagem – o que significaria que eles já estão aqui, na casa.

Para minha surpresa, as palavras que saem da minha boca fazem algum sentido. Eu tento pensar racionalmente, para analisar melhor a situação.

Se eles estão em casa, precisamos nos preparar.

Afastando as emoções que ameaçam me sufocar, vou até a parede de monitores.

Chloe aparentemente está na mesma sintonia porque ela pergunta: — Tem alguma arma aqui embaixo? Eu estive em um campo de tiro algumas vezes, então eu posso... — Ela para quando me vê pressionar minha palma contra a parede. Ela desliza, revelando uma extensa coleção de armas.

— Meu irmão previu tudo — digo quando eu alcanço e pego uma Glock. Este é um dos muitos arsenais escondidos pela casa. Nikolai me mostrou todos eles quando chegamos. — É improvável que eles encontrem este quarto tão cedo, mas se o fizerem, estaremos prontas —Continuo enquanto carrego a arma.

O rosto de Chloe está pálido quando ela coloca Slava no chão e começa a andar em direção ao arsenal, apenas para ver a criança envolver os braços em volta das pernas dela.

— Eu quero Papa. — Lágrimas entram em sua voz quando ele inclina a cabeça para trás para olhar para ela. — Onde ele está?

Meu peito aperta dolorosamente. Estou prestes a tranquilizá-lo, mas Chloe já está pensando nisso. Ela acaricia seu cabelo escuro, sua expressão suave e sua voz apenas ligeiramente angustiada. — Não sei, querido, mas tenho certeza de que o veremos em breve. Por enquanto, só precisamos estar preparados, ok? Então, seu pai saberá que não falhamos nesse exercício e que podemos cuidar de nós mesmos – que somos todos fortes, como o Super-Homem.

Slava solta uma fungada, mas solta as pernas de Chloe, permitindo que ela se mova.

— Bom menino — Ela murmura e olha para Lyudmila, que agora está se armando também. Por alguma razão, isso aciona Chloe novamente. Sua voz salta de volume. — Que porra estamos fazendo aqui? Devíamos estar lá fora, ajudando-os! — Segurando-se, ela modula seu tom e pega uma arma. —Talvez uma de nós possa ficar aqui embaixo para vigiar...

Outra explosão reverbera pela sala segura, fazendo chover mais gesso em nossas cabeças e quebrando a frágil fachada de calma que adquiri. O terror enche meu estômago com cacos de vidro, e adrenalina fresca satura minhas veias enquanto as luzes do teto piscam várias vezes antes de se apagarem completamente, nos deixando na escuridão, com apenas sons de tiros abafados no alto.

Nikolai. Alexei.

Não. Porra, não. Não consigo pensar em nenhum deles se machucando agora. Ou Pavel ou qualquer um dos nossos guardas. Tenho que me concentrar no que posso controlar. Eu me viro, tateando meu caminho pela escuridão até onde vi os outros pela última vez quando a voz tensa de Chloe me alcança.

— Slava? Slava, onde você está? Alina, Lyudmila, vocês estão aí? Onde ele está? Não consigo encontrar Slava.

Os cacos de vidro se expandem para encher meu peito. — Ele estava bem ao seu lado. — Mudo para o russo e levanto a voz. — Slava! Slavochka, onde você está?

Nenhuma resposta.

O pânico de Chloe sangra em sua voz. — Slava! Isso não é um jogo. Não estamos brincando de esconde-esconde. Lyudmila, você o vê?

Lyudmila responde em seu inglês não-gramatical, parecendo igualmente preocupada. — Não. Talvez ele *tenha machucado*. Eu *procurar* agora por luz.

Sim, lanternas. Boa ideia. Eu tateio meu caminho até as gavetas nos fundos, onde elas deveriam estar, quando ouço Chloe gritar: — Slava? Slava, venha aqui!

Ela o encontrou? Eu me viro e pisco com a luz fraca que vem do outro lado da sala. Chloe já está indo para lá, gritando o nome de Slava e, para meu horror, percebo de onde vem a luz.

A escada que leva até a garagem.

A escotilha do teto deve ter se aberto.

Chloe já está subindo a escada. Eu corro atrás dela. — Chloe, espere!

Lyudmila se materializa na minha frente, bloqueando meu caminho assim que um cheiro forte e acre atinge minhas narinas.

Fumaça.

Está vindo de cima.

Ou a garagem ou a casa está queimando.

— Espere — Lyudmila sibila. — Nós precisamos...

Eu a empurro de lado. — Deixe-me passar! Slava está...

— Não podemos simplesmente correr para lá! — Ela agarra meu braço. — Precisamos de um plano.

Eu tenho um plano, mas não é um que ela vá gostar. Estou tremendo toda, minha pele tão gelada que poderia muito bem ser um dia de inverno em vez de uma noite de setembro fora de época quente. — Fique aqui — digo, minhas palavras caindo umas sobre as outras. — Eu sei exatamente o que fazer.

Eu me solto de seu aperto antes que ela possa responder e corro em direção à escada. A arma ainda está na minha mão, seu peso frio ao mesmo tempo repugnante e reconfortante. Agarrando minha saia longa em minha mão livre, eu a levanto até minhas coxas e subo a escada, ignorando a maneira como meus saltos altos batem em cada degrau.

Quanto mais alto eu subo, mais forte fica o cheiro de fumaça e, quando entro na garagem, meus olhos e minha garganta ardem. Eu caio de joelhos e inalo uma lufada de ar relativamente limpo, então, prendo a respiração enquanto me levanto e observo a cena na minha frente.

É como algo saído de uma zona de guerra: fumaça e chamas bruxuleantes, carros cobertos com uma camada branca de gesso quebrado, suas janelas quebradas pela força da explosão. A explosão abriu um buraco gigante na grande porta de metal da garagem, deixando nada além de bordas destroçadas e fogo em seu rastro.

Aquele fogo fornece iluminação suficiente para eu ver o vestido branco de Chloe na entrada, sua postura gritando de tensão quando ela para abruptamente.

Eu me abaixo para sugar outra respiração semi-limpa, e então, corro atrás dela, meus calcanhares esmagando vidro quebrado e gesso. Minha garganta queima, meus olhos lacrimejam e minha cabeça lateja de agonia, mas eu continuo, continuo me movendo em direção à cena que eu sei que vai me devastar – de uma forma ou de outra.

O tempo parece desacelerar, cada passo exigindo uma quantidade excessiva de esforço, cada segundo se estendendo por uma eternidade quando o impasse mortal na entrada de carros aparece.

Meu irmão e Alexei, suas armas apontadas um para o outro.

E no meio, Slava, os olhos arregalados de medo e incompreensão.

Algo frio e claro dentro de minha mente vasculha as implicações. Nenhum tiro é audível agora, então, as forças de Alexei devem ter neutralizado os guardas de Nikolai no perímetro do complexo. E Pavel? Ele deveria proteger a própria casa. Ele está vivo? *Por favor, permita que esteja vivo.*

Eu alongo meus passos, mas eu poderia muito bem estar me movendo através do melaço. A entrada parece impossivelmente longe quando Chloe levanta sua arma, apontando para Alexei. — Largue sua arma e afaste-se! — Sua voz é um coaxar trêmulo e rouco de fumaça.

Não, garota tola! Ele vai te matar! Eu quero gritar as palavras para ela, mas meus pulmões já estão uivando com a necessidade de ar, e eu preciso de todo o oxigênio que me resta para chegar lá e parar o pesadelo que está prestes a acontecer.

O olhar de Alexei se volta para ela. *Não. Por favor, não.* Para meu alívio, ele não se move. — Venha aqui, Slavchik — Ele diz em russo. Sua voz profunda e desconcertantemente calma envia calafrios quentes e frios pela minha espinha. — Rápido.

A resposta rosnada do meu irmão é em inglês. — Meu filho não vai a lugar nenhum com você. Slavochka, fique atrás de mim. Vá agora.

As palavras mal me alcançam sobre o rugido do meu batimento cardíaco. As chamas na entrada estão se aproximando, dançando na minha visão. Na calçada, meu sobrinho é a própria imagem da confusão, seu olhar saltando entre os dois homens que ele conhece.

— Tio Lyosha? Papa?

Como a idiota corajosa que ela é, Chloe avança. — Slavochka... Por favor, venha até mim. Mama Chloe precisa de você aqui.

Meu sobrinho hesita, como se soubesse o que vai acontecer quando não estiver mais entre os dois homens letalmente armados, mas então, faz sua escolha. Enquanto Chloe dá outro meio passo cauteloso para frente, ele corre em direção a ela, suas pernas curtas bombeando com força, e ela o agarra pelo braço e o empurra para trás dela.

Rat-tat-tat!

Eu tropeço e me apoio contra um carro enquanto o horror gelifica minhas pernas e pinta minha visão de cinza. Levo um segundo para perceber que imaginei a explosão de tiros, que tudo na garagem ainda é o status quo.

Eu chupo uma respiração cheia de fumaça enquanto meus pulmões torturados cedem – só que estou perto o suficiente da entrada para que o ar seja respirável novamente. Afastando-me do carro, suprimo uma tosse quando ouço a risada áspera de Alexei.

— Mama Chloe, hein? — Ele fala arrastado em inglês. O som de sua voz, sombria e provocante, faz meus joelhos fraquejarem novamente. — Querida... se você mover outro músculo, eu vou estourar seus miolos e depois o do seu querido marido. Parabéns pelas suas núpcias, a propósito. Suponho que o casamento foi muito recente?

Ainda estou tentando fazer minhas pernas se mexerem quando meu irmão responde em um tom letalmente suave: — Não é da sua conta. Agora, saia antes que eu pinte o chão com seus miolos. Já que parecemos ser uma família e tudo mais, vou deixar você ir embora antes que os guardas cheguem aqui.

— Que guardas? — Mesmo através da fumaça, vejo um flash dos dentes brancos de Alexei enquanto ele os mostra em um sorriso afiado e cruel. — Somos apenas eu e meus homens aqui agora. E você está fodidamente chapado se acha que vou embora sem o que vim buscar. Entregue o filho da minha irmã e Alina – e talvez, apenas talvez, eu deixe você e sua linda noiva viverem. Já que estamos prestes a ficar ainda mais próximos como família e tudo mais.

Meu coração dá um solavanco e quase perco as próximas palavras do meu irmão, ditas com uma voz ainda mais suave e baixa. — Você tem exatamente trinta segundos para calar a boca e se afastar antes que eu abra fogo.

O olhar de Alexei se volta para Chloe novamente. —

Com ela e a criança aqui? Eu não acho. Além disso, meus atiradores têm vocês dois na mira.

— Besteira — Meu irmão diz friamente. — Eles não têm uma visão clara.

O sorriso de Alexei é pura selvageria. — Não? Quer apostar? De qualquer forma, tudo o que preciso fazer é esperar, e meus homens derrubarão o atirador em seu telhado — nesse ponto você estará completamente cercado e eu pegarei o que vim buscar.

A força flui de volta para minhas pernas. O atirador no telhado deve ser Pavel. Ele ainda está vivo. Eu me impulsiono para frente enquanto a voz de Nikolai se torna gelo puro.

— Não se você estiver morto até lá. Você tem vinte segundos restantes. Dezenove. Dezoito...

Os olhos de Alexei se transformam em fendas, e posso ler a morte do meu irmão em suas profundezas sinistras – e na postura tensa de Nikolai, posso ver a morte de Alexei. A violência enche o ar, sua fumaça espessa e nociva tão tóxica quanto a fumaça girando ao meu redor.

É agora ou nunca.

Estamos oficialmente sem tempo.

Eu cubro o último metro para aparecer. — Parem! — Meus olhos lacrimejam com a fumaça enquanto passo pelo buraco irregular deixado pela explosão, minha arma frouxamente ao meu lado e meu olhar fixo no homem de quem tenho tentado escapar por quase metade da minha vida. — Pare, Alexei, por favor. Slava não vai a lugar nenhum, você sabe disso. Meu irmão não vai desistir de seu filho. E ele não é... — Minha voz falha quando o pleno conhecimento do que estou fazendo me atinge. — Ele não é o que você quer, de qualquer maneira.

Ao meu lado, Chloe suga uma respiração audível, mas eu a ignoro, meus olhos fixos nos de Alexei. Seu olhar me queima de volta, a fome escura nele visível mesmo a esta distância. Meu coração bate mais rápido. Vestido com equipamento tático preto, com a arma nas mãos, meu inimigo parece tão mortal quanto eu sei que ele é, mas mesmo agora, uma pequena parte em mim queima por ele – e uma parte ainda menor, uma que eu não quero reconhecer, chora de gratidão por estar vivo.

— Alina, volte. — A voz do meu irmão é afiada como uma faca, mas eu o ignoro também. Isso agora é entre mim e Alexei.

Uma espécie de calma entorpecida me envolve quando levanto minha arma, apontando-a para ele. Minha voz está nivelada quando digo: — Você tem uma escolha. Eu sei que você é um excelente atirador, mas meu irmão também é... e eu também. E Lyudmila também está lá. — Eu aceno em direção à garagem escura. Estou blefando, mas não posso deixar Alexei saber disso. Com esforço sobre-humano, continuo no mesmo tom uniforme: — Talvez você possa derrubar um ou dois de nós antes que nossas balas o encontrem – e talvez seus atiradores possam ajudar – mas ninguém vai sair ileso. Você pode ter a vantagem das forças que nos cercam, mas aqui, nós o superamos em número. Além disso... — Eu consigo injetar sarcasmo em minha voz. — De que sirvo para você morta, certo?

— Alina, cale a boca e volte para dentro — Nikolai diz asperamente. — Você não precisa...

— Eu vou com você — Continuo como se meu irmão não tivesse falado. — Vou honrar o contrato de noivado. E em troca, você vai chamar seus homens e esquecer tudo sobre meu sobrinho. Ele pertence aqui, com seu pai e Chloe, você pode ver isso por si mesmo.

O olhar de Alexei se desvia para Chloe por um piscar de olhos, observando a visão de Slava agarrado a ela enquanto ela o protege com seu corpo pequeno, parecendo tão feroz quanto qualquer mamãe ursa. Os olhos da criança estão arregalados e temerosos; todos nós falamos inglês, então, ele não entenderia os detalhes, mas não há como confundir a tensão em nossas posturas, nem as armas que todos apontamos um para o outro.

Se Alexei tentar levar seu sobrinho além de mim, o sangue será derramado e o trauma irreparável que a criança *sofrerá* estará em sua consciência.

O olhar de Alexei volta para o meu rosto, e eu estremeço com a fúria – e a fome ardente – nele. No entanto, sua voz espelha a minha em sua uniformidade.

— Tudo bem. Nós temos um acordo. Abaixe a arma e caminhe em minha direção.

— Não faça isso, caralho — Nikolai rosna. — Eu posso atingi-lo.

— Pode ser. — Minha pulsação bate de forma doentia em minhas têmporas quando coloco minha arma no chão. — Ou talvez vocês dois morram. Talvez Chloe e Slava também. Pense sobre isso.

A voz de Nikolai está tensa. — Eu não vou deixar você fazer isso.

O sorriso que brota em meus lábios cobre minha língua com amargura. — A decisão não é sua, irmão. Nem é minha. Aquele negócio de destino em que você acredita? Bem, o meu foi decidido quando eu tinha quinze anos, e é hora de parar de fugir dele. Você e Konstantin me protegeram por tempo suficiente.

Antes que ele possa argumentar mais, eu corro até Alexei – que agarra meu cotovelo em um aperto de aço assim que estou ao alcance e me puxa contra ele, me prendendo possessivamente ao seu lado. Mesmo com a fumaça permanecendo em minhas narinas, posso sentir o cheiro da essência da floresta selvagem dele, e meu corpo vibra com sua proximidade, minha pele brilhando fria e quente enquanto luto para subjugar a complexa mistura de emoções que a proximidade com Alexei sempre gera.

Depois de todo esse tempo, todos esses anos, ele está aqui.

Ele veio para me reivindicar.

No fundo, eu sempre soube que ele o faria.

Do outro lado da entrada, o rosto do meu irmão se contorce de fúria. Ele vem em nossa direção, apenas para parar quando o dedo de Alexei se contorce em alerta no gatilho.

— Não, Kolya — digo com a voz rouca quando Alexei começa a me arrastar em direção à linha das árvores, a arma ainda apontada para Nikolai. Cada palavra é mais um prego no meu caixão, mas sigo em frente, levantando a voz à medida que a distância entre mim e meu irmão aumenta. — Eu vou ficar bem. Apenas cuide de Chloe e Slava, e eu te vejo em Moscou em algum momento, ok? E diga a Konstantin para não me procurar. Eu não quero sangue derramado em meu nome!

Grito as últimas palavras enquanto a floresta escura se fecha ao nosso redor, deixando-me à mercê de meu captor – o homem com quem acabei de concordar em me casar.

Meu pior pesadelo se tornou realidade.

Capítulo 27

Dia atual, local desconhecido

Abrindo a porta da cabine, Alexei me conduz para dentro, sua mão ainda no meu cotovelo. Nos dois minutos que levamos para caminhar até aqui, a tempestade chegou para valer, a chuva torrencial açoitando as janelas circulares enquanto os relâmpagos piscavam duas vezes seguidas. Trovões se seguem um segundo depois, me fazendo pular de novo, embora eu os esperasse – um sinal de como estou no limite.

É isso.

Chega de correr, chega de se esconder, chega de postergar.

Depois de mais de uma década, meu dia de acerto de contas está próximo.

Alexei me vira para encará-lo antes de soltar meu braço. Com o sol escondido atrás das nuvens espessas, a cabine está envolta em sombras, a luz do dia filtrando pelas janelas fraca demais para dissipá-las. Cinza demais para afugentar a escuridão pressionando ao meu redor, ou o medo torcendo minhas entranhas e fazendo meu pulso acelerar.

O medo *e* o desejo.

Eu engulo em seco e me afasto quando outro relâmpago ilumina a cabine por um momento, destacando as linhas afiadas e tensas do rosto de Alexei e a fome escaldante em seus olhos.

— Você não tem ideia de quanto tempo eu te quis — Ele diz em uma voz baixa e gutural enquanto ele alcança a bainha de sua camisa preta. Com um movimento rápido e simples, ele puxa a camisa pela cabeça e a deixa cair no chão. Sua voz se aprofunda em um rosnado áspero. — Quanto tempo eu esperei por você.

Toda a saliva na minha boca evapora quando a cabine se inclina ao nosso redor, o iate balançado pelas ondas sempre crescentes. — Dificilmente é esperar se você fode outras mulheres. — Acho que pareço coerente, mas não posso ter certeza. Meu coração bate de lado contra minhas costelas, e minha pele queima como se eu estivesse com febre. Eu nunca vi Alexei sem camisa, nem mesmo nas fotos do detetive, e as linhas poderosas e fortemente masculinas de seu torso excedem qualquer coisa que minha imaginação tenha conjurado ao longo dos anos.

Ombros largos e musculosos e peitorais fortes e definidos afunilam em uma cintura magra, com cada músculo abdominal nitidamente delineado. Como seus braços, seu peito é decorado com tatuagens que formam um padrão escuro e intrincado em sua pele bronzeada. Cabelos pretos e crespos giram em torno de seus mamilos e polvilham o meio de seu peito, e abaixo, uma linha mais grossa de cabelo corta seu abdômen inferior antes de desaparecer em seu jeans de cintura baixa.

Eu nunca pensei em Alexei Leonov ser tão bonito, mas ele é. Assustador e bonito, como a representação de um demônio por algum artista.

Seus músculos abdominais ondulam quando ele dá uma risada curta e áspera.

— Você acha que eu tenho fodido outras mulheres?

Eu forço meu olhar para seu rosto. — E não tem?

A expressão em suas feições duras faz minha respiração travar. — Não, minha linda. Desde o momento em que nosso contrato de noivado foi assinado, eu não beijei outra mulher.

Engulo em seco, recuando instintivamente de novo, e ele vem atrás de mim, cada passo a ronda mortal de um predador. Meu pulso salta mais alto quando as costas dos meus joelhos tocam a cama e ele paira sobre mim.

Ele agarra minhas bochechas, fazendo beicinho em meus lábios, e se inclina, olhos ônix queimando em mim. — Eu queria. — Sua voz sai áspera e sombria. — Acredite em mim, eu queria, porra. Tantas vezes, eu quis te esquecer, ir embora e encontrar outra pessoa... qualquer outra pessoa. Mas não há mais ninguém para mim. Eu sei disso desde o momento em que vi você naquele corredor do lado de fora do escritório do seu pai, quando você ainda era a porra de uma criança... uma criança vestida e pintada para parecer uma adulta.

Ele me empurra para baixo na cama, e estou tão atordoada que não luto quando ele me cobre com seu corpo grande e duro, me prendendo no lugar. Segurando-se em um cotovelo, ele enrola a outra mão no meu cabelo. Seu olhar me queima viva enquanto ele continua densamente. — Eu pensei que você tinha dezoito anos, dezessete, na pior das hipóteses, mas você não tinha nem quatorze. E eu queria você, porra. Você sabe o que isso me tornou?

Eu pisco para ele, minhas mãos agarrando os lençóis de cada lado de mim. — Eu...

— Um pervertido. Um pedófilo, não melhor do que aquele seu maldito tutor.

Minha respiração para. — Foi por isso que você o matou?

— Ele tocou em você. — A raiva acende em seus olhos e reverbera através de sua voz. — Eu o vi tocar em você. Todos aqueles meses, lutei para te esquecer, dizendo a mim mesmo que você era muito jovem, que era imperdoável querer você, e lá estava ele, desejando você sem nenhum traço de vergonha. Tocando você como se fosse direito dele.

De alguma forma, encontro um pingo de sarcasmo. — Quando deveria ter sido *seu* direito?

— Exatamente. — Seus olhos brilham no interior sombrio da cabine enquanto sua voz fica perigosamente sedosa. — Foi quando eu soube que tinha que planejar nosso noivado.

Suas palavras me atordoam mais uma vez, a ponto de levar um segundo para encontrar minha língua. — Você... *Você* arranjou isso? Não nossos pais? Mas...

— Ah, eles acreditaram que era ideia deles. — Um relâmpago ilumina seu sorriso afiado. — Seu pai, em particular, estava convencido de que era tudo obra dele... que ele estava manipulando minha família para fazer o que ele queria. — Ele afrouxa o aperto no meu cabelo antes de mover a mão para segurar minha mandíbula. Um estrondo retumbante de trovão sacode o quarto e, quando desaparece, ele continua, a ternura de seu toque um contraste gritante com a escuridão de suas palavras. — O noivado foi a melhor maneira de garantir que você seria minha quando crescesse, que nenhum outro homem além de mim jamais a teria. A alternativa – roubar você de sua família e mantê-la trancada até que você tivesse idade suficiente – seria meu plano B, mas felizmente para você, eu não precisei implementá-lo. — Sua boca se torce. — Ou talvez infelizmente. Ainda me arrependo de não ter levado você no dia em que completou dezoito anos.

Meus pulmões se contraem com cada palavra que ele fala até minha respiração ficar tão superficial que não consigo respirar o suficiente. É como se a tempestade lá fora estivesse sugando todo o oxigênio da cabine, a rajada de vento penetrando pelas janelas e trazendo um calafrio que invade todo o meu corpo, me congelando por dentro.

Alexei planejou nosso noivado.

Não foi um acordo de negócios que ele aceitou com

relutância porque eu era bonita. Era algo que ele queria desde o início – algo que ele orquestrou. Depois do fiasco da minha festa de dezoito anos, eu sabia que ele me desejava e pretendia continuar com o casamento, mas ainda achava que ele estava apenas tirando o melhor de uma situação ruim. Atribuí sua perseguição a mim à luxúria misturada com algum desejo perverso de aderir aos desejos de seu pai, mas não foi nada disso.

Quando eu era apenas uma criança, ele decidiu que me queria, e ele amarrou minha vida à dele com uma crueldade que deixaria Maquiavel orgulhoso – uma crueldade que é ainda mais aterrorizante, já que ele tinha apenas dezenove anos.

Se ele podia fazer isso então, do que ele é capaz agora que tem trinta anos?

Até onde ele irá para garantir que eu continue sendo dele?

Como se estivesse lendo meus pensamentos, Alexei move sua parte inferior do corpo para deitar diretamente sobre o meu. Algo duro pressiona minha coxa, acelerando meu pulso e acendendo uma chama familiar em meu núcleo, um calor que afugenta um pouco do frio dentro de mim.

— Eu tenho você agora — Ele sussurra rudemente, acariciando o polegar sobre minha bochecha. — Eu tenho você e não vou deixar você ir. Então, você também pode aceitar isso, Alinyonok. Você pode lutar se quiser, mas não vai adiantar nada.

Não, não vai. Outro clarão de relâmpago ilumina o quarto, revelando o calor vulcânico em seus olhos escuros, a intenção impiedosa em suas feições duras. Ele cansou de ser paciente. Onze anos atrás, ele escolheu esse destino para nós, para mim, e não há como escapar disso.

— Eu te odeio — Sussurro, olhando para ele. Meus olhos e garganta queimam com lágrimas não derramadas, mas forço as palavras porque são a única arma que me resta. — Pelo noivado e por tudo que você fez desde então, eu *sempre* vou te odiar.

Seu rosto se contrai, como se fosse um golpe físico, mas ele sorri novamente e é um sorriso cruel e sombrio. — Que assim seja. Pelo resto de hoje, porém, você vai me amar.

E movendo sua mão para envolver minha garganta, ele esmaga seus lábios contra os meus.

Capítulo 28

É amor se não for sua escolha?

É ser forçada se você abraçar isso?

Um dia, vou pensar nisso. Um dia, descobrirei as respostas.

Esse dia não é hoje.

Enquanto a tempestade ruge lá fora, as ondas balançando o iate de um lado para o outro, a única coisa de que estou ciente é o crescente turbilhão dentro de mim, a maneira como o beijo de Alexei me suga em um vórtice de necessidade crua e carnal.

Segurando minha garganta com uma mão, ele explora minha boca com a mesma crueldade que aplicou para me capturar. Sua língua varre profundamente, e eu pego um leve toque de champanhe em seu hálito, saboreio sua vitória sobre mim enquanto meu corpo se inflama com o fogo familiar. Instintivamente, levanto minhas mãos para agarrar os músculos duros de seus ombros. Sua pele nua é quente e suave sob minhas palmas, e eu me vejo correndo minhas mãos por seus braços poderosos, seus lados, suas costas, procurando mais enquanto eu impotente retribuo o beijo.

Seu aperto na minha garganta não é forte o suficiente para restringir minha respiração, mas minha cabeça ainda gira por falta de oxigênio enquanto ele se acomoda mais firmemente sobre mim, o peso duro e pesado dele impedindo meus pulmões de puxar ar suficiente. Ou talvez ele esteja apenas roubando todo o meu ar com seu beijo, como o demônio que ele é. De qualquer forma, sinto que estou presa em um sonho sombrio, um pesadelo erótico no qual meu corpo se recusa a receber minhas ordens.

Eu deveria estar lutando. Eu deveria estar arranhando e chutando para fugir, mas em vez disso, eu arqueio febrilmente contra ele, minhas coxas se separando para embalar a protuberância dura em seu jeans contra a parte em mim que pulsa e lateja com uma necessidade desesperada por ele.

Um rosnado baixo ressoa em sua garganta, e ele arranca os lábios, respirando pesadamente. Olhando para mim com olhos de ônix ardentes, ele muda seu peso para se apoiar no cotovelo da mão que está segurando minha garganta e engancha a outra mão no corpete do meu vestido. Rudemente, ele puxa, rasgando o tecido caro junto com meu sutiã para expor meus seios ao seu olhar.

Quando seus olhos encontram os meus novamente, eles estão tão famintos que eu tremo por dentro.

— Você... — Sua voz é baixa e rouca. — Você, Alinyonok, é tudo.

Sem me dar a chance de responder, ele inclina a cabeça e fecha os lábios ao redor do meu mamilo esquerdo. Sua boca é macia e molhada, sua respiração, escaldante, e enquanto suas bochechas ficam vazias com a sucção, eu sinto um puxão profundo em meu núcleo. Eu suspiro com a força disso, com o súbito enrolamento da tensão erótica, e ele repete a ação com meu outro mamilo antes de enfiar as mãos nas bordas rasgadas do meu vestido e rasgá-lo ainda mais, expondo meu estômago trêmulo aos seus lábios devoradores e língua.

Porra. Porra. Porra.

Eu aperto meus olhos fechados e enterro meus dedos em seu cabelo enquanto ele arrasta sua boca aberta pelo meu corpo, rasgando o que resta do meu vestido ao longo do caminho. Eu sei para onde ele está indo e sei que deveria impedi-lo, mas não posso, simplesmente não consigo. Cada célula do meu corpo está no limite, cada músculo tão tenso que está tremendo. Ondas de calor irradiam para fora do meu núcleo enquanto ele circula meu umbigo com a língua, então, se move mais para baixo, mais para baixo... Oh, Deus. Eu cerro meus punhos em seu cabelo enquanto ele arranca minha calcinha, e seu hálito quente lava minha carne macia antes de seus lábios pressionarem meu sexo.

Ele se banqueteia comigo com mordidelas suaves e gentis, usando os lábios mais do que a língua, e é muito mais do que eu imaginava, as sensações chocantes e primorosamente agudas. Ele está apenas explorando minhas dobras externas, não o feixe latejante de nervos dentro, mas eu sinto cada beijo, cada lambida, cada suave roçar de seus dentes como se ele estivesse fazendo isso diretamente no meu clitóris. Prazer, doce e afiado, pulsa através de mim, aumentando a tensão, e é demais e não o suficiente.

— Por favor... — Arqueio meus quadris, precisando de mais. Buscando mais. — Alexei, por favor...

Ele me ignora. Prendendo minhas coxas tensas com suas mãos fortes, ele continua seu tenro tormento da minha carne, os beijos e mordiscadas tão leves que estão me deixando louca. Estou ofegante agora, minhas unhas cravadas em seu couro cabeludo, mas ele prossegue com sua agenda enlouquecedora e a tensão cresce até que eu estou vibrando com ela, até que gemidos e pedidos incoerentes escapam da minha garganta. Só então ele abre minhas dobras com a língua e, finalmente, *finalmente*, ele pressiona a boca onde eu mais preciso – diretamente sobre meu clitóris dolorido e latejante.

Eu suspiro, me esforçando para cima contra seu aperto enquanto o prazer aumenta insuportavelmente, beirando a dor. Sua língua é macia e úmida, perigosamente habilidosa. Estou dolorosamente perto do pico, e ele me mantém lá, equilibrada no fio da navalha entre agonia e êxtase. Vou morrer. Ele vai me matar, eu posso sentir isso. Estou queimando, suando, tremendo, meu coração batendo tão forte que está prestes a explodir, e então, ele desliza um dedo dentro de mim, empurrando-o profundamente no meu canal encharcado, curvando-o da maneira que ele fez antes – e *eu* explodo.

Eu gozo tão forte que vejo relâmpagos atrás de minhas pálpebras fechadas, e cada nervo do meu corpo treme enquanto onda após onda de êxtase troveja sobre mim, fazendo meus músculos internos se contraírem e deixando minha mente total e completamente vazia.

Ainda estou à deriva no rescaldo do prazer quando ele se move sobre mim, cobrindo-me com seu corpo mais uma vez. O orgasmo foi tão intenso que me sinto como se tivesse sido drogada, e minhas pálpebras pesam um quilo cada enquanto eu as abro para olhar para seu rosto. Sua mandíbula está tensa, sua testa manchada com pequenas gotas de suor enquanto ele se acomoda sobre mim e segura meus pulsos em uma mão forte para prendê-los acima da minha cabeça. Sua expressão é implacável, determinada, e uma pontada de inquietação penetra na névoa sensual que me envolve enquanto, com clareza crescente, lembro da dor aguda quando ele rompeu meu hímen com os dedos.

— Alexei... — Molho meus lábios, meu batimento cardíaco acelerando com a memória da enorme pressão de seu pau começando a empurrar dentro de mim antes que meus guarda-costas entrassem. — Alexei, eu...

Ele me beija. É um beijo doce e terno, nada parecido com o jeito que ele me devorou mais cedo. Eu posso sentir meu gosto em seus lábios, e a lembrança do que ele fez comigo e o incrível prazer que experimentei reacende o calor dentro de mim, aliviando a tensão crescente em meus músculos. Seus lábios são macios nos meus, as carícias de sua língua suaves e calmantes, e eu me encontro derretendo contra ele apesar do meu medo... mesmo quando sinto a ponta lisa e larga de seu pau empurrando minha entrada.

É tão grande quanto me lembro de nosso último encontro próximo, mas não dói desta vez, pelo menos não no começo. Começa como uma pressão de alongamento desconhecida, a lubrificação natural do meu corpo facilitando o caminho. Mas então... Oh, Deus, então o estiramento aumenta, e começa a arder enquanto minha carne resiste à mais penetração. Eu fico tensa, minha respiração travada, e tento me afastar de seu beijo, mas ele agarra meu queixo com a mão livre e me força a encará-lo.

Respirando com dificuldade, encontro seu olhar enquanto um flash ofuscante de luz do lado de fora ilumina a cabine, seguido por um estrondo de trovão. A chuva agora é uma batida de tambor constante, quase abafando a batida do meu pulso. Com meus pulsos confinados em seu aperto acima da minha cabeça, meu vestido rasgado ao meio e seu pau parcialmente enterrado dentro de mim, nunca me senti mais vulnerável, mais desamparada. Mais à sua mercê.

Seu peito se move com respirações pesadas também, sua mandíbula apertada com a tensão de se conter, de não empurrar como todo instinto masculino, sem dúvida, exige. Uma gota de suor rola pelo lado de seu rosto enquanto ele diz com a voz rouca: — Alinyonok... eu não quero te machucar, mas...

— Mentiroso — Sussurro em uma expiração trêmula. Claro que ele quer me machucar. Como ele não poderia? Por fugir, por desaparecer, por rejeitá-lo ao longo de todos esses anos, ele não pode não querer me machucar, me punir, pelo menos um pouco.

Seus olhos brilham, e eu sei que estou certa. Conscientemente ou não, ele não quer apenas me possuir – ele quer me fazer pagar. E em algum nível, eu quero isso também. Porque eu mereço. Porque eu preciso.

Se eu fosse menos covarde, poderíamos estar aqui anos atrás, sem todo o sofrimento, todas as mortes.

Com nossos olhos fixos, vejo o momento exato em que seu autocontrole de ferro se quebra. Um estremecimento percorre seu corpo poderoso, e com um grunhido gutural, ele surge em mim, penetrando-me todo o caminho em um impulso brutal. O choque disso reverbera pelo meu corpo, fazendo minha respiração parar e meus músculos ficarem rígidos. É mais do que um estiramento, essa invasão impiedosa, e as lágrimas que eu estava segurando vazam dos cantos dos meus olhos enquanto eu me contorço contra ele, meus tecidos internos lutando para se ajustar ao seu tamanho imenso. A dor mata os últimos resquícios do calor dentro de mim, deixando para trás apenas uma sensação fria e amarga de violação – e é uma espécie de vitória.

A última coisa que eu quero é aproveitar isso.

Só que... ele consegue parar, os dentes cerrados enquanto se mantém parado, seu pau alojado dentro de mim. Seu olhar se concentra na umidade em minhas têmporas, e ele xinga, apertando os olhos fechados. Quando ele os abre, eles brilham com uma determinação sombria.

— Não — Ele rosna. — Boa tentativa, mas não é assim que vai ser.

Mantendo seu aperto em meus pulsos, ele transfere seu peso para o cotovelo e enfia a mão livre entre nossos corpos, movendo-a para baixo para onde estamos unidos. Infalivelmente, ele encontra meu clitóris e aplica pressão, fazendo minha respiração travar por um motivo diferente. Não é mais dor que dispara pelas minhas terminações nervosas, fazendo meus músculos internos se apertarem em torno de seu pau grosso – nem é precisamente prazer. Mas quando ele começa a mover os dedos em pequenos círculos, vejo meus quadris balançando no mesmo ritmo, perseguindo mais aquela sensação de distração, aquela pressão que não elimina a plenitude dolorosa dentro de mim, mas a torna tolerável. Faz isso... oh, caralho.

Eu fecho meus olhos, não querendo que ele veja a derrota em meu olhar, mas ele sabe mesmo assim. Ele sempre sabe. Seus lábios percorrem meus cílios, depois, sobre minhas duas têmporas, beijando minhas lágrimas, e seus dedos aceleram o ritmo. Com paciência sobrenatural e demoníaca, ele estimula minha excitação, fazendo meu corpo amolecer contra a minha vontade. Em pouco tempo, o calor dentro de mim retorna, assim como a tensão dolorosa. Eu não deveria ser capaz de responder de novo, não com meu corpo preenchido tão impiedosamente, tão completamente, mas não posso evitar. Minha respiração vem em ofegos, meu cérebro nadando com endorfinas enquanto estico meus braços em um esforço inútil para libertar meus pulsos, e a tensão erótica cresce, superando a dor, abafando tudo, menos o conhecimento de que eu perdi essa batalha... que eventualmente, eu também vou perder a guerra.

— Olhe para mim — Ele ordena com a voz rouca, e eu não tenho escolha a não ser obedecer.

Abrindo meus olhos, eu mantenho seu olhar enquanto ele começa a se mover dentro de mim, me enchendo com impulsos duros e intensos, seu rosto duro com a tensão de se controlar. Então, aquele controle não natural de suas rachaduras novamente, e ele me toma com toda a selvageria que ele manteve tão cuidadosamente controlada. Cada golpe brutal de seu pau me enche e me destrói, me levando cada vez mais alto até que minha visão brilha em branco e minha respiração silva entre meus dentes cerrados. Até que cada músculo do meu corpo treme e libera enquanto eu grito seu nome, enquanto ele geme e empurra ainda mais fundo antes de estremecer sobre mim em sua própria liberação poderosa.

Até que não haja dúvida de que ele venceu, e agora sou dele.

CAPÍTULO 29

DIA ATUAL, LOCAL DESCONHECIDO

A tempestade passou, as ondas batendo suavemente no casco no momento em que Alexei me carrega para o banheiro adjacente. Através da janela circular ao lado da banheira, eu pego um vislumbre do claro céu noturno salpicado de estrelas antes que ele acenda o interruptor de luz com o cotovelo, inundando o cômodo com uma luz mais brilhante.

Alguém deve ter preparado um banho para nós mais cedo porque a banheira de garras está cheia. A essa altura, porém, essa água deve estar fria. Alexei deve chegar à mesma conclusão porque ele me carrega direto para o chuveiro, onde ele cuidadosamente me coloca de pé e liga a água.

Eu tremo com a frieza inicial do spray e me afasto, apenas para dar um pulo quando os azulejos frios pressionam contra minhas omoplatas. Eu me inclino contra a parede, de qualquer maneira, minhas pernas muito fracas para suportar meu peso. Mordendo meu lábio, eu fecho meus olhos e tento controlar minha respiração, ignorando a dor latejante dentro de mim.

Três vezes. Foi quantas vezes ele me tomou hoje, tirando prazer do meu corpo dolorido e exausto e me dando apenas alguns minutos de descanso entre eles. Acho que não deveria me surpreender. Se ele me disse a verdade sobre não foder outras mulheres desde nosso noivado, ele tem uma década de privação sexual para compensar.

Ainda não sei se acredito. Ou talvez eu não queira acreditar. Porque as implicações disso são tão aterrorizantes quanto o conhecimento de que ele esteve por trás desse pesadelo de noivado o tempo todo. Que ele tem sido o mestre das marionetes, não um fantoche como eu imaginava.

— Aqui, está quente agora. — Seu toque me tira dos meus pensamentos, e abro os olhos enquanto ele me manobra sob o jato, que agora está na temperatura perfeita.

Eu pisco, limpando a água do meu rosto com as duas mãos, e ele dá uma risada baixa e encantada, seus olhos escuros brilhando enquanto ele olha para mim. E por que não? Eu sou seu bem favorito no momento, o brinquedo que ele procura há tantos anos.

— Então, qual é o seu plano? — Eu pergunto, porque eu preciso. Eu faço o meu melhor para manter meus olhos em seu rosto em vez de seu corpo nu, por mais magnífico que possa ser. Eu não quero que ele pense que estou pronta para a quarta rodada. — Você vai me manter neste barco para sempre? Me foder até que eu literalmente não consiga andar?

Ele arrasta seu olhar sobre meus seios, meu estômago, o ápice do meu sexo, e quando seus olhos encontram os meus novamente, seu sorriso é mais sombrio ainda. — Não, minha linda. Bem, sim para o último, mas não o primeiro. Por mais divertidas que sejam essas férias, precisarei voltar a Moscou depois de um tempo, e você virá comigo quando eu voltar.

Embora eu saiba que ele provavelmente está brincando comigo, uma faísca de esperança pisca para a vida. — Oh? Quando nós iremos?

Se ele me trouxer de volta para a Rússia, meus irmãos vão me encontrar, não importa onde ele me esconda, não importa o que eu disse a Nikolai sobre não querer que eles me procurassem. Eles vão descobrir uma maneira de me levar para longe dele, e talvez, apenas talvez...

Ele estende a mão sobre minha barriga, sua palma tão grande que seus dedos tocam meus quadris. — Quando você me der um filho para substituir o que sua família nos roubou — Ele responde suavemente, seus olhos brilhando como joias negras. — É quando eu vou te trazer de volta. É quando você não vai mais querer fugir.

Eu fico com frio apesar da água quente caindo sobre nós. Não tomo pílula – nunca tive motivo para tomar – e agora que não estou tão sobrecarregada, percebo que não vi ou senti uma camisinha em nenhuma das três vezes que ele me tomou.

Ele me fodeu sem proteção, repetidamente, e pretende fazer isso de novo... até que, eventualmente, eu engravide. Até estarmos mais uma vez unidos pelo sangue, apenas através de *nosso* filho – um vínculo infinitamente mais forte.

— Não — Sussurro, olhando para ele enquanto lágrimas de desespero inundam meus olhos novamente. — Não, por favor, Alexei... não.

Ele segura minha mandíbula, inclinando meu rosto mais alto. — Eu preciso — diz ele, soando quase arrependido, e pressiona seus lábios nos meus, me beijando com tanta ternura como se ele não tivesse acabado de explodir meu mundo.

Como se ele não tivesse me mergulhado mais fundo no meu pior pesadelo, extinguindo a pouca esperança que me restava.

Agradecimentos

Obrigada por acompanhar a jornada de Alexei e Alina! A história deles continua em *Beleza Acorrentada*.

Para receber notícias sobre meus próximos livros, inscreva-se na minha newsletter: www.annazaires.com/book-series/portugues/.

Deseja mais romances sombrios e cheios de suspense? Dê uma olhada na série bestseller *Capture-me*, um atraente romance dark sobre Yulia, uma sedutora espiã russa, e Lucas, um mercenário cruel, o qual ela trai após uma inesquecível noite de paixão.

Prefere uma comédia romântica hilária? Meu marido e eu escrevemos juntos comédias nerds e atrevidas sob o pseudônimo Misha Bell. Adquira um exemplar de *Entre Polvos & Homens*, uma comédia romântica entre colegas de trabalho, na qual uma bióloga marinha – que se veste com rabo de sereia – e o sexy e mal-humorado vizinho que ela conhece na praia, vivem uma situção inusitada, e ela acaba por descobrir que é o novo chefe dela.

Agora, por favor, vire a página e leia trechos de *Capture-me* e *Entre Polvos & Homens*.

Trecho de Capture-me de
Anna Zaires

Ela sentiu medo dele desde o momento em que o viu pela primeira vez.

Yulia Tzakova conhece homens perigosos. Ela cresceu com eles. Sobreviveu a eles. Mas, quando conhece Lucas Kent, ela sabe que o ex-soldado pode ser o mais perigoso de todos.

Uma noite, era só o que deveria ter sido. Uma chance de compensar uma missão fracassada e obter informações do traficante de armas, chefe de Kent. Quando o avião dele cai, deveria ter sido o fim.

Em vez disso, é apenas o começo.

Ele a quis desde o primeiro momento em que a viu.

Lucas Kent sempre gostou de loiras de pernas longas e

Yulia Tzakova foi a mais linda que já viu. A intérprete russa tentou seduzir o chefe dele, mas acabou na cama de Lucas Kent... e ele tem toda a intenção de vê-la lá novamente.

Mas o avião dele cai e ele descobre a verdade.

Ela o traiu.

Agora, ela pagará.

———

A primeira coisa que fiz ao chegar em casa foi telefonar para meu chefe e contar tudo o que ouvira.

— Então é como suspeitei — disse Vasiliy Obenko quando terminei. — Eles usarão Esguerra para armar aqueles rebeldes filhos da puta em Donetsk.

— Sim. — Tirei os sapatos e andei até a cozinha para fazer um chá. — E Buschekov exigiu exclusividade, portanto, Esguerra agora está totalmente aliado com os russos.

Obenko soltou uma enxurrada de impropérios, a maioria dos quais envolvia alguma combinação de caralho, piranhas e mães. Afastei o telefone ligeiramente enquanto enchia com água uma chaleira elétrica.

— Muito bem — disse Obenko ao se acalmar um pouco. — Você vai se encontrar com ele hoje à noite, certo?

Respirei fundo. Chegara a parte desagradável. — Não exatamente.

— Não exatamente? — A voz de Obenko ficou perigosamente baixa. — Que merda quer dizer com isso?

— Ofereci, mas ele não estava interessado. — Era sempre melhor dizer a verdade naquele tipo de situação. — Disse que eles vão embora logo e que estava muito cansado.

Obenko começou a xingar novamente. Usei aquele tempo para abrir um saquinho de chá, colocá-lo em uma xícara e derramar a água fervente sobre ele.

— Tem certeza de que não o verá de novo? — perguntou ele ao terminar o ataque de xingamentos.

— Quase certeza, sim. — Soprei o chá para esfriá-lo um pouco. — Ele só não estava interessado.

Obenko ficou em silêncio por alguns momentos. — Muito bem — disse ele finalmente. — Você estragou tudo, mas falaremos disso em outra hora. Por enquanto, precisamos descobrir o que fazer sobre Esguerra e as armas que entrarão aos montes em nosso país.

— Eliminá-lo? — sugeri. O chá ainda estava um pouco quente demais, mas tomei um gole mesmo assim. O calor que desceu pela minha garganta foi agradável. Era um prazer simples, mas as melhores coisas na vida eram sempre simples. O cheiro dos lilases florescendo na primavera, a suavidade do pelo de um gato, a doçura de um morango maduro... eu aprendera a dar valor a esse tipo de coisas nos últimos anos, a aproveitar cada gota de prazer que a vida tinha a oferecer.

— É mais fácil falar do que fazer. — Obenko soou frustrado. — Ele é mais bem protegido do que Putin.

— Ahã. — Tomei outro gole do chá e fechei os olhos, saboreando o gosto. — Tenho certeza de que você encontrará um jeito.

— Quando ele disse que partiria?

— Ele não especificou. Só disse que seria em breve.

— Está bem. — Obenko pareceu subitamente impaciente. — Se ele entrar em contato com você, avise-me imediatamente.

E, antes que eu pudesse responder, ele desligou.

———

Como eu tinha a noite de folga, decidi tomar um banho. A banheira, como o restante do apartamento, era pequena e instável, mas eu já vira piores. Disfarcei a feiura do banheiro pequeno colocando duas velas perfumadas sobre a pia e sais de banho na água. Quando entrei na banheira, soltei um suspiro feliz ao sentir o calor envolver meu corpo.

Se dependesse de mim, eu estaria sempre quente. Quem dissera que o inferno era quente estava errado. O inferno era frio.

Frio como o inverno na Rússia.

Eu ainda estava na banheira quando a campainha tocou. Instantaneamente, meu coração deu um salto e a adrenalina invadiu minhas veias.

Eu não esperava ninguém... o que significava que só poderia ser algum problema.

Saí da banheira, envolvi o corpo com uma toalha e corri para fora do banheiro até a sala do apartamento. As roupas que tirara ainda estavam sobre a cama, mas eu não tinha tempo para vesti-las novamente. Em vez disso, vesti um roupão e peguei uma arma da gaveta da mesinha de cabeceira.

Em seguida, respirei fundo e aproximei-me da porta, apontando a arma para ela.

— Sim? — gritei, parando a poucos passos da entrada do apartamento. A porta era de aço reforçado, mas a fechadura não. Alguém poderia atirar por ela.

— É Lucas Kent. — A voz profunda falando em inglês me deixou tão atônita que a arma balançou na minha mão. Meu coração deu outro salto e senti uma fraqueza peculiar nos joelhos.

Por que ele estava ali? Esguerra sabia de alguma coisa? Alguém me traíra? As perguntas surgiram rapidamente na minha mente, fazendo com que meu coração batesse ainda mais depressa, mas encontrei o curso de ação mais razoável.

— O que você quer? — perguntei, fazendo o possível para manter a voz estável. Havia uma explicação para a presença de Kent que não envolvia me matar: Esguerra mudara de ideia. Nesse caso, eu precisava agir como a civil inocente que deveria ser.

— Eu gostaria de falar com você — disse Kent. Ouvi um toque de diversão na voz dele. — Vai abrir a porta ou continuaremos a conversar com quase dez centímetros de aço entre nós?

Merda. Não parecia que Esguerra o enviara para me buscar.

Rapidamente avaliei minhas opções. Eu poderia permanecer trancada dentro do apartamento e torcer para que ele não forçasse a entrada. Ou, quando saísse, como eu inevitavelmente teria que fazer, ele me pegaria. Ou poderia supor que ele não sabia quem eu era e ser agradável.

— Por que quer falar comigo? — perguntei, tentando ganhar tempo. Era uma pergunta razoável. Qualquer mulher naquela situação ficaria desconfiada, não apenas uma que tivesse algo a esconder. — O que você quer?

— Você.

Aquela única palavra, dita com a voz profunda dele, me atingiu como um soco. Meus pulmões pararam de funcionar momentaneamente e olhei para a porta, sentindo um pânico irracional. Então eu não estava errada quando imaginara que ele talvez se sentisse atraído por mim... se o motivo de olhar repetidamente para mim fosse talvez algo tão simples quanto a biologia humana em ação.

Sim, claro. Ele me queria.

Forcei-me a começar a respirar novamente. Eu deveria sentir alívio. Não havia motivo para pânico. Desde que eu tinha quinze anos, os homens me queriam. Eu tivera que aprender a conviver com isso, a transformar o desejo deles em uma vantagem para mim. Aquela situação não era diferente.

Exceto que Kent é mais duro e mais perigoso do que a maioria.

Não. Silenciei aquela voz e respirei fundo, baixando a arma. Olhei-me no espelho do corredor. Meus olhos azuis estavam meio arregalados no rosto pálido e os cabelos estavam frouxamente presos, com cachos molhados caindo sobre o pescoço. Com o roupão enrolado descuidadamente em volta de mim e a arma nas mãos, eu não parecia nem um pouco com a jovem elegante que tentara seduzir o chefe de Kent.

Chegando a uma decisão, falei: — Só um minuto. — Eu poderia tentar não deixar que Lucas Kent entrasse no meu apartamento, o que não seria nada suspeito para uma mulher sozinha, mas a coisa mais inteligente a fazer seria usar a oportunidade para conseguir algumas informações.

No mínimo, eu poderia tentar descobrir quando Esguerra partiria para avisar Obenko, compensando parcialmente meu fracasso anterior.

Movendo-me depressa, escondi a arma em uma gaveta sob o espelho e soltei os cabelos, deixando que os cachos loiros caíssem pelas costas. Eu já retirara a maquiagem, mas tinha uma pele macia e os cílios eram naturalmente escuros, o que deixava minha aparência bonita. No mínimo, eu parecia mais jovem e mais inocente.

Parecia uma garota comum, como os norte-americanos gostavam de dizer.

Confiante de que estava razoavelmente apresentável, aproximei-me da porta e destranquei-a, tentando ignorar o bater frenético do meu coração.

———

Por favor, visite www.annazaires.com/book-series/portugues/ para obter sua cópia.

Trecho de Entre Polvos & Homens de Misha Bell

O vizinho mal-humorado dos meus avós é tão "quente" quanto o sol letal da Flórida. E como o sol, ele é ruim para mim. Meu gosto para homens é péssimo – basta perguntar ao meu ex sobre a ordem de restrição contra ele.

O que estou fazendo na Flórida com meus avós, você se pergunta? Bem, meu melhor amigo é um polvo e precisa de um aquário maior, então, consegui um emprego em um aquário no Estado do Sol.

Eu não esperava que aquele rabugento sexy de cabelos compridos tentasse comprar meu polvo para algum propósito nefasto. Nem esperava me enroscar com ele durante um mergulho na praia, tarde da noite.

E a última coisa que eu esperava era topar com ele no

meu primeiro dia no meu novo emprego... onde ele é
meu chefe.

———

— Ah, Caper. O que você está fazendo?

Eu sorrio. Meu nome é Olive (meus pais são maus
em seu jeito hippie), e quando vovô me chama de
Caper, ele quer dizer "pequena azeitona", o que me faz
sentir como uma garotinha novamente. Obviamente,
nunca direi a ele que seu apelido para mim é
botanicamente incorreto: as alcaparras são as flores de
um arbusto, enquanto as azeitonas são um fruto de
árvore de uma espécie completamente diferente.

— Levando Beaky para passear — respondo,
acenando para o tanque.

Vovô aperta os olhos para o vidro, e Beaky escolhe
aquele exato momento para parecer uma pedra – como
faz toda vez que vovô tenta olhar para ele.

Vovô esfrega os olhos. — Existe realmente um
polvo aí? Sinto que você e sua avó estão tentando me
fazer pensar que estou ficando senil.

— Não. É Beaky quem está brincando com você.

Não posso culpar meu avô por não ter visto meu
amigo de oito braços. Quando se trata de camuflagem,
os polvos dão um banho em camaleões. Além disso, se
um camaleão estivesse literalmente na água, nenhuma
quantidade de camuflagem o salvaria de se tornar o
almoço de um polvo.

Vovô balança a cabeça. — Por quê?

Eu dou de ombros. — Ele é uma criatura com nove cérebros, um na cabeça e um em cada braço. Tentar decifrar seu pensamento daria dor de cabeça a qualquer um.

Vovô aperta os olhos para o tanque de novo, mas Beaky permanece em seu disfarce de pedra. — Por que você anda com ele, afinal?

— Para evitar que ele fique entediado. O que ele realmente precisa é de um tanque maior, mas, por enquanto, ele terá que se contentar com uma mudança de cenário.

— Entediado?

— Oh, sim. Um polvo entediado é pior do que um menino de sete anos cheio de cafeína e bolo de aniversário. Na Alemanha, um polvo chamado Otto bloqueou repetidamente todo o sistema elétrico do Sea Star Aquarium esguichando água no holofote de 2.000 watts. Porque ele estava entediado.

Vovô levanta as sobrancelhas espessas. — Mas você não faz quebra-cabeças para ele? Deixa-o assistir TV?

Eu concordo. Fazer quebra-cabeças para polvos é, na verdade, pelo que sou famosa e como consegui meu novo emprego. — Brinquedos e TV ajudam — digo —, mas ainda tenho a sensação de que ele está se sentindo preso.

Grunhindo, vovô enfia a mão no bolso e tira uma arma do tamanho do meu braço.

— Leve isso com você. — Ele a empurra para mim.

Eu pisco para o instrumento da morte. — Por quê?

— Proteção.

— De quê? Estamos em um condomínio fechado.

Ele empurra a arma para mim com maior urgência. — É melhor ter uma arma e não precisar dela.

Eu não aceito a oferta. — A taxa de criminalidade em Palm Islet é dez vezes menor do que em Nova York.

Vovô tira o pente da arma, verifica, enfia uma bala extra e a encaixa de volta. — Eu ficaria tranquilo se você pegasse.

— Por Cthulhu — murmuro.

— Saúde — diz vovô.

— Isso não foi um espirro. Eu disse 'Cthulhu'. — Com o olhar vazio do vovô, eu dou um suspiro. — Ele é uma entidade cósmica fictícia criada por H. P. Lovecraft. Representado com características de polvo.

— Oh. É ele nos desenhos sensuais da sua avó?

— Absolutamente não. — Eu tremo só de pensar. — Cthulhu tem centenas de metros de altura. Ele é um dos Grandes Antigos, então, suas atenções rasgariam uma mulher tão rapidamente quanto a deixariam louca.

— Justo. — Vovô tenta enfiar a arma em minhas mãos novamente. — Pegue e vá.

Eu escondo minhas mãos atrás das costas. — Não tenho nenhum tipo de licença.

— Você está brincando. — Ele me olha incrédulo. — Amanhã, eu vou te levar para uma aula para obter a licença.

Eu luto contra um revirar de olhos do tamanho de Cthulhu. — Estou meio ocupada amanhã, começando um novo emprego e tudo mais.

Com uma carranca, ele esconde a arma em algum lugar. — Que tal esse fim de semana?

— Vamos ver — digo tão evasivamente quanto posso antes de pegar minha bolsa do encosto de uma cadeira próxima e pressionar o botão do controle remoto novamente para rolar o tanque para a garagem.

Meus avós, como outros moradores da Flórida, preferem sair de casa assim, em vez de, digamos, pela porta da frente.

Assim que meu avô está fora de vista, Beaky deixa de ser uma pedra, abre os braços nos quadris e fica com um tom de vermelho excitado.

— Você deveria ter vergonha de si mesmo — digo a ele com firmeza.

Nós somos o Imperador Divino do Tanque, ordenado por Cthulhu. Não concederemos a glória de nosso semblante aos indignos. Apresse-se, nossa fiel súdita sacerdotisa. Queremos provar a luz do sol em nossas ventosas.

Sim. Ellen DeGeneres conversou com um polvo senciente fictício em *Procurando Dory*, enquanto o meu verdadeiro fala comigo na minha cabeça. E não sou a única a ter essas conversas imaginárias. Desde que minhas irmãs e eu éramos crianças, damos vozes aos animais. Na minha cabeça, Beaky soa como nove pessoas falando em uníssono (o cérebro principal e os oito em seus braços), e seu tom é imperioso (afinal, os polvos têm sangue azul). Ah, e suas palavras saem com aquele fraco efeito sonoro de gargarejo usado em *Aquaman* quando os atlantes falavam debaixo d'água.

Abro a porta da garagem.

É super brilhante lá fora, apesar dos carvalhos antigos que proporcionam muita sombra.

Com um suspiro, pego um tubo grande do meu protetor solar mineral favorito da minha bolsa e me cubro com uma camada grossa da cabeça aos pés. O índice UV é 10, então, espero alguns minutos e depois me cubro com uma segunda camada. Faço isso furtivamente na garagem para evitar que meus avós me provoquem por aceitar um emprego no Estado do Sol enquanto sou paranoica com a exposição ao sol.

E não, eu não sou uma vampira – embora minha irmã Gia pareça suspeitosamente como uma, com sua maquiagem gótica e tudo. Evitar o sol faz sentido científico legítimo, devido aos efeitos nocivos dos raios UV, A e B, bem como da luz azul, luz infravermelha e luz visível. Todos eles causam danos ao DNA. Esse problema entrou no meu radar alguns anos atrás, quando Sushi, meu peixe-palhaço de estimação, desenvolveu câncer de pele, provavelmente devido ao aquário estar perto de uma janela. Tenho sido cuidadosa desde então, chegando a colar uma camada tripla de revestimento protetor UV sobre o tanque de Beaky.

Agora, percebo que me preocupo com o sol um pouco mais do que qualquer um que não seja um dermatologista paranoico? Claro. Mas posso parar? Não. Acho que algum nível de neurose está programado em meu DNA, pelo menos se minhas irmãs sêxtuplas idênticas servirem de amostra. Mas, ei, quando eu estiver na casa dos oitenta e parecer mais jovem do que todas as minhas irmãs, veremos quem ri por último.

Terminado o protetor solar, coloco uma jaqueta leve com zíper revestida com produtos químicos de proteção UV, um chapéu de aba larga e óculos de sol gigantes.

Pronto. Se eu levasse isso longe demais, estaria usando um daqueles visores de Darth Vader, não?

Meu batimento cardíaco acelera enquanto sigo o tanque de Beaky em pleno sol, mas me acalmo lembrando a mim mesma que o protetor solar fará seu trabalho. Quando o tanque desce pela entrada de carros e chega a uma calçada sombreada à beira do lago, minha respiração se equilibra ainda mais.

Até agora, tudo bem. Só espero não receber muitas perguntas irritantes de vizinhos intrometidos.

Um par de garças voa nas proximidades enquanto caminhamos pela margem do lago. Beaky as encara atentamente e muda de forma algumas vezes.

Queremos provar essas coisas. Seja uma boa súdita-sacerdotisa e entregue-as ao tanque.

Eu bato no topo do tanque. — Eu vou te dar um camarão quando voltarmos.

Ambos avistamos um guaxinim cavando na grama à beira do lago, provavelmente procurando por ovos de tartaruga ou jacaré.

Queremos provar isso também.

— Vou te dar um camarão sem o quebra-cabeça — digo a ele.

Normalmente, coloco suas guloseimas em uma de

313

minhas criações, tornando a refeição ainda mais divertida para ele, mas se seu apetite abriu observando todos os animais terrestres, não quero atrasar sua gratificação.

Um jacaré de 1,5 metro rasteja lentamente para fora do lago.

Sim, definitivamente estamos na Flórida.

Ao vê-lo, Beaky pega duas cascas de coco do fundo de seu tanque e as fecha sobre o corpo, parecendo ao mundo – e ao jacaré – um coco inocente.

— Essa coisa não pode ir no tanque — digo suavemente. — Para não mencionar, está com medo de mim. Esperançosamente.

As estatísticas sobre ataques de jacaré estão a nosso favor. Em um estado com manchetes como "Homem da Flórida espanca jacaré" e "Homem da Flórida joga jacaré na janela do drive-thru do Wendy's", os jacarés aprenderam a ficar muito, muito longe dos humanos insanos.

Como Beaky não lê as notícias nem verifica as estatísticas on-line, seu olho parece cético ao espreitar das cascas de coco.

Volto minha atenção para a calçada – e o vejo.

Um homem.

E que homem.

Ele poderia ter estrelado *Aquaman* em vez de Jason Momoa. Se eu estivesse escalando o protagonista para meus sonhos molhados, esse cara, definitivamente, conseguiria o papel.

O pensamento envia arrepios para minhas regiões

inferiores, especificamente a parte que eu particularmente considero meu wunderpus – em homenagem ao *wunderpus photogenicus*, uma incrível espécie de polvo descoberta nos anos oitenta.

A propósito, uma vez tirei uma foto do meu wunderpus, e também é *fotogênicus*.

Mas, voltando ao estranho. Traços fortes e masculinos emoldurados por uma barba impecavelmente aparada, olhos azul-ciano profundos como o oceano, um corpo musculoso e bronzeado vestido com jeans de cintura baixa e um camiseta que mostra braços poderosos, cabelos grossos com mechas loiras que descem até seus ombros largos – ele pareceria um surfista se não fosse pela expressão taciturna em seu rosto.

Beaky deve ter esquecido o jacaré porque ele está sem coco e olhando para o estranho com fascínio.

Vai entender. Aquaman tem o poder de falar com polvos, junto com outras criaturas marinhas.

Percebo que também estou boquiaberta para ele e tensa à medida que ele se aproxima. Ao contrário de Nova York, onde é costume passar por um estranho sem reconhecer sua existência, aqui na Flórida, todos pelo menos cumprimentam seus vizinhos.

O que eu digo se ele falar comigo? Será que me atrevo a abrir a boca? E se eu acidentalmente pedir a ele para fazer o que quiser comigo?

Espere um segundo. Acho que já sei. Ele também está passeando com um animal de estimação, no caso dele um cachorro da raça Dachshund, também conhecido como cachorro-quente, o membro mais fálico da espécie canina. Tudo o que tenho a fazer é dizer algo sobre sua salsicha – aquela que está abanando o rabo, não seu Aqua-membro.

Quando o homem está a uns três metros de distância, ele parece me notar pela primeira vez. Na verdade, seu olhar se concentra no tanque de Beaky, e sua expressão taciturna se torna francamente hostil – maxilar cerrado, boca voltada para baixo, olhos duros. O insano é que ele não parece menos gostoso agora. Talvez mais.

O que há de errado comigo? Não é à toa que eu acabo namorando idiotas como...

Sua voz profunda e sexy é o tipo de frio que pode criar um vento gélido mesmo nesta sauna úmida. — Quanto pelo polvo?

Eu pisco, e estreito meus olhos para o estranho, meus pelos subindo como espinhos em um baiacu. Ele quer comprar Beaky? Por quê? Ele quer comê-lo?

Este *é* o estado onde as pessoas comem jacarés, tartarugas (mesmo as espécies protegidas), sapos, pítons birmanesas e torta de limão.

Trincando os dentes, aponto para o cachorro abanando o rabo ao seu lado. — Quanto pela salsicha?

Um sorriso de escárnio torce seus lábios cheios. — Deixe-me adivinhar... uma nova-iorquina?

Aquaman? Mais como Aqua-asno. — Deixe-*me* adivinhar. Homem da Flórida? — Posso imaginar o resto da manchete: — ...rouba polvo no tanque e tenta fazer sexo com ele.

Dado o que minha avó disse sobre a Regra 34 e onde estou, não é tão absurdo. Certa vez li um artigo sobre um homem da Flórida que tentou vender um tubarão vivo no estacionamento de um shopping. O que é sexo com um polvo em comparação?

Suas grossas sobrancelhas castanhas se juntam. — As histórias às quais você está se referindo são sobre novos moradores. Nunca foram sobre os realmente da Flórida.

— Oh, eu li o que você está falando — digo com uma bufada. — 'Homem da Flórida recebe o primeiro transplante de pênis de um cavalo'. Tenho certeza de que o artigo dizia que o bravo pioneiro nasceu e foi criado em Melbourne – que fica a duas horas daqui.

Oops. Fui longe demais? Todo mundo parece carregar uma arma aqui. E desde que eu o achei atraente antes, com meu histórico de namoro, ele pode se tornar perigoso.

Em vez de sacar uma arma, o estranho esfrega a ponta do nariz. — Isso é o que eu ganho por tentar discutir com uma nova-iorquina. Esqueça as notícias. Aquele tanque é muito pequeno para aquele polvo. Você gostaria de viver sua vida dentro de um Mini Cooper?

Eu seguro a respiração, meu estômago apertando. — *Você* gostaria de passear na coleira? — Empurro meu queixo em direção à sua salsicha, cuja cauda não está mais abanando. — Ou ser forçado a ignorar sua bexiga e intestinos que gritam até que seu mestre se digne a levá-lo para passear? Ou ter seus órgãos reprodutivos bagunçados?

Ele me encara. — Tofu não é castrado. Na verdade, ele...

— *Tofu?* — Meu queixo cai. — Como um cachorro-quente de tofu? Fale sobre a crueldade animal.

As veias saltando em seu pescoço parecem distraidamente sexies. — O que há de errado com o nome Tofu?

Antes que eu possa responder, Tofu choraminga lamentavelmente.

— Ótimo trabalho — diz o estranho. — Agora, você o aborreceu.

— Tenho certeza de que você fez isso. — *Ao nomear o pobre cão Tofu.*

— Essa conversa acabou.— Ele vira as costas para mim e puxa a coleira. — Venha, Tofu.

Tofu me dá um olhar triste que parece dizer, *eu não gosto quando meu pai e minha nova mamãe discutem.*

Com um bufo, rolo o tanque de Beaky na direção oposta.

————

Por favor, visite www.mishabell.com/pt/ para saber mais.

318

Sobre a Autora

Anna Zaires é autora bestseller do *New York Times*, *USA Today*, e #1 como autora internacional de romance sci-fi e contemporâneo dark. Ela se apaixonou por livros aos cinco anos, quando sua avó a ensinou a ler. Desde então, sempre vive parcialmente no mundo da fantasia onde os únicos limites são aqueles da imaginação. Atualmente, morando na Flórida, Anna é feliz casada com Dima Zales (autor de ficção científica e Fantasia) e colabora de perto com ele em todos os seus trabalhos.

Para saber mais, por favor, visite www.annazaires.com/book-series/portugues/.